창배야,
놉 우리가
이다

읽어 두기
이 책은 2014년에 나온 《도대체 학교가 뭐길래!》를 새로 정리해서 펴냈습니다. 아이들이 쓴
글은 맞춤법에 따르지 않고 그대로 실었으며 몇몇 아이들 이름은 본디 이름이 아닙니다.

창배야, 봄 우리가 봄이다

이상석과 아이들이 만들어 가는 따뜻한 봄날

양철북

부자들은 죽었다 깨어나도 못 느끼는

내가 전에 친구들과 부페에 간다고 한바탕 싸웠단 말이야. 한 6학년 땐가 중1인가 그랬어.

"엄마, 빨리 5천 원 도."

"3천 원밖에 없다."

그거라도 달라니 안 된다며 1,600원만 갖고 가래. 내가 막 소리 지르며 그걸로 어떻게 가냐고 화를 내며 그냥 문을 콱 닫고 나갔어. 딱 나가는데 엄마가 3천 원을 주며 "자, 빨리 가지고 학교 가" 이러데.

나는 또, 3천 원을 가지고 우째 가라고, 이라며 받아 가지고 학교 갔어. 학교 가니 아이들이 5천 원 가지고 있제? 이라데, 3천 원뿐이다 하니 친구들이 2천 원을 빌려 주며 가자고 해. 학교 마치고 부페로 갔지. 아이들하고 기분 좋게 먹고 나왔지. 이제 집으로 가려고 나서는데 앞에 많이 봤던 사람이 걸어가고 있어.

'어! 우리 엄마네.'

난 반가워서 뛰어가서 엄마를 불렀어. 뒤에서 보니까 다리가 아파서 두드리며 가다가 나를 보더니 다시 팽팽해. 우리 엄마는 억수로 작아서 요만하단 말이야. 그리고 몸도 약해서 많이 못 걷거든. 내가 "엄마, 왜 걸어다니노" 명장동 입구에서 우리 집까지는 억수로 멀단 말이야. 엄마가 "알 꺼 없다" 하고 그냥 가. 걷다가 갑자기 3천 원 생각이 나데. (이때부터 울먹이기 시작) 엄마는 차비까지 나한테 다 줬던 거야. 거기다 누나한테 물어보니 월급 날짜가 이틀 후였어. 난 그때 방 안에 멍하니 있었어. 50분을 걸어오며 거기다 키도 작고 말랐는데……. 점심은 먹었을까? 이런 생각이 계속 들어. 난 엄마한테 큰 죄를 진 것 같았어. 난 그것도 모르고 소리를 질렀으니 엄마는 얼마나 속상했을까.

난 그때부터 돈 달라고 떼쓰지는 않아.

지난 시간에 썼던 '감동한 일'을 이야기로 풀게 했을 때 이상화가 나와서 한 이야기다. 상화는 이야기하다가 그만 울먹이게 되었다. 상기가 "운다, 운다" 했다가 그만둔다. 상기도 마음에 눈물이 흘렀던 모양이다. 아이들 모두 잠깐 숨을 죽인다. 감동이 교실에 조용히 흐르는 모습이 바로 이런 것이다. 어느 반보다 분위기가 좋은 5반. 아무리 보잘것없는 글이라도 우리끼리 이런 감동을 나누면 그게 좋은 글이지. 그래, 이렇게 하려고 글을 쓰고 이야기를 했지.

김원일이 나왔다.

"초등학교 때 우리 집 형편이 되게 어려웠거든. 급식비가 많이 밀렸단 말이야. 그래 그날도 내가 급식비 내야 한다고 급식비 빨리 달라고 했는데. 아빠가 좀 힘없는 말로 다음 주에 갖고 가면 안 되겠나 하고 한숨을 쉬는 거라. 그날이 일요일인데 다음 주면 너무 멀잖아. 내가 안 된다고 소리치고는 놀러 나갔거든. 아버지도 그때 힘없이 나가데. 돈 구해 온다고. 나는 친구들하고 막 놀았어. 어두컴컴해서야 들어왔는데, 아버지는 한참 있다 들어오데. 아버지가, 자 여, 급식비다, 하고는 주머니에서 꾸게꾸게해진 돈을 다시 곱게 펴서 나한테 주데. 돈을 받으며 아래를 보니 아버지 신발이 다 떨어졌어. 아…….”

원일이도 그만 울먹해졌다.

“아버지는 아까 어디 나가서 돈을 구해 왔던고?”

“아까 놀 때 봤거든. 억수로 험한 일을 하고 있데.”

“무슨 일?”

“으응…… 너머 집 앞 쓰레기 치우는 일…….”

아이들이 잠깐 말을 잇지 않는다. 그때 맨 앞에 앉은 원규가 말한다.

“얌마, 쓰레기 치우는 일 그거 괜찮다. 어때서.”

“그래, 어때서.”

아이들은 여기저기서 작은 소리로 말하고 있다.

우리는 또 하나가 된다.

장성민은 나와서 몇 마디 못 하고 기어이 울고 말았다.

“며칠 전에 교복 맞추러 갔는데…… 아버지하고 같이 갔거든. 아버지하고 그렇게 나가 본 적 별로 없었단 말이야. 아버지를 보니까…….”

평소 말이 없는 성민이는 금방 얼굴이 붉어지더니 그예 눈물을 글썽인다. 아버지가 장애인인가? 아버지가 많이 편찮으신가? 몇 아이들은 “운데이, 성민이 운데이” 한다. 말이 이어졌다가 다시 끊긴다. 참는다.

"아버지 입고 있는 옷이, 신발이 너무너무 낡았는 기라……."

여기까지 이야기하고 성민이는 그만 눈물을 쏟고 말았다.

내가 앞으로 나가 울고 있는 성민이를 안았다. 한숨이 나온다. 한참 안고 있었다. 그리고 이야기하기 전에 써 둔 글을 내가 대신 읽어 주었다.

"한참을 걸어가다가 아버지를 그냥 슬쩍 보았다. 아버지 모습은 초라했다. 나는 좋은 옷에 좋은 신발을 밖에 나간다고 옷을 잘 입고 나갔는데 아버지는 허들허들한 옷에 다 떨어진 신발을 신고 걸어가고 있었다. 순간 나는 아버지께 미안했다. 그 모습을 보자 내가 공부 안 하고 놀았던 기억이 떠올랐다. 나는 지금 무엇을 하고 있는가. 내가 참 한심스러웠다. 아버지 어머니 생신 때 좋은 신발 하나 사 드리려고 생각했다. 하지만 그건 생각뿐 실현되지 않았다."

여태껏 시시했던 내 수업이 갑자기 환해지는 기분이었다. 우리는 이렇게 마음을 나누고 있구나! 그래 가난이 아니면 누가 이런 감동을 주겠는가. 마음도 아프고 몸도 고달프게 살아가지만 우리는 그래도 이런 따뜻한 훈기를 느끼기도 하지. 부자들은 죽었다 깨어나도 못 느끼는.

3부 • 내 종례는 아직 끝나지 않았어

4부 • 가난이 너희를 키웠구나

1부

내 마음속
아이들

내 친구 이상석 선생

내 친구 이상석 선생, 하면 제일 먼저 떠오르는
것은, '아이들을 그렇게 사랑할 수 없는 선생님'이다.
어려운 아이들과 밥을 먹으며 마음을 맞추고
아이들이 자기 자신을 잃지 않게 품에 껴안고 지키는
선생님. 이 자본의 세상에서 사력을 다해 '인간'을
부여안고 지키려는 선생님이다.
수업은 기술이 아니다. 만남이다. 정이고 사랑이다.
사랑의 선생님…… 그래서
이상석 선생님은 아이들의 고향이기도 하고
내 고향이기도 하다.

다른 샘들은 내 마음 몰라요

선생 맞아?

음… 이놈이
오른손을 책상
아래로
내렸군…

내가 보고
있는데도
손을 못 올리는
걸 보니 컨닝
페이퍼야.

너 왼손으로 글을
써?

그런데요.

음… 드디어
손을 올리는
구나.

손가락이 하나도 없다……

학교를 떠난 아이 1
- 우리 의석이가 니 봉이야?

5월 25일 수요일

점심을 먹고 쉬고 있는데 우리 반 아이 하나가 헐레벌떡 뛰어 들어온다.

"샘, 큰일 났어요. 경래하고 동균이가 깡패 어른한테 잡혀갔어요."

"무슨 소리야? 어디로 잡혀갔단 말이냐."

교문으로 내달렸다. 점심시간이라 큰 문은 반쯤 닫혀 있어 차가 드나들지는 못하겠다. 수위 아저씨도 나가는 차는 없었다고 한다. 그때 또 다른 아이가 뛰어오더니 차가 운동장 건너 저쪽 담 밑에 있단다. 운동장에는 아이들이 왁자하게 놀고 있는데 그 건너에 검정색 에쿠스가 한 대 서 있다. 가면서 애들한테 물으니 종잡을 수 없는 소리들을 한다. 의석이 아버지가 깡패 형을 데리고 교실에 나타나서는 경래를 마구 때리고 동균이를 찾아서 둘 다 데리고 갔단다. 그럴 수가 있나. 학기 초에 학교로 찾아온 의석이 아버지를 만나기도 했는데…….

벤치에 앉아 있는 경래를 보니 과연 맞은 표가 난다. 휴지로 연신 코피를 닦아 내고 있다.

"이게 무슨 짓입니까? 지금 이게 어떻게 된 일입니까!"

나는 인사도 안 차리고 고함을 쳤다.

"아…… 학교에서 제대로 안 잡아 주니 이런 일이 있는 거 아닙니까. 우리 애가 늘 맞고 다닌다 해서 이야기 좀 하고 있습다."

"그렇다고 학교에 와서 아이를 이렇게 잡아다 이럴 수 있어요!"

그때 나는 바로 경찰에 신고를 했어야 했다. 둘러선 아이들한테 일렀어야 했다. 교무실에 가서 교장 교감 학생부 선생들 다 불러오고 교문 잠그고 경찰에 신고하라고, 이유가 어찌 됐든 학교에 와서 아이를 폭행한 건 묵과할 수 없다고, 이건 경찰이 해결할 문제라고.

그러나 나는 그렇게 하지 못했다. 사건이 얼마나 야비했는지도 그땐 몰랐고 그보다는 경찰에 신고하다 보면 나한테 돌아올 앙갚음에 더 겁이 났던 것이다. 그래, 의석이네 집 가정방문 갔을 때가 퍼뜩 떠오른다. 의석이 혼자 있던 집, 부모는 이혼했다는 말, 아빠는 울산에서 스크린 경마장 같은 걸 하신다는 말을 들었지. 그런 경마장을 운영하는 사람은 주로 조폭이란 이야기도 들었다. 더욱이 자기 아버지가 쓰는 것이라며 시퍼런 니뽄도를 보여 주기도 했지.

"당장 나가시오."

"아, 이거 좋게 해결할라 했더니 안 되겠네…….."

이렇게 중얼거리는 의석이 애비 말을 그대로 듣고 있자니 내가 한없이 비겁하다. 몇 마디 실랑이 같은 이야기를 더 주고받다가 그들은 돌아갔다.

바로 우리 교실로 가서 오늘 점심시간에 있었던 일을 그대로 쓰고 자기 생각도 써 보라고 했다. 특히 사건 당사자인 강의석과 박경래한테는 왜 이런 일이 일어나게 되었는지 자세하게 쓰라고 했다.

• 신민준

오늘 일, 정말 끔찍했다.

점심을 다 먹고 10~15분 정도 흐른 후, 갑자기 의석이 아빠와 의석이, 그리고 그 뒤에 무서운 아저씨가 우리 반으로 들어왔다. 의석이 아빠를 보니 무척 화 난 것 같았다. 빠른 걸음으로 오는 의석이 아빠. 맨 처음에 박경래를 찾더니만 이렇게 말했다. "경래 새끼 어디 있노?" 박경래가 말했다. "제가 경랜데요?" "니 왜 의석이 괴롭혀!" 계속 경래 뺨을 치면서 "마! 무릎 꿇어 자슥아." 경래는 무릎을 꿇었다. 그러자말자 의석이 아빠가 발로 머리와 등을 밟고 또 말했다.

"학교가 완전 엉망이네. 하라는 공부는 안 하고."

또 일으켜 세워서 뺨을 때렸다. 경래가 의석이 아빠한테 "죄송합니다"라고 계속 반복해도 의석이 아빠는 경래 말을 무시하고 개 패듯이 팼다. 그러면서 "동균이 어딨노?"라고 하면서 경래를 끌고 가서 차에 태웠다. 여기까지가 내가 본 오늘 일이다.

내 생각에는 좀 어이없고 분통했다. 경래랑 동균이는 의석이를 괴롭히지도 않았는데 억울하게 맞았던 경래가 불쌍했다. 만약 이런 사건이 계속 된다면 의석이랑 말하기도 껄끄럽고 뭘 잘못할까봐 두렵다.

• 김동원

오늘 점심시간에 나는 여느 때와 다름없이 내 자리에서 책을 보고 있었다. 한참 보고 있는데 의석이가 의석이 아버지와 어느 덩치 있는 사람과 같이 들어오더니 아저씨가 의석이에게 말했다.

"누구야?"

의석이가 기어 들어가는 목소리로 "박경래"라고 하자 경래가 반에서 문자를 보내고 있다가 놀란 얼굴로 나갔다. 나가자마자 아저씨는 옆에 있는 사람보고 "너는 가만히 있어라" 하시며 경래를 막 패기 시작했다. 우리 반에 대한 욕과 함께. 그렇게 한참 패더니 교실 밖으로 끌고 나갔다.

나는 이 일을 보고 의석이 아빠가 참 앞뒤 없이 무차별적으로 아이를 패니 정말 한심하다고 생각했다. 전에도 1학년 때 동균이가 당했는데 오늘은 경래가 당했다. 의석이도 참 이해가 안 가는데 아이들이 자기를 괴롭힌다고 생각하면 선생님께 상담이나 하면서 갈등을 풀어야지 무조건 아버지만 데리고 와서 폭력으로 해결하면 자기만 더 아이들에게 미움 당하는 걸 모르나 싶다.

이 일이 생긴 게 평소에도 의석이가 몇몇 아이들에게 왕따 비슷하게 당한 것도 있었던 것 같고 머리를 빡빡 미니까 아이들이 조금 놀리니까 속으로 기분이 상당히 나빴던 것 같다. 의석이의 성격을 우리 반 아이들이 별로 좋아하지 않는 것 같다. 선생님께서도 의석이가 너무 자기

멋대로 굴고 해서 내가 보기에 의석이에게 관심을 크게 안 가지시는 것 같은데 관심을 많이 가지셔서 의석이 성격을 좀 고쳐 주시는 게 좋을 것 같다. 아이들한테도 의석이를 나쁘게만 보지 말아달라고 하는 게 좋겠다.

• 강의석

아마도 4주일 전이었다. 내가 아빠한테 갔을 때, 그때는 그냥 아빠한테 학교에서 수학여행 간다는 걸 듣고 안 갈려고 말하러 갔는데 아빠가 학교에 괴롭히는 놈 없냐고 물었다. 나는 그때 거슬리는 놈이 한 명 있다고 말했다. 아빠가 "그놈 한 명 뿐이가?" 하면서 알았다고 했다. 조만간 학교 갈 꺼라면서 나한테 말하고 수학여행 가는 건 니 맘대로 하라고 했다.

그리고 2틀 전 아빠가 "동생을 보낼 테니깐 누군지 말해줘라"고 나한테 말했다. 내가 "왜 아빠가 안 오냐"고 물어봤더니 바빠서 못 갈 수도 있다며 그랬다. 나는 이렇게 말했다. "나는 아빠가 왔으면 좋겠다"고. 바빠도 와 달라고. 아빠는 알았다면서 끊었다.(전화)

그리고 오늘이 되었다. 나는 오늘 아빠가 통장에 돈 입금해준다 길래 또 점심시간에 입금하러 갈려 했다. 목요일도 가야 한다 은행에. 하지만 이상석 쌤이 외출증을 끊어줄까? 하면서 생각하던 중 전화가 왔다. 아빠였다. 수업시간이라 못 받고 쉬는 시간에 전화했다. 아빠가 전화를 받고 내가 "왜?" 하니깐 "지금 학교 간다. 점심시간 몇 시부터고?" "1시 10분부터다. 4교시는 밖에(운동장) 있으니깐 1시 20분 정도 오면 되겠다." "알았다. 운동장에 아빠 갈테니깐 에쿠스 보면 나온나."
"알았다" 하고 전화를 끊었다.

　나는 아빠가 온다는 생각에 기뻤다. 왜냐면 경래는 오늘로 끝일 거
라고 생각했었기 때문이다. 1시 10분이 되어 밥을 먹고 나서 나는 빨리
운동장에 나왔다. 그때가 1시 18분이었다. 왜 이렇게 늦지? 경래 어디
나갈 껀데 하면서. 아빠 전화가 왔다. 지금 매점 앞이니깐 거기로 오라
고. 나는 빨리 뛰어 갔다. 그리고 아빠랑 만나서 교실에 올라가고 있었
다. 뒤에 있는 사람은 아빠 동생인가 보다 하면서 교실에 들어갔다. 아
빠는 "그놈 누구야!" 이러길래 나는 "박경래"라고 말했다. 경래한테 가
면서 아빠는 "입 꽉 깨물어라" 하고 뺨을 쳤다.

　"니가 깡패야? 등빨 크면 다야? 누가 의석이 괴롭히라고 했어? 니 저
번에 내가 온 거 봤나? 못 봤나?"

　경래는 "봤습니다."

　"이 새끼가 간이 부었네. 내가 의석이 괴롭히지 말라고 말했는데도
1학년 때는 동균이, 2학년 때는 니가 의석이를 괴롭히나? 의석이가 니
봉이야? 착하다고 맨날 괴롭히고 막 가지고 놀아?" 하면서 "대가리 박
아" 하고 다리로 경래를 밟았다. "동균이 데리고 와!" 하면서.

　애들이 동균이를 찾으러 갔었다. 몇 분 후 애들이 오면서 "동균이 없
던데요" 하고, 아빠는 경래를 데리고 밖에 나갈 쯤에 동균이가 왔다. 그
리고 에쿠스 타고 운동장(학교 담쪽 운동장 구석)에 대고 내려서 벤치
에 앉았다. 그리고나서 아빠는 "니가 깡패야? 자슥이 내가 깡패라는 걸
보여줄께" 하고 동생한테 무슨 말을 했다. 무슨 말하는지는 못 들었다.

아마도 "휴지 갖고 와서 피 닦아줘라" 이 말이었던 것 같다.

거의 마지막 파트 때, 갑자기 담임쌤이 왔다. 나는 생각했다. "쫌만 늦게 왔으면 됐는데" 하고. 뒤에 데리고 온 아이들을 쳐다봤다. 담임 쌤은 "이게 무슨 짓이냐"면서, 우리 앞에서 아빠한테 신경질 내면서 말했다. 그리고 그 두 사람(아빠와 담임쌤)은 저기 옆에 앉아서 대화를 했다. 아빠 동생(나한테는 형님이다)은 나를 가리키며 "한번 더 괴롭혔다간 밖에서 죽인다" 말하고 상석 쌤이 "그만하라"고 말하면서 우리를 보고 올라가라고 했다. 여기까지가 오늘 학교에서 있었던 일이다.

이렇게 일이 터진 것은, 내가 1학년 때 동균이 사건 이후 며칠쯤이었다. 3일 정도 애들이 나한테 말을 걸거나 시비 거는 일이 없었다. 그러던 어느 날 청소하러 갈려고 뒷문에 경래한테 "좀 비켜 줘" 하고 지나갈 때 모르고 어깨가 부딪쳤을 때다. "아빠 힘으로 깝치지 마라"면서 나는 "알았다"면서 그냥 지나갔다. 그리고 하는 말이 "아빠한테 말하지 말라"고.

시비는 그날부터 계속됐다. 1학년 일이 잘 생각은 안 나지만, 말끝마다 "아빠한테 말하지 마라"고 웃으면서 말하던 것이다. 나는 억울했다. 힘도 없고 덩치도 작은 나한테 비꼬는 말투로 아빠를 욕하는 것 같았다. 나는 죽고 싶었다. 내가 아빠를 욕 먹이는구나 하면서 경래를 죽이고 싶었다. 그때라면 죽일 수 있었던 거 같았다.

그리고 2학년 때가 됐을 때 또 경래랑 같은 반이네 하면서 반 편성을 왜 이렇게 했냐고 혼자 욕하고 있었다. 한 달 정도는 괜찮았다. 그 담부터 또 시비를 거는 거다. 그때 내가 늦게 왔을 때 교실에 들어오니깐

"아, 저 새끼 미친 거 아이가? 이제 학교 오나" 하고 애들 앞에서 민망다 시킨다. 이 새끼라든지 저 새끼라든지 그 말이 듣기 싫었다. 나한텐 치명적이었다. 그리고 장난으로 때리던가, 자리 바꾼다면서 때리고 하루하루가 괴로웠다. 학교 다니기가 싫었다. 전학가고 싶었다.

그리고 2주 전, 수학여행 가기 1주일 전에 머리를 풀고 왔었다. 당일 날 풀었을 땐 아빠도 "괜찮다"면서 말해 줄 때 기뻤다. 그 다음날 머리는 개털이 됐다. 학교에 가자마자 경래는 "아, 새끼 머리 좆 같네" 하고 또 다시 시비를 걸었다. 그래서 머리 모양 바꿀려고 계속 머리를 만지니깐 "좆 같은 머리 그만 만져라"면서 머리를 치고 갔다. 한 1주일 동안 머리 가지고 욕했다. 난 스트레스 너무 받아서 차라리 삭발을 하자하고 삭발을 했다. 머리도 상하고, 머리도 빠지고 해서 삭발했다. 아빠는 "예쁘다"고 말해주었는데 또 이 새끼는 "이 새끼 이제는 삭발했네"라면서 정수리가 튀어나왔다면서 좆같다 하고, 모자 쓰고 와도 모자 뺏고. 진짜 죽고 싶었다.

그래서 아빠한테 이 사실을 말하고 학교에 와 달라고 했다.

• 박경래

오늘 단위조작 4교시에 자유시간을 주었다. 그래서 운동장에서 아이들과 놀고 있었다. 노는데 의석이도 끼어 있었다. 의석이가 시계를 차고 있길래 무슨 시계인지 물어봤다. 로렉스 가짜라고 하길래 그런 거 어디서 사냐고 하니깐 의석이가 자세히 가르쳐 줬다. 그리고 점심 시간, 점심을 먹고 난 뒤 나는 내 자리에 앉아 있었다.

그러고 있는데 낯익은 아저씨가 교실로 들어오셨다. 의석이는 그 뒤에 들어왔다. 아저씨가 "어느 새끼야? 누구야?" 이러니까 의석이가 나를 지목하였다. 그러고 난 뒤 나는 자리에서 일어났다. 아저씨는 나의 뺨과 가슴 쪽을 때리셨다. 난 코피가 났다. 그리고 나보고 땅에 대가리를 박으라고 하셨다. 나는 머리를 땅에 박고 엎드려 있는데 나의 등을 찍었다. 아저씨가 발로 찍었던 것이다. 나는 아무 생각도 들지 않았다. 그렇게 맞고 무릎 꿇으라고 해서 꿇고 앉아 있는데 누가 시켰냐면서 나에게 계속 물어보셨다.

"시킨 새끼 나올 때까지 맞을 줄 알아라" 이렇게 말씀하시고, 나는 진짜 아무도 시키지 않고 내 스스로가 장난식으로 하다가 보니 이렇게 되었다고 말했다. 그러면서도 내 말은 듣지도 않으시면서 동균이가 시켰냐면서 나에게 그랬다. 나는 절대 아니라고 계속 말했다. 그러다가 아저씨가 따라오라고 하고 나는 복도를 따라 나가다가 동균이가 그때 마침 교실로 오고 있었다. 동균이가 아저씨에게 인사를 했다. (동균이는 1학년 때 의석이를 괴롭힌다는 이유로 오늘처럼 교실에서 강의석 아버지한테 많이 맞았던 아이다. 이 일을 나는 이번에 알았다.) 아저씨는 "니 동균이 아이가?" 이러시더니 나와 동균이를 데리고 밖으로 나갔다. 그러더니 우리를 아저씨 차에 태우는 것이었다. 나는 정말 무서웠다.

차를 타고 밖으로 갈 줄 알았는데 운동장으로 가는 것이었다. 그늘진 벤치가 있는 쪽으로 가서 차를 세웠다. 그리고 벤치에 아저씨가 앉았다. 그 옆에 나보고 앉으라고 했다. 나는 앉아 있었다. 그러면서 바른

대로 말하란 것이었다. 그러면서도 나의 코에서는 피가 자꾸만 흘렀다.

아저씨가 다른 사람보고 휴지 좀 꺼내오라고 하니깐 "예, 형님" 이러면서 바로 휴지를 가져왔다. 다른 아저씨가 나의 코 주위에 묻어 있는 피를 닦아 주었다. 휴지를 받아서 나는 피를 닦으며 아저씨가 하는 말을 들었다. 내가 한 짓이라고 말할 때마다 아저씨의 손이 올라와 나를 때리려고 하였다.

그때 마침 선생님이 오셨다. 선생님과 아저씨가 말싸움을 하시고 우리는 교실로 돌아갔다. 교실 가기 전에 화장실에 들어가서 씻고 나왔는데 아저씨가 올라오시더니 나한테 이야기를 하셨다. 아까 때린 것은 미안하다면서 그러셨다. 아버지 된 입장으로서 화가 나서 그랬다는 것이다. 나는 아무 말 못하고 서 있었다. 이제 잘 지내라고 하면서 말하시고 의석이가 전학을 가게 된다면 나와 이 학교는 가만히 내버려두지 않는다고 하셨다.

이제는 아이들에게 심한 장난을 쳐서 상대가 괴롭힘을 당하는 것처럼 보이게 하지 않겠다고 말하였다. 그리고 교실로 들어가 수업을 들었다.

그리고 몇 아이들은 이런 생각을 밝혔다.

• 의석이가 창배랑 수환이를 괴롭힌다는 것을 들었다. 그 둘레에 앉은 아이들한테서. 강한 자에게 숙이고 약한 자에게 강한 척하는 의석이가 너무 비열하다. - 최형규

• 우리는 우리 반을 위해 우리가 있는 것이고 의석이를 위해 있는

것이 아닙니다. 저는 개인적으로 선생님께 부탁드릴 것은, 송구스럽지만 의석이의 강제 전학입니다. 이러면 안 되지만 의석이가 창배와 수환이를 괴롭힙니다. 저희 반에는 괴롭히는 일은 없는데 의석이만 그렇습니다. - 이재윤

아이들 글을 읽고 있노라니 부아가 나서 참을 수가 없다. 학교 교실에까지 찾아와서 폭력을 휘두르는 작자를 좋은 말로 돌려보낸 것이 비겁하고 또 비겁하다. 바로 고발해서 재판을 받게 해야 했다. 물론 강의석 글을 보면 얘도 얼마나 괴로웠는지 짐작이 간다. 나한테 한마디라도 상의했다면 그런 괴로움을 안 받게 했을 텐데…….

그런데 실은 의석이가 아이들한테 얄밉게 군다. 하는 얘기가 모두 제 잘난 이야기, 자기 아버지가 얼마나 무서운 사람인지, 아버지의 동생들은 얼마나 싸움을 잘하는지, 그것뿐이다. 나도 정이 안 간다. 아이들이 의석이를 싫어하는 것은 당연하다 싶기까지 했다. 아침에 한 말이 오후면 거짓으로 드러나는데도 거짓말이 일상 대화가 되었기 때문이다.

의석이 부자에 대한 원망과 내 비겁함 그리고 앞으로 벌어질 일들이 심상치 않겠다는 생각에 온몸에 힘이 빠진다.

5월 26일 목요일

아이들에게 무슨 이야기를 할까. 교실에서 아이가 폭행을 당했는데도 담임은 아이들을 보호하지 못했다. 가해자를 보고도 겁이 나서 고발

도 하지 못했다. 내가 무얼 이야기할 수 있으며 무얼 가르칠 수 있다는 말인가. 아! 그냥 가만히 있고 싶다. 아무 의욕이 없다. 생각할수록 어이없다. 나는 비겁하고.

집에 가서도 아무 일 하지 못하고 잤다. 기껏 이소룡의 무술을 상상하고 있다니! 30대1로 붙어도 시원하게 악당을 처치하는 그 화려한 무술을!

5월 27일 금요일

어제 오늘 의석이가 안 온다. 이 녀석은 전화를 받지 않는다. 강의석 아비에게 전화를 했다.

"내가 하여튼 의석이가 전학을 가게 되거나, 학교를 그만두게 되면, 내가 그 학교를 가만 안 둘 거요. 담임샘도 당한 아이는 생각 안 하고 팬 놈하고 똑같이 앉혀 두고 뭘 쓰라고 했다면서요. 담임샘이 의석이보고 니는 찍혔다 했다면서요. 힘센 놈들은 아이를 괴롭히고 담임은 니는 내한테 찍혔다 하고, 아아가 학교에 다니고 싶겠습니까. 내가 가만히 있겠어요?"

이 사람은 자기 아들이 그야말로 무지막지한 피해를 당하고 있는 줄로만 아는 모양이다. 그리고 제 아이의 태도에 대해서는 아무 생각도 안 하는 모양이다. 더욱이 자기가 저지른 폭력에 대해서는 털끝만큼도 잘못을 못 느끼는 걸까. 적반하장에 어이가 없지만 최대한 자제하면서 좋게 말을 받았다.

"지금 우리가 고민해야 할 문제는 의석이가 마음을 풀고 학교 다니게 할 수 있도록 하는 일 아닙니까. 나는 상담 전문가 선생님한테 상담도 받게 하려고 기다리고 있었습니다. 좀 기다려 봅시다"라고만 했다.

이 사람은 자기 행동 때문에 아이가 더 곤란해진 줄을 모른다. 어느 아이가 제 아비가 교실에 들어와서 행패를 부리는 이런 아이를 좋아하겠는가. 아이는 아이대로 다른 친구들 눈치가 보이지 않겠는가.

이러나저러나 막상 애가 학교를 오지 못하고 바깥에서 돌고 있다니 이게 좀 불쌍하다. 아무리 진실을 잃어버린 아이라고 해도 아이는 아이 아니던가.

5월 29일 일요일

이따금 강의석 생각. 그 아비의 무지막지한 짓거리가 가증스럽고, 아이놈의 대책 없는 무모함이 자꾸 내 교직의 길에 암초로 걸리는 기분이다. 그래, 교사로서 자존심이 심하게 구겨지는 일이다. 그러나 내 자존심이 문제가 아니다. 지금이야말로 내가 교사로서 '아이를 불쌍히 여기는 마음'으로 돌아가야 한다. 이게 잘 안 되니 내가 부끄럽다.

내일 박경래 어머니를 오게 한 일도 긁어 부스럼이 되는 일이 아닌지 모르겠다.

5월 31일 화요일 맑음

어제 동원이와 진영이가 의석이 집에 가 봤으나 찾지 못했고, 전화를 걸어도 처음에 받았다가 끊어 버렸다 한다.

내가 의석이 아비에게 전화를 해도 늘 전화기는 꺼져 있다. 전화해 달라는 말을 남겼지만 연락이 안 온다.

"어제 경래 저거 외삼촌이 의석이 저거 아버지를 손 좀 봤는가? 와, 연락이 안 되는고? 밤길 조심하이소, 언제 해꼬지할랑가 모르잖아."

"그래, 내가 마치마 바리 사람 많은 전철 타고 집에 안 가나."

이렇게 노 선생과 농담을 하고 있지만 사실은 마음이 편치 못하다. 박경래 외삼촌이 전화했다.

"그 사람 어떤 사람인지 잘 모르겠지만, 경래 잘못 건드렸습니다. 이건 법적으로 처리하겠습니다. 아이한테 '파묻어 버리겠다'고 했답니다. 이걸 가만두고 있겠습니까."

그리고 여러 말을 들어 보면 역시 이 사람도 주먹 세계에 있는 사람이다.

"마음은 충분히 이해합니다. 어느 부모가 애가 그렇게 당했는데 가만히 있을라고 하겠습니까. 하지만 우선 흥분을 좀 가라앉히시고, 찬찬히 생각 좀 해 봅시다. 만약 고발을 하더라도 나와서 나하고 의논을 한 뒤에 하십시오. 모두 피해를 입게 되니까요."

그리고 경래를 불러 물어보았다.

"경래야, 정말 그 사람이 널 파묻어 버리겠다고 했어?"

"예, 선생님이 그때 운동장에 오셨을 때예, 의석이 아버지하고 이야기하고 있고, 우리는 그 같이 온 사람이 불러서 저쪽에서 이야기했잖아요. 그때 그 사람이 앞으로 의석이하고 잘 지내고, 만약 또 괴롭히면 산에 끌고 가서 묻어 버린다고 했어요."

박경래 어머니가 또 전화했다. 나를 골치 아프게 해서 미안하다고.

자기 동생(경래 외삼촌)에게 좀 자제하라고 이야기했다고 한다.

5시쯤, 의석이 애비와 통화. 내일이나 모레쯤 학교에 나오겠다고 한다.

6월 1일 수요일

이젠 경래마저도 의기소침해졌다. 말도 잘 하지 않고 오늘도 지각을 했다. 그리곤 조퇴시켜 달란 소리. 점심시간에 다시 왔기에 조퇴증을 써 주었다. 다시는 지각 안 하기, 이제 안 좋은 기억 다 버리고 옛날 웃음 되찾기를 약속하면서.

6월 3일 금요일

오늘부터 박경래는 조금씩 웃음을 되찾았으나, 의석이는 오지 않았다. 전화도 안 받는다. 의석이 아비와 통화가 되긴 했는데 나중에 자기가 하겠다고 해서 끊었더니 그 뒤로 연락이 오지 않는다. 나도 더 이상 연락하지 않았다. 기다려 보자.

6월 4일 토요일

종례 때 말했다.

"야들아, 내일 모레 집에서 쉬는 동안 의석이한테 문자 한 통씩이라도 좀 보내 봐라. 이제 우리가 의석이를 받아안아야 안 되겠나. 하는 짓은 미워도 우리가 의석이를 안 받아들이면 의석이가 어디를 가겠노. 너희들이 모두 문자를 보내면 의석이 마음도 달라질 거다. 꼭 통화를 해 보고, 안 되면 문자라도 보내도록 해라."

　나도 의석이를 받아안을 마음을 가져야 한다. 의석이가 학교를 다니지 않게 되는 데는 내 책임도 있다. 그러면서 나는 또 내 명예를 생각한다. 이런! 내가 이제 의석이에게 정성을 쏟아야 한다.

6월 7일 화요일

　의석이한테 문자를 보낸 아이는 여덟 명 정도.

　의석이 아버지한테 전화하니 자기도 아이가 어디 있는지 모른단다. 경래 집에서 전화를 했나? 전보다 아주 기가 죽어 있다. 경래 집에서 고발하기로 들면 자기는 빼도 박도 못 하고 구속될 일을 저질렀기 때문이다. 게다가 자기보다 더 센 주먹 세계 이야기를 들었을지도 모른다.

　월요일에 학교로 데려가겠노라고 한다. 의석이가 왔을 때 내가 진정을 다해 맞이할 수 있을까? 사실 아직도 앞으로 얘가 변화하지 않는 한 그렇게 살가운 정이 들 것 같지는 않다. 다만 선생으로서 최선을 다해 다독거려 줄 수는 있을 것 같다. 마음으로야 속이 썩을 것이지만. 이러니 아직도 나는 '아이들을 불쌍히 여기는 마음'으로 대하지 못한다. 그럴 수 있는 힘이란 것이 얼마나 크고 귀한 힘인지. 새삼 이 말의 무게를 생각하게 된다.

6월 20일 월요일

　강의석. 결국은 양산고등학교로 전학하겠단다. 검정 양복에 색깔 안 경을 쓰고 왔다. 자기 큰아버지와. 큰아버지는 사람이 점잖다.

12시쯤 의석이와 삼촌이 찾아와서 상담하고 갔다. 사실은 애 얼굴을 봐도 자정이 솟지 않는다. 그러나 최대한 성의를 다해서 길을 이야기해 주었다.

6월 27일 월요일

기말고사 첫날. 시험 마치고 종례하러 올라가니 강의석 녀석이 교실을 나서고 있다.

"어! 네가 시험 치러 왔구나."

"예, 나는 이제 가 봐야겠는데요."

"이 녀석아, 학교에 왔으면 종례는 하고 가야 할 것 아냐. 조례 시간에도 안 오고 늦게 왔다가 시험 다 쳤다고 혼자 집에 가겠다고? 들어가 앉아 있어, 인마. 곧 마쳐. 어째 그래 하나같이 다 네 맘대로야!"

"나는 자퇴할 건데요."

"자퇴를 할 때 하더라도 내 말도 좀 들어 보려고 해 봐. 쫌."

종례를 마치고 그냥 녀석을 본체만체하려다가 그래도 안 되겠다 싶어 가는 녀석을 데리고 와서 내 방에 앉혔다. 내가 할 수 있는 힘을 다해 친절히 얘기했다.

"의석아, 이렇게 학교에 온 것처럼 지금이라도 그냥 학교에 다녀라. 넌 다른 사람하고 달리 아버지에게도 그렇고 네 사정도 그렇고 꼭 고등학교 졸업장이라도 필요한 사람 아니냐. 누구도 너를 싫어하지는 않을 거다. 그렇게 하기로 했다. 너만 마음먹고 나오면 된다. 여태껏 결석도 아무 문제가 되지 않아."

"그럴 마음이 없는데요. 몇 명은 아는 체하는데 다른 애들은……(걔들이 모른 체해서) 나도 모른 체 쌩깠는데요."

'욕심이 배 밖에 나온 새끼야. 그럼 니가 왔다고 일어나 환영 박수라도 칠 줄 알았나. 니가 한 그 엄청난 잘못은 모르고 니가 지금 애들한테 그걸 바랐나? 싸가지 없는 새끼……' 싶었지만 꾹 참았다.

'아, 이 녀석은 그래도 정에 주린 놈 아닌가. 얘를 우리가 싸안지 못하면 더 불쌍하게 되는데…….'

"조금 지나면 나아질 거야. 잘 생각해 봐. 전학도 안 되지, 대안학교도 싫다지, 그래 가장 손쉬운 길은 다시 학교에 다니는 일일 거야. 잘 생각해 보고 7월 초에 와서 결정을 하도록 해라."

옆에서 듣고 있던 노영민 선생 왈.

"나이 열여덟이나 된 놈이 제 앞길을 그래 모르겠능교. 마, 지 알아서 하도록 놔 뚜삐소, 마. 이늠아, 니도 니 앞길을 잘 생각해서 학교 안다녀도 되겠다 싶으마 고마 딱 치아뿌고, 그래도 학교 다니는 기 낫다싶으마 엄살 피우지 말고 딱 나오고…… 그래라."

의석이는 갔다. 아마 내일부터는 시험을 치러 오지도 않을 것이다.

그래, 솔직히 이곳 학교가 너를 구원해 주지도 못하고 군이 고등학교 안 나와도 잘 살 수 있다. 하지만 네가 혹시나 후회하게 될까 봐 걱정일 뿐이다. 후회도 제 삶에서 거름이 될 수도 있는 법. 이제 더 이상 학교를 다녀라 마라 할 일이 아닌 것 같다. 그냥 두자.

7월 6일 수요일

강의석이 사촌 형과 함께 와서 자퇴원을 내고 갔다. 결국 보내기로 했다. 단언컨대 의석이 아버지가 우리 교실에 와서 그런 폭행을 저지르지 않았더라면 이런 일은 없었을 것이다. 따지고 보면 자식 생각하는 아버지 마음이 화를 부른 것이다. 아이들끼리 스스로 풀어 가야 할 문제를 '긁어 부스럼'으로 키웠다. 업보다.

7월 7일 목요일

강의석 자퇴 서류를 정리해서 넘겼다. 그걸 받은 학적 담당 최미진 선생,

"허무하죠."

"그래요, 허망하구만…… 그래도 다 제 몫의 삶을 살게 될걸요. 인생이 별거 있나……." (2005)

학교를 떠난 아이 2
- 이곳은 주례 부산구치소입니다

올봄에 이 학교로 와서 2학년 2반 담임을 맡았다. 아직 '우리 학교'라는 정도 안 붙고 자꾸만 전에 있던 학교 아이들 소식만 궁금할 때였다.

개학한 지 일주일이나 지났을까. 옆 반 담임선생이 사뭇 기분이 나쁜 투로 말한다. 자기 반에 아이가 결석을 하고 있는데 까닭을 알아보니 우리 반 김태영이란 아이가 무서워서 학교에 올 수 없다고 한단다. 태영이? 얼굴만 알았지 걔가 어떤 아이인지 아직 잘 모를 때였는데 작년 1학년 담임을 맡은 사람들이 얘 이야기가 나오자 "이 새끼가 결국 또 사고를 쳤다"고 난리다. "작년에 전학을 보내든지 퇴학을 시켰어야 할 놈을 뭐한다고 살려 두었는지 모르겠다"며 수군거린다. 학생부장과 남모를 거래가 있지 않았나 하는 의심마저 하고 있었다. 그리고 전근 오자마자 골치 아픈 놈을 맡은 나에게 진정으로 동정하는 말을 했다.

나는 이런 말에 오히려 반감이 생겼다. 아이가 원하지 않는 퇴학, 전학은 절대 할 수 없다는 게 내 철칙이다. 그리고 이런 아이가 우리 반에 있다는 것이 나에게는 오히려 반가운 것도 사실이다. 내가 중·고등학교 시절 불량배로 놀았기 때문에 이런 아이에게는 동료 의식을 가지는 버릇이 있다. 내가 한번 바로잡아 보리라.

아이를 불렀다. 덩치가 정말 속이 꽉 찬 드럼통이다. 다행히 얼굴에는 순진한 기운이 그대로 남아 있고 허연 피부가 아주 부잣집에서 자란 모습이다. 알고 보니 당감동 좁은 골목길에서 아주 작은 중국집을 하는 집이었지만. 완력은 있어 보였으나 악한 기가 없다. 그러나 교무실에 불려 온 것이 아주 못마땅하다는 듯이 불통하다. 만난 지 얼마 안 된 나에게 녀석은 기선을 뺏길 수 없다는 태도로 어깃장을 놓을 준비를 단단히 한 모양이다. 그런 모습이 오히려 귀엽다.

"태영이, 옆 반에 문상욱이란 애 알아?"

"모르는데요."

"걔가 너 때문에 무서워서 학교를 못 오고 있대……."

"아! 3반에 글마 말입니꺼. 그 새끼가 그랍니꺼."

순간 얼굴이 일그러지더니

"씨발늠. 그 새끼! 내가 잡아가 패직이뿌고 나는 퇴학하면 안 됩니꺼. 나를 퇴학시키든지 전학 보내든지 마음대로 하이소."

"야, 인마. 내가 지금 사정을 묻고 있는데 말을 꼭 이렇게 해야 되나?"

나도 순간 아뜩했다. 역시 다른 선생님들이 한 얘기가 맞구나. 이거 정말 골치 아프게 생겼는데…….

태영이는 1학년 때 3학년을 두들겨 패서 코뼈를 내려앉힌 아이라고 했다. 그것도 학기 초에. 중학교 때부터 파출소 들락거리는 게 예사고, 잡으러 오는 순경도 두들겨 패고 도망간 놈이란 소문도 있다. 그것 말고도 자잘한 폭행 사건이 있었던 모양이다. 아이들은 겁을 먹고 놈을 슬슬 피했고, 겁이 나서 학교를 오지 못하겠다는 원성도 자자했단다. 여선생님들은 이 아이 때문에 수업을 하기 어려웠다고 한다. 그럴 만한 놈이겠구나.

사실 반을 나눈 첫날부터 아이들이 뒤숭숭한 것이 눈에 띄었다. 사흘째 되던 날 이과에 있던 애 하나가 또 우리 반으로 왔다. 이과로 갔다가 문과로 옮기겠다고 해서 반을 바꾸어야 하는데 우리 반이 학생 수가 한 명 적다고 보냈단다. 임시 반장을 맡은 아이가 난감한 얼굴을 하고 찾아왔다. 지금 우리 반은 1학년 때 골통들이 다 모였는데 그 아이마저 온다면 아이들이 학교를 다니기 싫어할 것이라는 이야기를 했다. 그 아이는 우리 반 태영이하고 친해서 함께 있으려고 옮기는 복학생이라고 했다. 나는 우선 교무부에 사정을 말하고 우리 반으로 오는 것을 막아 두고 있었다.

이 녀석을 어디서부터 손을 댄다? 교무실에서 얘기하는 것은 일단 접어 두자. 얼른 말을 돌렸다.

"니가 이렇게 화를 내는 걸 보니까 틀림없이 무슨 억울한 일이 있는 모양이구나. 여기서는 말하기 싫지? 나중에 이야기하자. 올라가 봐."

그리고 점심시간에 아이에게 찾아갔다. 급식대에서 밥통을 통째로 끌어안고 밥을 먹고 있었다. 아마 이 녀석이 배식을 하고는 남은 밥을 통째로 먹고 있구나. 배식 당번은 따로 있을 텐데?

"태영이 먹는 거 보니 장사네. 임꺽정 같다. 밥 먹고 나 좀 보자이."

태영이는 서둘러 먹고는 나를 따라나섰다. 등나무께로 갔다. 그때 한 이야기는 이러했다.

1학년 마치고 봄방학 때 서면에 나갔다가 혼자 집에 오는데 전철역에서 또래 아이들이 불렀다. 너덧이 둘러서서 돈을 좀 빌려 달라고 한다. 빌리자는 말은 달라는 말이다. 언제 봤다고 빌려 주나. 같잖더란다. 넷이고 다섯이고 패거리가 있다지만 천하의 김태영을 몰라보고 돈을 빌려 달라니. 없다고 하고 그냥 가려고 하니 잡아끌더란다. 너거가 사람을 잘못 봤지. 바로 받아쳤다. 놈들은 줄행랑을 놓았다. 1대5로 붙어도 안 되었다. 재수 없다 하고 있었는데 그중에 한 명이 2학년에 올라오자 옆 반에 보인다. 햐, 이놈 봐라. 너가 진고에 있으면서 날 잡았단 말이지. 다짜고짜 달려들어 목을 조았다. 너 이 새끼 날 모르겠어? 이 녀석은 그길로 도망을 가서는 학교에 오지 않은 것이다.

"그럴 만한 까닭이 있었구만……. 야, 그래도 대강 해 놓고 말지. 얼마나 겁을 주었으면 학교를 못 오게 만드냐."

"아닙니더. 목 조금 쪼아 놓고, 인자 옆 반에 있고 하니 친구로 잘 지내자 했는데. 지가 학교 안 오고는…… 새끼, 그래 놓고 저거 형들 데리고 와서 나를 잡겠다고 하던데에. 그래서 내가 잡히면 직이뿐다고 했습니더."

나는 내 어릴 때 이야기를 해 주었다. 듣는 둥 마는 둥 하면서도 싱긋이 웃으며 나를 바라보기도 한다. 학교를 정말 나가고 싶냐고 하니 1학년 때는 나가고 싶기도 했는데 지금은 아니란다. 나하고 함께 2학년을 잘 보내 보면 재미도 날 것이라고 이야기했다.

다음 날 그 아이는 학교에 왔다, 부모들이 데리고. 태영이를 불러서 서로 사과하라고 했다. 순순히 응했다.

"잘 지내자. 나도 악감정은 없다."

태영이의 첫 사건은 이렇게 넘어갔다.

우리 반은 글쓰기 공부를 하기 시작했다. 몇 번 글을 쓰고 난 뒤 아이들에게 물었다.

"글쓰기가 재미나는 사람?"

"우우우……."

아이들은 야유를 보낸다. 글쓰기가 재미날 사람이 어디 있냐고. 몇 아이는 손을 든다. 그 가운데 태영이가 있다.

"태영인 뭐가 재미있어?"

"내가 하고 다니는 일을 아이들은 잘 모르거등요. 그걸 글로 써서 보여 주면 재밌다 하데요. 나도 그기 재밌고예."

대청소도 했다. 잔치처럼. 태영이도 열심히 재미나게 했다. 아이들은 서서히 어울려 갔다. 이러구러 반이 한 식구처럼 되어 갔다.

태영이는 농담을 아주 잘한다. 유머 감각이 있는 아이다. 내가 보건대 운동을 잘하는 체육 선생들이 뜻밖에 농담을 잘한다. '어깨들' 세상의 농담이 또 신선해 보인다. 태영이가 그렇다.

수학여행 첫날 밤. 나는 우리 반 아이들을 불러 술을 한잔했다. 주방에서 선생님들 밤참 하라고 차려 놓은 안주를 봐 두었는데 선생님들은 고단했던지 숙소에서 나오지 않는다. 늦게까지 오락 지도를 하다가 아이들을 다 자러 들여보내 놓았을 즈음 선생들 숙소에는 불이 꺼졌다. 잘되었다. 나는 주방의 안주를 들어내서 아이들과 전을 벌였다. 그런데 태영이는 옆에 오지 않는다. 우리 반 아이들이 거의 다 모였는데도 오지 않는다. 몇 번을 부르러 보냈는데도. 술을 먹으면 친구들 앞에서 실수한다고 절대 안 먹기로 했단다.

태영이를 겁내거나 멀리하던 아이들이 칭찬에 입이 마른다.

"선샘, 1학년 때는예, 우리가 태영이를 쳐다보지도 안 했슴미다. 겁도 나고예, 성질도 사실 드럽었슴다. 그런데 2학년 와서 보니까 그기 아이데예. 우리가 친하게 대해 주니까 태영이도 잘해 주고예."

"선생님, 선생님. 내 말 좀 들어 보이소. 태영이가 배식하는 거 샘이 걱정했지예. 걱정할 거 하나도 없습니다. 태영이가예 얼마나 배식을 잘하는지 모릅니다. 지 묵을 거는 없어도 아이들 챙기 주는 아입니더. 또 사실 태영이가 질서를 잡아야 질서가 잡히고. 그거를 아시야 됩니다, 선생님은. 아아아! 우리 선생님 좋제 느거. 선생님 하이팅!"

이미 취해서 옆에 누웠던 반장 아이가 벌떡 일어나 소리친다.

아이들은 나보다 더 태영이를 생각하고 있었구나. 자기네들끼리 어깨를 겯기 시작했구나. 나도 아이들도 하나가 되어 갔다.

여행을 다녀온 다음 날 스승의 날이라고 운동장에서 체육대회를 하고 있던 날이었다. 점심시간이 지났는데, 태영이가 보이지 않아 물었다. 병원에 갔단다. 왜? 교실 유리창을 팔꿈치로 쳤다나. 그건 왜? 배식을 하고 있는데 아이들이 줄도 안 서고 서로 덤벼들어 반찬을 퍼 갔단다. 몇 번 고함을 지르던 태영이가 갑자기 교실 유리창을 팔꿈치로 박살을 내 버린 것이다. 그랬어? 유리는 치웠지? 내가 목공실에 말해 둘테니 유리 갈아 끼워라. 나는 모른 척하고 있으마.

그때 일을 쓴 태영이 글이다.

우리 학교에는 반마다 급식차가 있다. 국, 밥, 반찬통을 놓아두어서 배식하는 아이가 나누어 주는데 배식하는 아이들이 배식을 하면 밥과 반찬이 언제나 모자랐다. 그래서 서로 배식을 하려고 하지 않았다. 심지어 급식을 맡은 아이가 아예 점심시간에 사라지는 그런 아이도 있다 (송모군). 그래서 겸사겸사 내가 배식을 맡았다. 나 혼자 하기에 벅차 창훈이 도윤이 재승이가 도와주어서 그리 힘들지 않았다.

며칠 전 스승의 날도 내가 점심시간 잠시 잠이 들었는데 몇몇 아이들이 줄을 서지 않고 먹고 있었다. 그런데 평소 친한 아이들이 아니면 한 대 때려주고 싶었지만 나는 분에 못 이겨 유리창을 깨뜨렸다. 그래서 팔꿈치를 조금 다쳐 꿰매었다. 나는 그렇게 마음대로 먼저 밥을 먹은 친구의 이름을 밝히고 싶지 않다.

나는 배식을 하면서 많은 것을 알게 되었다. 내가 배식을 안 할 때는 남보다 밥과 반찬을 많이 먹어서 다른 아이들이 먹지 못했고 줄도 오래 서서 기다렸을 것이다. 미안했다.

나는 끝까지 공평하게 배식을 하고 싶다. (5. 17)

다음 날부터 태영이는 말문을 닫은 듯이 말이 없다. 불렀다.

"팔꿈치는 괜찮아?"

"샘 알고 있었습꺼?"

지금부터 반 아이들하고 말을 안 하고 살겠단다. 친하게 지내려고 했는데 그렇게 할수록 자기에게 함부로 한다는 것이다.

"달라들고예. 동네에 가면 다 내 동생뻘들하고 놀거등예. 나는 가들하고 잘 안 놉니더. 형들하고 이래 있는데, 야들이 저거 맘대로 해 쌓고. 학교에서도 저거 맘대로고······."

태영이는 노는 세계가 다르구나. 이런 아이에게 무조건 학교에 적응하라는 말이 어울릴 것 같지가 않다. 어떻게 할까. 또래인데 또래가 아니니.

며칠 전에도 일이 크게 번질 뻔한 일이 있었다. 미술 선생님이 나에게 와서 걱정을 한다. 태영이 걔 어째 좀 격리를 시켜야 할 아이 아니냐고. 바로 미술실 앞에서 아이 하나를 잡아서 때리는데 겁이 나서 못 보겠더란다. 맞은 아이는 우리 반 인우였다. 불러서 물었다.

쉬는 시간에 태영이가 똥이 마려워 급하게 변소에 뛰어들며 인우에게 부탁을 했다. 인우야, 내 휴지 좀 갖다 도. 들어오고 보니 종이도 한장 없다. 알았다 기다려라 해 놓고 간 인우는 오지 않았다. 장난기가 발동한 인우는 태영이가 변소서 이제 못 나온다며 키득거리고. 그래 놓고 인우는 미술실에 수업하러 들어가 버렸다. 태영이는 40여 분 동안 쪼그리고 앉아 이를 갈았겠지. 그 굵은 허벅지로 쪼그려 있으니 다리는 얼마나 저렸겠나. 변소에서 고함을 질러도 수업하러 간 아이들에게 들리지도 않고. 수업 마칠 때가 다 되어서야 변소에 들어오는 한 아이에게 부탁해서 휴지를 얻었고, 처리가 끝나자 불같이 달려가 미술실에 있는 인우를 끌어내어 두들긴 것이다. 선생님이 말리거나 말거나.

나는 서로 사과하고 잘 지내라고 이르고는 그 일은 덮어 버렸다.

"계속 말 안 하고 살 거야? 그것도 우습잖아. 그리고 동무는 동무들인데. 니를 아이들이 얼마나 끔찍이 생각해 주고 있는 줄 아나. 지금은 화가 나서 그렇겠지. 사회에 나가 봐. 학교 동무들이 얼마나 귀한 줄 아나. 배식하기 싫으면 다른 아이 시킬게."

나는 이렇게 얼버무려 두는 수밖에 없었다. 촌에 일하러 갈 때 데리고 가서 일도 실컷 하고 막걸리도 마셔야겠다고 생각했다. 그런데 얼마 지나지 않아 또 일이 터졌다.

3반 반장인 병규라는 아이가 태영이에게 맞아서 피를 흘리며 병원으로 갔다는 것이다. 얼마나 맞았기에 병원까지 갔나. 나는 맥이 탁 풀렸다. 화도 났다. 그렇게도 자기를 다스릴 줄 모르나. 1학년 때부터 태영이를 보아 온 3반 담임선생은 이제는 용서할 수 없다고 차갑게 말한다. 나도 할 말이 없다.

"이번에는 나도 징계를 하고 말겠습니다. 그렇지만 일이 어찌 된 것인지 알기나 알아야 안 되겠습니까. 태영이에게 진술서를 받아 놓겠습니다. 그러나저러나 병규가 많이 다치지는 않았어야 할 텐데……."

"치료받고 집으로 갔답니다. 눈과 눈 사이가 찢어져서 기웠답니다. 눈에 바로 맞았으면 어쩔 뻔했습니까."

나는 마치 내가 아이를 다치게 하기나 한 듯이 어떻게 사과를 해야 할지 몰랐다. 젊었을 때 같았으면 우선 태영이를 잡아다가 몽둥이찜질부터 했을 것이다. 그러나 이제 그러고 싶은 마음도 안 들고 그래서도 안 된다 싶었다. 태영이 같은 아이는 때려서 문제 해결이 될 아이가 아니란 사실을 너무나 잘 알고 있기 때문이다. 이런 내 모습이 다른 선생님 눈에는 아이만 싸고도는 것처럼 비치는 모양이다.

6월 2일 점심시간에 복도 배식판 청소를 하게 되었는데 원래 안 해도 되는데 오늘 반찬인 오뎅이 많이 남아 우리 반 아이들을 나누어 주는데 제 휴대폰이 오뎅통에 빠지고 옷과 내 책상도 다 버려서 화가 나 있었고 배식판 청소인 재승이 도윤이가 보이지 않았고 휴대폰도 버리게 되어서 짜증이 나 있었습니다. 마침 다른 친구가 "병규" 하고 부르길래 무심코 쳐다봤는데 병규가 휴대폰을 들고 있어 전화 한 통 쓰자고 하니 기분이 나쁜지 기분 나쁘게 얘기해서 그냥 아는 척이라도 하자고 병규를 불렀습니다. 그런데 대답도 하지 않고 쳐다보지도 않았습니다.

오늘은 괜히 청소도 많이 하고 배식모자와 마스크를 잃어버려 물려주게 생겨서 짜증이 나있는 상태에서 화가 나 병규에 뒤통수와 목을 때렸습니다. 그리고 들고 있던 컵의 물을 뿌리려 했는데 컵까지 날아가 병규 얼굴에 맞았습니다.

그런데 아이들이 많이 모이길래 화장실에 가서 조용히 얘기하자고 했는데 가방을 싸들고 나가려고 해서 저는 겁이나 화장실로 데리고 갔습니다. 그리고 얘기 좀 하자하니 저의 목덜미를 뿌리쳤습니다. 저는 화가 나서 병규의 목덜미를 잡고 밀었습니다. 그래도 밖으로 나가길래 보내주니 가방을 싸고 뛰쳐 나가길래 아까 금이 간 조금 깨진 컵(플라스틱)을 던졌습니다. 그런데 병규의 얼굴에 맞아서 피가 흘렀습니다. 그래서 양호실로 데리고 갔습니다. (김태영의 진술서)

그랬다. 나는 진술서를 읽어 보고 이야기를 들어 보고 하니 태영이를 이해할 수 있을 것 같았다. 안 그래도 말도 하기 싫을 만치 아이들이 배식 일을 도와주지 않아 화가 나는데, 반장이라고 꿇리기 싫단 말이지. 인마, 이리 와 봐. 안 와? 홧김에 달려가 그놈 멱살을 잡아끌고 화장실로 갔는데 이놈은 비웃듯이 웃으며 칠 테면 쳐 봐라 네가 힘으로는 셀지 모르지만 나를 이길 수는 없어 하는 것 같고, 그래 인마 너거 엄마가 육성회 회장이면 다냐, 몇 대 쥐어박고는 다시 배식하려는데 이놈이 가방을 들고 나가? 야 인마, 그딴 일로 나가? 그럼 내가 어떻게 되는 거야, 선생들이 날 또 폭행했다고 야단들이겠지. 가지 마 인마, 어? 가? 옆에 있던 플라스틱 컵을 던졌는데, 뒤돌아서 가던 놈이 그때 하필 돌아보는 바람에 미간을 맞았고, 그놈은 피를 흘리며 병원으로 간 것이다. 내 학교생활은 이렇게 안 풀리는구나. 이렇게 종이 치는구나.
　- 이게 태영이가 한 행동과 생각이었을 것이다.

사정이 이러한데 태영이에게만 죄를 물어서 학교에서 쫓아낸다는 것은 가혹한 일이 아닌가. 태영이 놈이 잘한 것은 아무것도 없는데도 자꾸 이해만 하려 드는 내 이런 마음이 잘못되지나 않았나 싶기도 했다. 태영이가 힘 약한 아이를 야비하게 괴롭히거나 돈을 빼앗거나 했으면 나도 용서하지 않았을지 모른다. 그러나 최소한 야비한 점은 없다.

병규만 해도 그렇다. 사실은 병규가 완력으로는 태영이와 견줄 수 없지만 공부로나 집안으로는 태영이 정도는 상대가 안 된다. 병규 아버지는 사업을 하는 사람으로 병규 모교인 ○○중학교 육성회 회장을 지냈고, 지금도 어머니가 육성회 임원으로 선생들과는 친구처럼 지낸다. 공부도 문과 10등 안에 들지, 게다가 반장이다. 선생님들은 모두들 착한 모범 학생이라고 칭찬하고 있다. 가장 문제아 태영이와 이렇게 인정받고 있는 병규와 누가 힘이 셀까. 평소에 태영이 행동이 못마땅하던 병규는 다른 힘으로 태영이를 누르려 한 것이다.

"네가 왜 내 핸드폰을 빌려야 되는데? 못 빌려 주겠다."

겉으로는 자기 것을 지키려 한 것으로 아무 잘못이 없지만 사실은 태영이에 대한 도전이었다. 태영이는 또 자기 식대로 그것을 누르려 했고. 이것을 두고 일방적인 폭행이라 할 수 있는가.

이 사건이 있던 날, 우리 반 반장과 의창이가 사색이 되어 날 찾아와서는 등나무 아래로 끌고 가서 하던 말이 생각난다.

"선생님, 일이 좀 복잡하게 됐습니다. 방금 태영이가 병규를 때려 가지고 병규가 가방 싸 들고 집에 갔거든예. 별로 심하지도 않았는데 가버렸단 말입니다. 문제는요, 병규 어머니가 육성회 이사 아닙니까. 태영이는 우째 되겠습니까."

다음 날 예상대로 병규 부모가 학교에 왔다. 다행이 병규는 미간에 조그만 일회용 반창고만 붙이고 왔다. 한 바늘을 꿰맸단다. 그렇지만 얼굴이라서 흉터 없애는 수술을 또 해야 할지 모른다고 한다. 학교에서는 맞은 아이의 집에서 경찰에 신고해 버리면 어쩔 수 없고, 만약 용서를 한다면 그에 따라 징계위원회를 열기로 했다.

태영이 아버지도 왔다. 태영이와는 달리 아버지는 왜소한 체구에 고생한 표가 아주 많이 나는 초라한 50대였다. 하루 벌어 살아야 하는 형편에 짜장면 재료를 사다 놓아야 장사를 할 텐데 아이놈 때문에 오늘 장사는 조졌다는 말부터 한다. 학교에고 경찰서에고 하도 여러 번 불려다녀서 오래전에 포기했는데, 2학년 들어와서는 조용하다 싶어 안심했더니 그예 일을 벌였다고 고개를 떨군다.

병규 부모는 참 부티가 나는 40대 초반 사람들이다. 병규 아버지는 육성회장 출신답게 상담실에 마주 앉자마자 초라한 중늙은이를 앞에 두고 한바탕 훈시를 한다. 자식을 어떻게 키웠느냐는 것이다. 자식의 잘못은 모두 부모에게 있지 않으냐며 아버지의 무능과 무관심을 꾸짖는다. 나는 속으로 좀 어이가 없었다. 아무리 자식 잘못 둔 아버지이기로 이렇게 꾸중하듯 하는 말을 꼼짝없이 듣고 있어야 하는가 싶었다. 그러나 태영이 아버지고 나고 잠자코 있을 수밖에 없었다. 우리는 죄인인 것이다. 이야기는 한 시간가량 이어졌다. 자기가 청소년 선도를 위해 얼마나 많은 일을 했으며 가정교육은 어떻게 하고 있는가에 대한 이야기였다. 나는 듣다가 중간에 나가 버리고 싶었지만 태영이 아버지의 초라한 모습이 안쓰러워 옆에 지키고 있기로 했다. 상대의 얘기를 달가워하지 않는 내 모습을 보면 힘이라도 되려나 싶은 마음 때문이었다.

병규 아버지는 내가 자기보다 한참 어린 나이인 줄 아는 모양이었다. 얼른 보아도 나보다 네댓 살은 아래인 것 같은데, 선생도 들으시오 하는 투다. 이래야 일이 해결된다면 이것을 못 참겠나 싶어 고개를 주억거려 주는 수밖에 없다. 나중에는 자기가 태영이를 자기 아이처럼 잘 키워 보겠노라고까지 한다. 나는 도저히 참을 수가 없었다.

"병규 아버지, 여기 태영이 아버지도 자식 키우느라 고생을 많이 하시는 분입니다. 고마우신 말씀이지만 태영이의 선도를 바라고 계시는 듯한데 한 번만 더 아버지와 담임에게 맡겨 주시면 좋겠습니다" 하고 말을 끊어야 했다.

드디어 병규 아버지는 요구 조건을 내놓는다. 치료비 일체를 내놓을 것, 태영이가 2반(우리 반), 3반(병규 반) 교실에 가서 공개 사과하고 용서를 빌 것.

태영이는 3반 교실로 갔다. 양쪽 아버지와 나도 따라 들어갔다. 책상 위에 꿇어앉으니 그 큰 몸집에 책상이 너무 비좁다. 태영이는 고개를 숙이고 앉아 떠듬떠듬 말한다.

"……다음부터는 이런 일이 없도록 하께…… 하겠습니다."

끝내 고개를 외로 꼬고는 눈물을 훔친다.

'그래, 이번 기회에 친구들 앞에서 네 기를 꺾어라. 아무리 주먹이 힘셀 것 같지만 여러 사람의 힘 앞에는 당하지 못한다는 것도 알아라.'

나는 이렇게 빌 뿐이다.

그러나 다음 날 태영이는 학교에 오지 않았다. 오늘 징계위원회가 열리는데 애가 학교에 오지 않으면 내가 무슨 변호를 할 수 있겠나 싶어 급히 집으로 가 보았다. 생각했던 것보다도 더 초라한 짜장면집이었다. 태영이는 아직 자리에서 일어나지도 않고 내처 누워 있다가 내가 왔다는 소리에 방에서 나왔다. 방이라야 식당에 딸린 칸막이 방이라 술 손님이 오면 내놓아야 할 그런 방이다.

태영이는 도저히 학교 갈 수가 없단다. 아이들 앞에 쪽팔려서 학교를 그만두는 게 낫겠단다. 수모를 심하게 느끼는구나. 그렇다면 그런 용서는 왜 빌어. 아예 그런 수모 안 받고 그만두지. 이제 끝이 났으니 학교로 가자. 어젯밤에는 동네 친구들이 태영이가 아이들 앞에서 용서를 빌었다는 소리를 듣고는 울고불고 난리가 났단다. 어떻게 학교를 다니려고 그런 짓을 했느냐, 그런 요구를 한 놈 잡아서 본때를 보여 주자면서.

나도 태영이 얘기를 듣고 나니 차라리 전학을 보내는 것이 좋을 듯하다. 알았다. 내가 전학 갈 만한 학교를 알아보마. 이러고서 집을 나설 수밖에 없었다.

징계위원회에서는 담임이 책임진다는 조건으로 '교외 봉사 열흘'이란 벌을 결정했다. 저녁에 다시 태영이 집으로 갔다. 친한 녀석들 몇도 데리고 갔다. 너희들이 설득을 해 보아라. 태영이 아버지가 탕수육을 만들어 준다. 아이들과 술도 한잔하면서 얘기했다. 그렇게도 자존심이 상했느냐, 그때 사정이야 어땠든 싸운 것도 아니고 네가 일방으로 아이를 때렸으니 용서 비는 것은 마땅하다, 이번 기회에 좋은 경험도 해 보아라, 뇌성마비 아이들이 다니는 학교에 가서 봉사 활동을 하는 것이 이번에 네가 받는 벌인데 이건 벌이 아니라 평생에 못 해 볼 좋은 경험이 될 거다. 이런 이야기 몇 마디에 이 녀석은 금세 시킨 대로 하겠단다. 내심은 어이가 없다. 아침에 얘기할 때는 창피해서 도저히 학교 못 가겠다고 버티더니, 형편 바뀐 것은 아무것도 없는데 저녁에 와서 말하니 나오겠다고? 그렇다고 내 얘기에 감복해서 그런 것도 아니고. 하루 정도 창피하고 말 창피였구나. 그래, 그럼 되었다 하고 나서는데 이 녀석들은 또 부산대학 앞으로 놀러 간단다. 태영이는 금방 머리에 무스를 바르고 구두를 신고 따라나서는 것이다. 그래 좋을 대로 해라. 내가 너희보고 공부하라고 하면 할 놈들도 아니고 당치도 않은 말일 테니.

다음 날부터 태영이는 혜성학교(정신지체아 학교)로 가서 봉사 활동을 했다. 나는 날마다 일기를 쓰라고 했다. 좋은 경험을 기록으로 남긴다면 뒷날 좋은 공부거리가 될 것이라며. 절대 반성문 쓰는 마음으로 쓰지 말고 우리 반에서 배운 글쓰기 정신으로 써 보라고 했다. 일 마친 뒤에 나에게 와서 그날 한 일을 얘기하는데 이 녀석은 일에 아주 신이 나 있다. 옷에는 땀내가 물씬하다. 정말 온몸으로 일하는 모양이다.

6월 7일

먼저 본관 1~6층 계단과 복도를 청소했다. 그것만으로 손에 물집이 생겼다. 얼마 안 되 오늘은 점심시간이 빨리 왔는데 거기에는 12시부터 1시까지 점심시간이었는데 나는 1시부터 2시까지 휴식시간이었다. 대강 청소하니 1시 20분이었는데 얼른 식당에서 식권을 사러가니 식당 식권 받는 시간이 지났다. 내려가서 사먹기도 힘들어 점심을 굶고 청소를 했다.

그곳 학생들은 막 뛰어다니는 것을 좋아했다. 나에게 말을 거는 아이도 있었다. 장난도 치는 아이가 있었는데 나보고 "바보야!" 하고 도망가는 아이도 있었다.

6월 12일

나는 이곳에 오면서 여러 선생님과 다른 사람들에게 배울 것이 있다고 느꼈지만 오히려 이곳 학생들에게 배울 것이 많다고 느껴진다.

이곳은 소각장도 있고 쓰레기 분리수거통이 여러 개 있는데 깡통, 고철, 플라스틱, 병 등을 분리하는데 겉은 깨끗했지만 잘 정리되지 않아 오늘은 그곳을 정리하기로 했다. 여러 자루에 정리를 하는데 시간은 오래 걸리고 허리가 아팠지만 조금 깨끗하니 마음이 뿌듯하고 쓰레기를 함부로 버릴 생각이 들지 않았다.

6월 14일

처음 올 때는 선생님들을 비롯 여기에 일하시는 분들에 대해 알지 못했다. 청소를 하거나 일을 할 때 교실의 수업 시간을 보며 우리 학교에서 그냥 정규과정을 가르치는 것보다 학생들을 위해 필요한 게 뭔지 무엇을 잘하는지 등…… 선생님들이 학생 개개인에 대해 잘 아는 것 같다. 어제도 식당에서 밥을 먹는데 남자 선생님이 보통 "공부 잘하냐?" "성적은 어떠냐?"보단 "요즘에 어머니 떡 장사 잘 되냐?"라고 물으셨다. 그뿐 아니라 "요즘에 오락실 가나?" 이런 식으로 꼭 친구나 형제나 가족처럼 지내는 것 같다.

오늘은 별로 한 일은 없지만, 모든 일이 몸에 배는 것 같았다. 전공과 3학년 청소하는데 선생님께서 쓰레기통을 비우라 하자 그 반 아이들은 서로 비우려고 고함을 지르고 심지어는 싸우기도 했다. 나는 우리 모두 달라질 수 없지만 나부터 달라져 우리 반만이라도 아이들이 서로서로 아낄 수 있는 친구가 되었으면 한다.

6월 16일

나는 학교에 가서 생활이 좀 걱정된다. 지킬 것을 지키면서 내 할 일을 하고 싶다. 그리고 기계실에는 주사님이 한 분 더 계시는데 나이가 27살 정도인데 경성대 야간 컴퓨터과 1학년이라고 하신다. 지금은 시험 기간인데도 일을 게을리 하지 않고 쉬는 시간에 책을 틈틈이 보시는데 공고 졸업하고 5년 간 직업군인으로 갔다오셨다고 하는데 공부가 너무 하고 싶어 경성대에 들어갔다고 하는데 그 분이 너무 자랑스럽다.

봉사 활동을 마치고 돌아온 녀석은 언제 내가 벌 받았느냐는 듯이 학교생활에 잘 적응하고 있다. 점심시간 배식 당번 일도 그대로 하고, 아이들과도 잘 어울린다. 물론 태영이가 공포의 대상이 아니란 것은 아니다. 내가 다른 반에서 수업을 하고 있을 때, 가끔 이 녀석이 자판기에서 커피를 뽑아 들고 뒷문을 스르르 열고 들어와서 교탁에 놓고 간다. 화장실 갔다가 오는 길이라면서, 선생님 심부름 갔다 온다면서. 그러면 아이들이 와르르 웃거나 얌마 니 뭐야 하기 마련인데 태영이인 줄 알면 모두 가만히 있다. 웃지도 않는다. 이런 대접을 받고 사는 것이 안쓰럽기도 하지만 그게 다 제 업보인 걸 어쩌나.

　위에 한 이야기는 작년에 써 두었던 글 그대로를 옮긴 것이다. 옛날 글인 셈이다. 이제 '요즘의 태영이' 얘기를 해야겠다. 내 얘기를 들은 많은 분들이 태영이 안부를 물을 때마다 마음이 무거웠다. 사람들은 태영이가 이제 학교도 잘 다니고 있고 동무들과 잘 어울리고 있다는 말을 듣고 싶었을 것이다.

　"그렇지요. 태영이가 바로 될 줄 알았어요. 선생님이 태영이를 믿어 주고 사랑한 때문이지요."

　이런 이야기를 들었으면 나도 좋았겠지. 그러나 아니다. 태영이는 3학년 1학기를 넘기지 못하고 학교를 그만두고 말았다. 나는 그것을 가만히 앉아 보고만 있었다.

　나는 태영이가 아무리 아이들을 괴롭히고 선생님들에게 함부로 대한다 해도 밉지가 않았다. 태영이가 그렇게 할 수밖에 없는 형편인 것을 알기 때문이다. 태영이가 몸담고 있어야 할 학교라는 세상은 그에게 도무지 맞지 않다. 학교 권력이 갖다 대는 잣대에 맞추기는 아예 살아온 모습이 다르다. 그러면 이런 아이는 학교를 떠나야 하는가? 그렇지 않다고 본다. 그도 학교에 다닐 권리가 있다. 학교는 규격에 맞는 제품만 생산하는 공장이 아니기 때문이다. 더구나 교사는 아이들의 속을 잘 들여다볼 수 있어야 한다.

　중학교 때부터 폭행을 일삼아 온 아이, 집에서는 이미 손을 놓아 버린 아이, 학교 밖에만 나가면 전혀 다른 세상에서 살아가는 아이, 하루

일고여덟 공부 시간 가운데 한 시간도 즐거운 것이 없는 아이. 이런 아이에게 학교가 갖다 대는 잣대는 얼마나 허망한 것인가. 그래도 학교가 이런 아이를 안고 있어야 하는 까닭은 학교 밖에 아무런 대안이 없기 때문이다. 오히려 태영이를 아주 철저히 몹쓸 아이로 만들어 버릴 것이다. 태영이가 학교 분위기를 흐린다고 해도 참고 아우르자. 이게 내 생각이었다.

나는 교실에만 들어가면 태영이에게 장난을 걸기도 하고 어지간한 잘못, 이를테면 종례를 안 하고 집에 가 버리거나 수업에 빠지는 일 따위에 대해서는 말을 하지 않았다. 그런데 2학년 겨울방학이 가까울 무렵 또 사건이 하나 터졌다. 딴 반 아이 하나가 나에게 조용히 할 말이 있다고 찾아왔다. 상담실에 데리고 가서 이야기를 들으니 기가 찬다. 태영이가 찻집 '티켓'을 만들어 팔고 있다는 것이다. 그게 무슨 소리냐? 설명을 들어 보니 이렇다.

찻집 이름과 전화번호가 적힌 조그만 쪽지를 아이들에게 2,500원 3천 원씩 받고 판다는 것이다. 이 쪽지로 정해진 찻집에 가면 차를 마실 수 있다고 하는데 아무도 그 찻집에 가 본 아이는 없다고 한다. 그냥 돈을 뺏긴다고 생각해야 한다. 더구나 이것을 자기가 직접 파는 것도 아니고 주먹깨나 쓰는 몇 아이에게 쉰 장씩 서른 장씩 주어서 팔아 오라고 한다. 이 표를 받은 아이는 다시 다섯 장씩 열 장씩 다른 아이에게 나누어 주어서 팔게 한다. 이렇게 나간 표가 2백 장은 넘을 것이라고 했다. 이런 심부름을 하는 아이들은 자기 돈으로 표값을 물고 마는 수도 있지만 1학년 아이들에게 협박을 해서 팔고 있단다. 게다가 이런 일이 이번만 아니고 벌써 여러 번째란다. 당감동 형들이 팔아 오라고 했다면서 당구장 표도 팔고 또 무슨 표도 팔고.

이 녀석이 이렇게까지 야비할 줄 몰랐구나. 내 앞에서는 온갖 소리 다 하면서 사람이 되어 가는 흉내를 내더니 뒷구멍으로는 이렇게 아이들을 괴롭혀! 이건 괴롭히는 수준이 아니라 아주 더러운 방법으로 남의 돈을 갉아먹고 있었던 것 아닌가. 그런데 우리 반 아이들은 왜 아무 소리도 안 했을까. 우리 교실로 갔다. 그날도 태영이는 일찍 집에 가고 없다. 잘되었다.

"내가 방금 9반 애한테 이야기 듣고 왔다. 너거는 태영이가 티켓 팔고 있는 거 몰랐더나? 이놈이 우리 반 몰래 이런 짓을 하는 모양이지?"

잠시 말이 없던 아이들이 웅얼웅얼 소리를 낸다.

"알고 있었는데요……."

"뭐? 알고 있었다고? 그러면서 나한테 한마디도 안 했더나? 도대체 너거는 우째 된 놈들이고? 이기 비밀로 할 일이가 이놈들아!"

소리를 치자, 의창이가 일어나 더욱 볼멘소리를 한다.

"선생님이 태영이를 그렇게 좋아하는데 우리가 어째 말을 합니꺼."

힘이 쪽 빠졌다. 아이들은 이렇게 생각하고 있었구나. 나는 그만 태영이의 든든한 '백'으로 되어 있었구나. 아이들 몇을 남겨서 이야기를 자세히 들어 보았다. 어처구니가 없다. 1학기까지는 그런대로 친하게 지내며 놀았는데 2학기부터 태영이는 옛날로 돌아갔다는 것이다.

"도윤이 너는 태영이하고 친하잖아. 니가 본 태영이는 어때?"

"샘은 도윤이가 태영이하고 친한 줄 알고 있습니꺼? 도윤이가 젤 괴롭습니더. 맨날 뭐 시키고. 할 수 없어 친한 체하고 있지, 그게 친굽니꺼. 똘마이지."

다시 의창이가 거들고 나선다. 도윤이는 그제사 눈물을 훔친다. 내 피가 거꾸로 솟는 것 같다. 부모가 이혼을 해서 혼자 밥해 먹고 다니는 우리 도윤이가 혼자 그렇게 고통을 당했다니. 내가 도리어 화를 내었다.

"빙신 같은 놈들. 태영이 그 새끼가 아무리 힘이 세다고 해도 너거 서넛만 힘 합치면 그놈 하나 작살을 못 내. 의창이 니는 이 빙신아, 힘이 있잖아. 태권도가 3단이라며. 바로 붙어도 니가 이겨 인마. 반 동무들이 그렇게 당하고 있는데도 가만히 있었어 그래. 그때는 주먹을 쓰는 거야 인마."

"나도 몇 번 붙을라 했는데……, 바로 붙으면 자신은 있는데……, 글마 패거리들이 있다 아입니꺼. 형뻘들도 있고……."

"그라고 그 새끼는 쌈 붙었다 하면 아무거나 깨 들고 설치서 쌈하기 어렵습니다."

할 말이 없다. 내가 책임 없는 소리를 하고 있구나.

"우리 반 아이들도 티켓 많이 샀나?"

"우리 반 아들한테 그런 짓은 안 합니더. 그런 거를 선생님이 억수로 싫어한다는 거를 태영이 글마는 알고 있거든예."

"그러니 그 새끼가 야비하다는 거지."

이 일을 어찌한다? 내가 몽둥이뜸질을 한다? 그것도 잘 안 될 것 같다. 맞으면 이놈은 바로 반항할지 모른다. 그러면 지하고 나는 끝이지.

바로 붙는 거야. 뒤엉켜 한판 싸우고 나면 괜찮아질지도 몰라. 아니야, 이건 못 할 짓이야. 내가 그만큼 망가질 준비가 안 되어 있어. 퇴학을 시킨다? 이건 더 안 될 짓이지. 퇴학을 시킨다고 이놈이 바로 된다면 열 번이라도 시키겠지만, 이놈은 아예 막 나가 버릴 거야. 못 말릴 놈으로 두고 보자니 아이들 피해가 이만저만 아니고 징계를 하자니 미봉책밖에 안 되고. 어떻게 한다?

흥분이 가라앉자 다시 태영이가 불쌍한 아이의 모습으로 다가온다. 그래, 아직 철없는 아이 아닌가. 역시 끝없는 사랑밖에 없다. 스스로 잘못을 뉘우치도록 해야 한다. 끝까지 이놈을 싸안아 보자. 표를 받아 갔던 아이들을 불러 모으니 자그마치 스무남은 된다지. 다행히 돈을 낸 아이는 없다.

학생부에서는 다시 징계 이야기가 나온다. 내가 마침 학생부 교내 담당이라 쉽게 무마시켰다. 3학년이 되면 직업학교(일반 학교에서 생활하기 어려운 학생들을 모아 직업교육을 시키는 위탁 교육기관)로 갈 것이고 2학년이 얼마 남지 않았으니 내가 지도해 보겠다고 했다. 그러나 태영이는 그다음 날부터 학교에 나오지 않았다. 내가 화가 많이 났다는 소문을 들은 모양이다. 연락도 닿지 않는다. 집에서는 모른다는 소리뿐이다. 마음이 녀석에게서 자꾸 떠나고 있다.

그리고 한 닷새 지났나. 나에게 조용히 할 말이 있다고 하던 아이가 또 찾아왔다. 태영이가 전화를 했단다. 표값 빨리 걷어서 가지고 오지 않고 뭐 하냐고. 아! 이놈을 사람으로 보아야 하나 말아야 하나.

"가거라. 자기 집으로 오라고 했다지? 언제? 저녁 시간에? 그래, 가서 학교에서 다 알고 있다 말하고, 다시는 이런 심부름 못 하겠다고 당당히 말해라. 너희 뒤에는 학교가 있고 경찰이 있다. 걱정 마라. 만약 패면 맞아라. 맞고 바로 병원에 가서 진단서를 끊어 두어라. 돈은 내가 주마. 그 진단서로 내가 고소를 할 것이다."

"예. 나도 더 이상 이렇게 당하고 있지는 않겠습니다."

아이도 어금니를 사려물었다.

그러나 태영이에게 다녀온 아이는 눈두덩이 시퍼렇게 되어 돌아와서도 진단서는 끊지 않겠단다. 이제 자기는 이렇게 맞았으니 그 굴레에서 벗어났다고 한다. 또 고소를 하고 싸움을 끝까지 하게 되면 피곤해서 못 살 것 같단다. 다른 사람을 위해서라도 네가 고소를 하고 끝까지 싸워 보자고 했지만 그게 아이에게 얼마나 큰 짐이 되랴. 그래 알았다. 집에 있는 줄 알았으니 내가 내일 가 보마.

다음 날 아침, 수업도 미루고 태영이에게 갔다. 놈은 자고 있었다. 짜장면 재료를 준비하고 있던 아버지가 한참을 깨워도 들은 척도 안 한다. 부아가 끓어올라도 참고 기다렸다. 한참 만에 나온다. 아! 태영이 얼굴이 그렇게 밉살스럽게 보인 때가 없었다. 입은 불퉁해 가지고, 눈을 내리깔았다가 설핏 치뜨는데 그 눈길이 무서울 지경이다.

"너가 사람이야, 인마."

첫마디가 곱게 나오지 않았다. 이건 내가 시비를 걸고 있구나. 그러나 부아는 끓을 대로 끓었다. 한 대 치고부터 시작할까 싶었지만 그럴 만큼 사랑이 가지 않았다. 겨우 마음을 가라앉히고 이야기해 보니 이 녀석은 이 녀석대로 할 말이 있다.

티켓은 자기가 한 것이 아니고 동네 형들이 시켜서 할 수 없어 했다. 나도 괴롭다. 도윤이를 괴롭힌 것이 아니다. 나는 좋아서 장난한 것뿐이다. 그렇게 싫어하는 줄 몰랐다. 어제 찾아온 아이를 때린 것은 그놈들이 선생님한테 일러바쳤기 때문에 그냥 둘 수 없어서 한 대 살짝 때렸다. 학교에 안 간 것은 선생님이 이제 나를 안 믿어 줄 것이기 때문에 갈 필요가 없었다. 학교에는 미련이 없다. 친구도 없다. 퇴학시키려면 시켜라.

잘못을 전혀 깨닫지 못하고 있구나. 그러나 들어 주었다. 그리고 나도 아주 메마른 소리로 말했다. 다시는 아이들에게 돈 따위를 뺏는 일은 하지 마라. 그냥 싸움을 했다면 이해하겠는데 이런 짓은 용서할 수 없다. 그리고 3학년이 되면 직업학교로 갈 것이니까 그때까지 학교에 나오지 마라. 학생부에서는 너를 등교 정지시키기로 했다. 직업학교 가면 너 하고 싶은 일 하게 될 테니 그때 잘해 보아라. 너는 퇴학시키란 말을 자주 하는데 그게 무기가 아니다. 네 인생을 좀 생각해라.

태영이는 그 뒤로 줄곧 학교에 나오지 않았다. 그리고 3학년이 되었다. 태영이는 5반으로 가고 나는 9반을 맡게 되었다. 태영이를 내 반으로 데리고 가겠다고 말하면 얼마든지 그렇게 하라고 했겠지만 나는 그 말을 하지 않았다. 직업반 아이들은 월요일만 학교에 오고 나머지는 직업학교에 있으니 담임이 할 일도 없다. 이제는 알아서 잘하겠지, 속으로 이런 변명을 하면서.

월요일마다 학교에 올 때 직업학교 다니는 다른 아이들은 사복을 입고 머리에 염색을 하고 나타나도 태영이는 교복을 입고 머리도 깍두기 머리 그대로 하고 왔다. 꼭 나를 찾아와서 직업학교 이야기를 한다. 다시 옛날 얼굴이 되살아났다. 언제 그랬느냔 듯 우리는 복도에서 만나면 반갑게 손을 맞잡았다.

"샘, 내가 요리과에 못 가고 자동차과에 갔다 아입니꺼. 그게 잘됐어예. 자동차 원리 이런 거는 모르겠고예, 내가 용접 하나는 잘합니다. 용접 샘도 내보고 용접에 소질이 있다 하데예. 용접 그기 돈이 된답니더. 요새는 아무도 험한 일 안 할라 하거든예. 용접 자격증 따 가꼬 돈을 벌 겁니다. 횟집 장사 밑천 마련하마 되겠지예."

"샘예, 샘예. 나는예, 학원을 차리야 되겠습니더. 학원 그기 돈이 되겠데예. 내사 공부 못해도 선생들 몇 명 데리다가 하마 안 되겠습니꺼."

만나면 이렇게 뭘 해서 돈 벌겠다는 소리를 한다. 제발 네 밥벌이나 당당히 해야 할 것인데. 나는 등을 두드려 주었다.

아! 그러나 이것도 오래가지 않았다. 5월 말쯤이었다. 내 손전화에 이런 글이 찍혀 들어왔다.

태영이 다시 학교 나온다고 하던데 고3인데 학교 못 다니겠습니다. 이게 다 선생님 때문입니다.

무슨 소린가? 담임에게 물어보았다. 태영이가 복교하게 되었느냐고. 나보다 더 의아해한다. 아이들이 너무 과민 반응하고 있구나. 모른 체하고 지나쳤다. 그런데 바로 다음 날 경찰서에서 학생부로 전화가 왔다. 김태영이란 학생이 '금품 갈취 및 폭력 건'으로 고소를 당해 경찰에서 어제 긴급체포를 했는데 그 학생이 학교에서 저지른 다른 폭행 건을 좀 알려 달라는 것이다. 경찰이 또 다른 죄를 지우기 위해 학교에 도움을 청하는구나. 우선 화가 났다. 경찰에서 요청하면 학교에서 얼씨구나 하고 다른 죄목들을 불러 줄 줄 아는 모양이다. 조사해 보겠다고 하고 끊었다. 면회부터 가 보아야 하는 것 아닌가 하다가 좀 더 두고 보기로 했다.

이틀이 지났다. 그날 태영이가 학교로 날 찾아왔다. 아니 너 경찰에 잡혀갔다더니? 어제저녁에 나왔단다. 경찰에서 접수한 고소 건으로는 검찰에 넘길 만한 것이 못 되어 훈방한 모양이다. 48시간 구금하고 조사를 해도 다른 건수가 없었구나. 교사 뒤편 등나무 아래로 데리고 갔다.

"그래, 누가 고소를 했다더냐? 니가 직업학교에서도 아이들을 못살게 굴었구나."

"직업학교 아이들이 아니고 우리 학교 아이던데요. 그것도 2학년 때 우리 반 아일 겁니더."

"그럴 리가 있나. 아무리 그래도…….

"내가 봤습니더."

"그럼 또 니가 무슨 짓을 했구나."

태영이는 정말 천연덕스런 얼굴로 이야기를 한다.

"5월 30일이 내 생일이었거든요. 생일날 놀라고 나는 보름이나 아르바이트를 해서 15만 원 모았는데, 작년에도 아이들하고 양산 같은 데가서 술 묵고 자고 오고 그랬거든예. 그래 이번에도 그래 놀라고 회비 조금씩 거두자고 만 원씩 2만 원씩 되는 대로 갖고 오라 했는데…….
내가 돈을 뺏을라 했던 거는 아입니더."

"니 생일이라고 걔들이 올 줄 알았나. 회비 내라고 하니 또 돈 뺏는
줄 알지."

"아이들이 그렇게까지 날 싫어하는 줄 몰랐습니더."

"나 같았으면 아르바이트한 그 돈만 가지고 동무들한테 한턱 썼겠
다. 안 그래도 돈 가지고는 그러지 말라고 얼마나 당부를 했나, 이 바보
야. ……아이들이 너를 싫어하는 게 문제다. 니 진심을 동무들이 알 수
있도록 좀 기다려라. 니가 진심으로 대해 봐라, 아이들이 그러나."

그런데 태영이가 하고 싶은 말은 이 말이 아니었다. 이번에 직업학
교에서 바로 체포되는 바람에 그 학교에서 자기를 아주 폭력배로 알고
퇴교시키려 하는데 선생님이 그 학교에 말을 좀 잘해 달라고 한다. 게
다가 한 보름 전에 그 학교에서 반장 아이를 팬 일이 있단다.

"새끼가 지는 노래방 삐끼 하면서 내보고 새끼 조폭이라 안 합니꺼.
내가 참을라 하다가 몇 번이나 뒤에서 그런 말을 해 쌓고 다녀서 좀 팼
뿠거든예. 그래도 합의 잘 보고 끝을 냈는데, 다시 들추어서 말하고 있
다 아입니꺼. 거기 담임이 그라데예. 본교로 복귀시킬 수 있으니까 미
리 말 잘해 두라꼬예."

"이번에 죄가 큰 게 아니라고 경찰에서도 훈방했는데 설마 그러겠
나."

태영이를 보내고 교무실에 와 앉았는데 이번에는 매점 아주머니가
날 찾아왔다. 태영이가 씩씩거리며 따라 들어오고.

"선생님, 얘 조사 좀 해 주세요. 교통 카드를 일곱 장이나 들고 와서 얼마나 남았는지 확인해 달라는데, 이상해서 데리고 왔습니다. 어디서 났느냐 물으니 당신이 그거 알아서 뭐 하냐고 자기 엄마 같은 사람에게 대듭니다."

이건 또 뭔가? 어디서 났어? 지난번 졸업하는 써클 선배들이 이제 학생 카드는 소용없다고 다 주더란다. 이걸 모아 가지고 있다가 알아보려고 하는데 도둑놈 취급을 해서 고함을 좀 질렀다며 씩씩거린다. 다시 물어보았다. 정말이란다.

"그럴 수도 있겠네. 아주머니는 오해할 수 있겠고 너는 억울할 수 있겠다. 못 들은 걸로 하고 집에 가거라. 내가 아주머니 대신 사과하마."

태영이는 하는 일마다 왜 이리 오해 살 일만 생기나. 녀석 마음이 참 안 좋겠다. 제 사는 방식과 보통 사람들 사는 방식이 너무 다르니 이런 오해가 생기지. 어쨌거나 졸업이나 해라. 세월이 지나면 좀 나아지겠지.

다음 날. 수업에 들어가서 어제 들었던 태영이 이야기를 꺼내자 아이들 낯빛이 금방 싸늘해진다. 그래도 나는 태영이 편이 되어 주고 싶었다. 사실 불쌍한 놈은 태영이란 것을 아이들이 알아주었으면 좋겠다. 얘기를 이어 가자 야유를 한다. 아이 하나가 일어나서 따진다.

"선생님은 약자의 편입니까, 강자의 편입니까."

"태영이가 약자냐? 강자냐?"

그러자 2학년 때 우리 반 반장을 했던 기용이가 일어나더니 부러지는 말투로 쐐기를 박는다.

"선생님하고 더 이상 말 못 하겠습니다. 우리가 무슨 말을 해 보아야 그 말 다 태영이 귀에 들어간다 아입니까. 선생님은 누가 고소한지 압니까? 경현이하고 도윤이하고 은철이가 했습니다. 이것은 태영이 글마도 알고 있기 때문에 말하는 겁니다. 야들이 얼마나 괴로웠으면 고소를 다 했겠습니까. 선생님은 태영이하고 싸우라고 했지요. 우리는 싸웠습니다. 고소하는 것으로 싸웠습니다. 선생님은 고소한 사람 심정을 조금이라도 알아봤습니까."

아이들이 박수를 쳤다. 나는 벌게져서 입을 다물고 말았다. 말이 나온 김에 토론해 보자 해도 그만하란다. 화가 단단히 났구나. 그날 저녁 시간 식당 앞에서 날 기다리던 의창이가 나를 끌어 운동장 쪽으로 데리고 가더니 머뭇거림도 없이 단호하게 말한다.

"선생님이 자꾸 태영이를 카바치니까(감싸니까) 태영이는 겁을 안 냅니다. 더 이상 태영이가 학교에 안 나오도록 선생님이 책임을 지고 처리해 주이소."

그런 요구가 어디 있느냐, 다른 아이들 이야기도 좀 들어 보자. 고소한 아이들과 반장을 불렀다. 내가 잘못했으면 고칠 테니 무엇이 그렇게 용서 못 할 일인지 말해 보아라. 아이들이 쏟아 놓는 이야기는 태영이 말과 아주 다르다.

• 작년 우리 반 아이들이 왜 선생님께 섭섭해하는 줄 아느냐. 샘이 태영이만 불쌍하다 생각하는 것 때문이다. 태영이 한 행동을 생각하면 절대 그래 생각 못 할 것이다.

• 태영이가 왕따당한다고 생각하지만 사실은 지가 그렇게 했다. 지는 우리를 친구로 생각 안 하고 지 밑으로 생각하는데 어째 우리가 같이 놀고 싶겠나.

• 세상에 지 생일이라고 돈 거두는 놈이 어디 있노. 돈을 작게나 걷나. 한 사람에 2만 원, 3만 원 내라 하고. 그것도 2학년을 시켜서 받으러 왔다. 돈을 준 아이가 우리 반에는 없지만 4반에는 일곱이나 된다.

• 도윤이가 고소한 것 알고 전화에 문자를 넣었다. "고맙다. 잘 있어라." 이게 진짜 고마워서 그러는가. 진짜 그렇다면 진작 지 행동이 바뀌었어야 한다. 이 말도 겁주는 것이다.

• 수학여행 갔을 때 그때는 좋았다. 그러다가 자꾸 아이들을 자기 밑으로 보고 괴롭혔다.

• 지 말이 법이다. "창민이 캔 하나 사 온나. 안 사 오면 아구지 백 대 됐나?" 이래 놓고는 못 하겠다 하면 진짜 아구지를 때린다. 물 떠 온나, 뭐 해 온나. 심부름을 하다가 하다가 창민이가 칼 들고 뛰어나갈라 했다.

나는 담배만 뻑뻑 피워 대고 있어야 했다. 이 아이들 하는 말은 거짓이 아닐 것이다. 그렇다면 태영이는 교묘히 나를 속이고 있었단 말인가. 나만 보면 아이들 앞에서 짐짓 친한 척하며 온갖 이야기를 꺼내고 있었던가. 이런 아이를 내가 감싸 안는 것이 좋은 것인가. 내가 이토록 아이들 세계를 모르고 있었는데 무얼 안다고 아이들 지도는 내가 책임지겠다고 했던가.

"미안하다. 너희들이 더 이상 불편하지 않도록 해 줄게. 그렇다고 퇴학을 시킬 수는 없다. 학교에만 안 나오게 하면 되겠지? 월요일 오는 것은 내가 막으마."

태영이에게 전화를 했다.

"아이들한테 얘기 다 들었다. 너는 졸업할 때까지 학교에 오지 마라. 직업학교에만 다녀도 졸업은 된다. 나하고 이야기도 졸업하고 하자. 내 맘속에서 너를 지우지는 않을 테니 잘 살아라."

이렇게 말한 이틀 뒤 직업학교에서 연락이 왔다. 직업학교에서는 복교 조치를 내렸으니 본교에서 아이를 받으라는 것이다. 한 번만 더 기회를 달라고 통사정을 했다. 그러나 이미 결정이 난 상태란다. 난감하다. 아이들에게 태영이가 학교에 나오지 않도록 해 주겠다고 약속했는데 이제 태영이가 복교를 한다면? 궁한 나머지 다른 학교로 전학을 보내야겠다 하고 훑어보아도 전학할 빈자리가 없다. 게다가 이 녀석도 전학은 가지 않겠다고 우긴다. 복교를 못 하면 자퇴를 하겠다고 한다. 또 나를 믿고 이러나 싶어 한 발 물러나 버렸다. 담임과 학생부장이 알아서 하겠지.

이러는 동안 나는 스스로를 위안했다. 더 많은 아이가 이렇게 거부하는 아이를 내가 감싼다면 내가 뭐가 되나. 학교가 태영이를 위해 뭘 해 줄 수 있겠나. 졸업장이 그렇게 중요하나. 자퇴를 해도 스스로 마음만 잡으면 내년에 다시 학교로 올 수 있지 않나. 태영이가 학교로 오게 되면 학부형들도 가만히 있지 않을 거야. 그러면 불똥이 나에게 튀겠지. 담임도 아닌 내가 나선다고 되지도 않을 일이지 않나. 며칠이 지났다. 이제 태영이는 집에도 들어오지 않는다고 한다.

6월 19일. 태영이는 끝내 자퇴서를 썼다. 태영이는 오지도 않고 그 아버지만 자퇴원을 들고 왔는데 얼마나 마음이 고단했던지 자리에 앉아서도 줄곧 눈만 감고 있다. 옆에서 지켜보는 나도 아무 말을 할 수 없었다. 다음 날 서류가 정리되고 태영이 이름에는 붉은 줄이 그어졌다. 그 뒤로 지금까지 태영이도 내게 소식을 보내오지 않았고 나도 연락 한 번 하지 않고 있다.

시간이 지날수록 가만히 보고 있은 내가 비겁해 보인다.

그리고 몇 달이 지난 뒤 이런 편지가 덜컥 내 앞에 놓였다.

이상석 선생님께

먼저 죄송하다는 말씀밖에 드리지 못 하겠네요. 자식같이 저를 아끼고 도와 주셨는데 연락 한 통 드리지 못하고 이렇게 한 번 더 선생님한테 죄인이 되는군요.

주소를 보시면 아시겠지만 이 곳은 주례 부산구치소입니다. 친자식처럼 대해 주셨던 선생님에게 도리를 다하지 못하고 베풀어 주신 은혜를 오히려 선생님에게 죄를 짓고 나서도 모자라 집에서마저도 자식으로서 도리를 지키지 못하고 부모님에게 불효를 하여 이 곳에 오게 되어 구속 수감중입니다.

이 곳에 오니 사회에서의 학교에서의 생활이 후회가 됩니다. 처음에 학교를 그만두고 저도 저의 잘못을 알지 못하고 누구라고 할 거 없이 원망과 방황의 시간으로 보내다가 이곳까지 오게 되었습니다.

제가 처음부터 학교 생활에 적응이 안 되고 힘들어 방황할 때 아무
도 저를 사람 구실 못 한 놈으로밖에 생각하지 않았습니다. 그러나 선
생님은 저에게 따뜻한 위로와 때로는 바른 꾸지람으로 저를 도와 주셨
습니다. 그 후에도 몇 번이고 실수를 해도 다른 선생님과 여러 사람들
에게 저 대신 안 좋은 소리를 들으시면서 몇 번이고 도와 주셨는데 결
국은 선생님에게마저 배신감뿐 아니라 실망을 드리고 학교를 떠나게
되었습니다.

선생님한테 처음 쓰는 편지인데 이런 소식 전해서 죄송합니다. 수능
때문에 육체적이나 정신적으로 힘드실 것 같은데 식사 잘 챙겨 드시고
건강 조심하십시오.

마지막으로 저의 집에는 연락하지 마시고 바쁘실 텐데 답장이나 면
회오지 마십시오.

죄송합니다.

2001년 11월 1일
제자 태영 올림

태영이에게

몸은 좀 어떠냐?

편지 며칠 전에 받았다. 받고, 하도 기가 차서 말도 못 하겠더라.

'학교를 내보내지 말아야 했는데. 학교에 적만 두고 있었어도 이런
일은 없었을 텐데. 내가 태영이에게 한 짓이 무엇인가. 그냥 두고 보고

있은 게 이런 일을 당하게 한 꼴이 되었구나. 태영이가 이런 일을 당하고 나면 정말 돈 많은 놈들 앞잡이나 되어 인생을 헛살게 되지나 않을까, 그렇게 된다면 내가 선생으로서 죄가 없는가. 뭘 하고 있었던고.'

이런 생각만 들었다.

내가 너를 사랑한다고 말할 자격도 없지만 정말 사랑하고 있었던가. 태영이의 마음 깊숙이 들어가서 심금을 털어놓고 말이라도 해 보았던가. 그냥 '응응' 하고 있지나 않았나. 생각하니 기가 막힌다.

태영아, 어쨌건 면회를 가서 너를 만나 보고 도대체 일이 어찌 되었는가를 알아보아야 하겠지만 네 억울한 것에 앞서서, 네 사는 방식이 이번 이 일을 통해서 조금이라도 바뀌었으면 한이 없겠다.

나는 네가 이 학교에서는 적응을 잘하지 못하더라도 사회에 나가면 잘할 것이라는 기대를 한 번도 저버린 적이 없다. 그러나 사회라고 해서 너를 따뜻이 받아안을 곳은 아니었겠지.

고생하여라. 죽자고 고생하여라.

그러나 내가 가장 걱정인 것은 네가 거기서 아주 더 나빠져서 나올까 그것이 걱정이다. 아직 너는 어린데, 아직은 부모의 도움 선생의 도움이 필요한데. 네가 내팽개쳐지지나 않았나, 이게 화가 난다.

세상은 너를 끝없이 유혹하고 늪으로 빠뜨리려고 안달하다가 네가 그만 발을 헛디디자 기회란 듯이 너를 잡아 가두지나 않았을까.

그래, 사실 나도 너에 대해 안 좋은 소리 많이 들었다. 네가 2학년 어느 아이를 팼는데 아주 작은 아이를 야비하게 때렸다든지, 내 앞에서는 좋은 소리 해 놓고도 사실은 돌아서서 나쁜 짓을 많이 했다든지, 이런 이야기를 많이 들었다. 그러나 나는 그럴 때마다 네가 그렇게 하지 않으면 안 될 무슨 일이 있었을 것이다 하고 생각하든지 아니면 태영이에게 물어보면 사정이 다를 거야, 이런 생각했다.

그러나 한 가지, 내가 너에게 간곡히 부탁하는 것은 네가 이번 기회에 훌쩍 컸으면 좋겠다는 것이다.

1. 힘이 약한 사람은 결코 괴롭히지 않는다.

1. 남의 처지를 생각해 보고 내 생각을 한다.

1. 내 자존심을 건드리는 일, 이 일은 참지 않는다. 그러나 내 작은 이익을 위해서는 주먹을 쓰지 않는다.

1. 올바른 것을 묵살하려는 더러운 힘 앞에는 굴복하지 않는다. 그리고 야비한 놈의 앞잡이가 되어 나쁜 짓을 하는 데 내 주먹을 쓴다면 그때는 내가 개가 되는 것이나 같다.

이런 생각과 다짐을 해 보았으면 정말 좋겠다.

넌 정말 살아갈 앞날이 창창한 젊은이다. 튼튼한 몸과 잘생긴 얼굴을 가지지 않았느냐. 이것만으로도 너는 큰 재산을 가진 거야. 이것에 보태어서 네가 세상을 살아가기 위해 힘든 일도 거리낌 없이 하겠다는 다짐만 하면 너는 얼마든지 재미난 삶을 살아갈 수 있을 거야. 쉽게 돈 벌려 하고, 편하고 화려한 것 갖고 싶어서 나쁜 짓으로 돈을 벌려하면 우선은 좋을지 모르나 결국은 네 인생을 망치고 만다.

아이고, 선생 같은 이야기하고 있구나. 말자.

답답해서 너에게 무슨 말이라도 할라치면 너에게 아무 해 준 것 없는 어른이 무슨 말을 할 수 있겠나 싶어 입이 다물어진다.

내가 무슨 말을 할 수 있겠노.

머잖아 조병국 선생님과 면회 갈게. 안 나가겠습니다, 하지 말고 얼굴이나 좀 보자.

마음 독하게 먹고 건강 잘 챙겨라.

거기도 사람 사는 곳인데 어찌 못 버티랴.

잘 있거라.

2001년 11월 10일 학교에서

태영이의 영원한 담임 이상석

* 2001년 부산진고등학교에서 있을 때 쓴 글입니다.

자명종을 삽시다

3월 21일 월요일

첫 결석생이 나왔다. 신승엽이다. 생활기록부를 보니 1학년 때도 결석이 잦았다. 그럼 사고가 난 건 아니겠구나, 기다려 보자.

3월 23일 수요일

드디어 승엽이가 왔다. 그것도 둘째 시간 마칠 즈음에. 와서도 담임한테 사정이 이러했노라 먼저 얘기하러 온 것도 아니고 그냥 태연히 교실에 있단다. 내가 불러 왜 결석했느냐고 물었다. 이유는 간단하다. 월요일은 게을러서 안 왔고 어제는 몸이 안 좋아 결석했단다.

"니 그 게으른 버릇을 고치려면 내가 어떻게 도와주면 좋겠노?"

말이 없다.

"그 방법을 네가 한번 생각해 보고 나한테 이야기해 봐라. 점심시간

밥 먹고 나한테 와서 이야기 좀 해 줘."

기다려도 안 온다. 청소 시간에 만나 다시 물었다. 피곤한 듯한 표정을 짓더니 하는 말.

"저한테 한번 맡겨 봐 주지요. 믿어 봐 주세요."

"그래, 좋다. 스스로 버릇을 고치도록 해 봐. 믿고 기다릴게. 이번만 봐주는 거야!"

그리고는 종례 시간. 반장, 부반장, 총무를 뽑는데, 총무는 누가 했으면 좋겠느냐 물었더니 아이들은 이구동성으로 신승엽을 외친다. 뜻밖이다. 회의 얼른 마치고 집에 가고 싶어 그러나?

"승엽이가 2학년 때는 결석도 안 하고 학교생활 열심히 하라고 하는 뜻에서 총무를 맡기는 것입니다."

그랬구나. 아이들이 배려하는 게 나보다 낫다. 총무는 투표 없이 신승엽으로 결정이 났다.

3월 24일 목요일

아침에는 눈이 조금 뿌렸다. 오후에는 갰다. 날이 아주 차다.

신승엽은 오늘도 안 왔다. 춥고 비 오는 아침, 일어나기 서글플 것이다. 얼른 이 친구 집에 가 봐야 하는데 계획이 늦어지는구나.

아! 이놈이 나와 한 약속(결석 버릇을 스스로 고쳐 볼 테니 자기에게 맡겨 달라고 했다) 때문에 앞으로 나오기 더 어려워지지나 않을까. 아이들하고 얘기할 때 조심할 것이 있다. 이게 마지막이란 말, 이번만 봐준다는 말, 하여튼 막다른 말은 하지 않아야 한다.

3월 25일 금요일

아주 춥다, 영하로 떨어졌단다.

오늘도 승엽이는 안 왔다. 경래더러 집에 가 보게 하려고 했더니 집이 너무 멀다. 수업을 많이 빼먹게 할 수 없다. 좀 더 두고 보기로 했다.

종례 때, 총무 일은 신민준에게 맡기기로 한다고 말했다. 신민준도 동의했고 아이들도 손뼉으로 통과해 주었다. 도저히 총무 일을 해낼 수 있는 사람이 아닌데도 그대로 둔다는 것은 책임을 지지 않고도 아무런 가책을 느끼지 않는 버릇을 들이는 것과 같은 일이기 때문이다.

4월 7일 목요일

오늘은 승엽이 집에 가정방문 가는 날이다. 승엽이를 다시 생각해 본다.

작년 애들 학년이 입학했을 때, 첫 시간 4반에 들어가니 임시 반장이 인사를 하는데 걔가 승엽이었다. 그래 놓고 내가 이야기를 시작하자 휴지를 콧구멍에 쑤셔 넣으며 딴짓을 하던 아이. 얘 때문에 그 첫인상을 이렇게 쓰기도 했다.

'4반(생명화학공업과) 임시 반장이 아주 반항아 모습이다. 게다가 끊임없이 옆자리 애를 집적거리고 그러다가 주의를 받았는데 금방 자기 콧구멍에 종이를 말아 쑤셔 대고 있다. 내 마음에 금이 가는 기분이다. 참고 내 이야기를 이어 갔다. 나중에는 제풀에 바로 앉아 내 이야기에 귀를 기울인다.'

승엽이는 임시 반장을 하면서 아이들한테 자기가 주먹깨나 쓰는 놈으로 허세를 부린 모양이다. 처음 봤을 때는 그렇게 보인다. 아이들도 슬슬 겁을 먹고 있는 눈치다. 그러나 그게 불과 열흘도 안 돼 뽀롱이 나 버렸다. 그때부터 아주 놀림감이 되고 있었다. 그야말로 힘도 공부도 돈도 없는 뻥튀기인 걸 아이들은 금방 알아차렸다. 그렇지만 아이들한 테 끊임없이 자기 이야기를 하는 눈치다.

오늘도 함께 가정방문 가는 진영이한테 "가는 길이 조금 달라졌다고 너거 집 가는 길도 모르느냐, 나는 부산 어디를 가도 다 안다, 바보 아니냐, 내가 비밀번호 자물쇠 여는 법을 안다, 뚜껑만 떼 내 보면 비밀 번호를 금방 알 수 있다, 내가 이 비탈길을 자전거로 달린다, 시속 40은 될 거다, 아니 아니 체감 속도 40 말이야" 끝이 없다. 진영이는 귀찮은 듯 말이 없고.

그리곤 무시로 결석하던 아이. 오후 2시에 털레털레 학교를 들어서던 아이. 2학년에 올라와서도 3월 한 달에 다섯 번이나 학교에 안 왔다. 아침 모임 시간에는 거의 볼 수가 없고. 그저께는 내게 종아리를 세 대 맞기도 했다.

집은 보림극장 뒤로 해서 안창 마을로 올라가는 초입 비탈길가에 있다. 여기는 나무 한 그루 없는 동네다. 마을이 온통 거무튀튀하다. 차들은 비탈을 오르느라 쉴 새 없이 매연을 내뿜는다. 그 비탈 양옆으로 집들이 빼곡히 포개져 있다. 거기 지은 2층 시멘트 집. 들어서니 바로 미닫이문이 있다. 들어가려니 거기가 아니란다. 문 옆에 사람 하나 겨우 올라설 수 있는 가파른 계단이 옥상으로 이어져 있다. 그 옥상에 가건물을 지었다. 이른바 옥탑방이다. 여기구나 했는데 거기도 아니란다.

옥탑방 곁에 더 작은 방이 하나 있다. 좁아터진 부엌과 방 하나. 세 평이나 될까?

한 남자가 누워 자다가 아주 귀찮은 듯이 옷을 갈아입고 기분이 마구 구겨진 얼굴로 나를 맞는다. 애 애비다. 왜 아니겠는가. 뭐 한다고 담임이 찾아와서 귀찮게 해! 억지로 마주 앉았다. 담배를 권했다. 시부적이 받아서 피운다. 나도 피운다. 담배 맛이 없다. 할 말도 없다. 그도 말이 없다. 옆에 앉은 승엽이도 말이 없다.

"내가 아이들이 사는 걸 직접 봐야 그 사정을 알아 지도할 때 바르게 할 수 있을 것 같아 이렇게 와 봤습니다."

"아, 예에."

"일은……?"

"내가 다리가 아파서 늘 이렇게 누워 있슴다."

"승엽아, 니가 오늘 아버지 곁에서 약속을 해 줘야겠어. 승엽이가 결석이 잦거든요."

"사는 모양새도 그렇고, 짜다리 해 주는 것도 없고, 지도 머 (학교 다닐) 맘이 있겠슴까. 나도 강하게 키우고 싶지만도 많이 못 해 주니…… 내가 미안하죠."

"그리고 또 있습니다. 자전거를 타고 학교 다니는데 이 찻길에 자전거 천천히 조심해 타도록 자주 일러 주십시오."

"아, 예에."

할 말이 없어 승엽이에게 슬며시 말머리를 돌렸다.

"승엽이는 내가 좋은 거야?"

"예. 좋지요."

"뭐가 좋아?"

"일일이 생각해 주고, 좋은 담임이지요……."

"그래, 내가 잘하도록 할게. 너도 이젠 잘해. 생활 버릇을 고쳐야 할 거야. 이제 네 인생 네가 책임져야지."

그리고 일어섰다.

이 울화통 터지는 가난. 아무에게도 보이고 싶지 않은 여기를 왜 왔어! 그래서? 내 사는 거 보고 도와줄 거라도 있어? 말은 못 하고 담배만 피우고 있구나. 미안하오, 생활보호 대상자로 되어 있으니 학비, 급식, 식량은 해결될 것이니 어려워도 어떻게든 살아 보시오. 뒤통수가 간지러운 걸 느끼며 가파른 계단을 엉금엉금 내려왔다.

승엽이는 거의 날마다 어머니한테 간다고 한다. 헤어져 사는 어머니다. 이혼을 했단다. 엄마는 주례 어디 닭집에서 일한다고 한다. 아버지가 엄마 만나는 걸 싫어해서 비밀로 한단다. 흰색 와이셔츠는 숯 물들인 듯 회색이다. 언제 한번 빨고 안 빨았는지 모른다. 그런데도 승엽이 손은 어쩨 이래 희고 부드러운지. 수업 시간에 말대답도 곧잘 하는데 그걸 보면 언어 감각이 뛰어나다 싶다. 그러나 이렇게 버려진 채로 살아가고 있다. 늘 이렇게 살아갈 것이다. 이 사회 하층계급이 되어 사회 구성원의 들러리가 되어.

큰길까지 바래다 달라고 했다. 아이스크림 하나 사서 쭐쭐 핥아 먹고 헤어졌다. 이놈도 데리고 돼지국밥이라도 자주 사 먹어야 할 놈이다.

4월 11일 월요일

신승엽, 오늘도 둘째 시간 마치고 학교에 왔다.

"왜?"

"월요일만 되면 잘 못 일어나서…… 일요일에 하도 돌아다니다 보니까."

"아버지는 일 나가셨어?"

"아니요, 집에 있어요."

"그럼 안 깨워 주시나?"

"그냥 같이 자요. 니 스스로 해라는 뜻이죠."

"그래, 네 스스로 정신을 차려 봐. 교과 선생님한테 왔다고 얘기해. 앉아 있으면서 계속 그이지 말고."

승엽이 사는 걸 보고 와서 그런지 승엽이가 밉지 않다. 다 이해가 되었다.

오늘 학급회 시간 때 기타 안건으로, "상품권 처리"가 올랐다. '환경 심사 우수상 상품으로 받은 문화 상품권 2만 원을 어떻게 쓰면 좋을까?' 하는 것이 의논거리다. 학생 한 명당 606원꼴밖에 안 되는 것을 부상으로 주다니! 차마 아이들한테 민망해서 처리를 어떻게 할까, 말을 못 꺼내고 있었더니 자기네들끼리 지혜를 모으는구나.

1안 박경래, "고생하는 우리 반장, 부반장, 총무 한 장씩 주고 9번에게도 한 장 주자."

"9번? 9번이 누군데?"

"내 아이가."

와르르 웃었다.

2안 박지구, "좀 있으면 모둠 일기 쓸 거 아니가, 그것 가지고 일기장 사자."

"일기장? 그게 2만 원씩이나 드나? 한 권에 천 원 해도 여섯 권 6천 원인데……."

"아니지, 일기장은 좀 좋은 걸로 사면 좋지. 비닐 커버 된 걸로. 돌려 읽으려면 공책이 실해야지."

"아, 거참 좋은 생각인데요." 내가 거들었다.

3안 오성혁, "그걸로 승엽이 알람 시계 사 주자. 승엽이는 깨워 주는 사람이 없어서 늘 늦게 일어난다 안 카나. 알람 억수로 센 걸로 따르르 울리도록. 그럼 지각 안 할 거 아이가."

"그거 좋다. 알람 시계 사 주자."

"그런데 승엽이가 이걸 받을지 물어봐야 될 거 아이가."

"물어보자."

"승엽이 니 이거 받을래?"

승엽이는 아까부터 낯이 벌게져서 앉았다가 질문을 받고는 슬며시 고개를 끄덕인다.

그럼 이걸 표결에 붙이자. 다수결이 제일 좋제? 표결에 붙였다. 3안부터. 여기에 손이 반 이상 올라온다. 좋다, 그럼 승엽이 알람 시계다. 결정!

최원규가 다시 쐐기를 박는다.

"야, 승엽이 니. 인자 지각하면 안 된데이. 오늘 여기서 책임지는 말을 해라. 나와 봐라."

승엽이 나왔다.

"니 또 지각하믄 우짤래?"

입 쑥 내민 승엽이 싱글거리며 "반납하마 될 거 아이가."

"우아! 저 새끼 반납이란다. 반납한 그 시계 우리는 쓸데없다. 니가 결심을 해라, 결심."

"절대 지각 안 한다, 이런 막말은 하지 마라 안 카더나, 선생님. 그러니까…… 내가 지각 안 하도록 노력할게."

"그래, 승엽이 말이 맞다. 시계 하나 사 줘 놓고 또 지각하면 어떻게 하겠다는 말, 그거 곤란하잖아. 또 지각한다고 우리가 어떻게 하겠노? 퇴학을 시킬 거가, 뚜디리 팰 거가. 그러니까 우리 성의를 이 정도 보였으니 승엽이를 믿어 보면 안 되겠나. 믿자, 우리!"

내가 마무리했다. 다 함께 손뼉을 쳤다.

재미나고 멋있는 아이들이다. 우리 반 아이들!

4월 13일 수요일

알람 시계를 두 개나 사 왔다. 돈이 남으면 공책을 사 오지……. 그러나 회의에서 결정한 건 알람 시계 사는 것이었으니 지켜보는 수밖에. 아? 반장 재윤이가 제 것도 하나 갖고 싶었던 게 아닐까.

종례 시간에 재윤이가 나와서 상품권 2만 원으로 시계 산 이야기를 했다.

"문화 상품권으로는 시계를 살 수가 없어서 이걸 돈으로 바꿨거든.

서면 저기 가면 있어, 바꾸는 데. 그런데 5천 원짜리는 4,500원 쳐준단 말이야. 넉 장 만 8천 원. 시계 하나 만 원 하데. 하나 더 사면 8천 원에 해 주겠대. 승엽이가 하나 소리에 일어나겠나 싶어서 두 개 샀다."

4월 30일 토요일

오늘도 승엽이는 학교에 오지 않았다. 그제 목요일 안 오고 어제는 왔던데 늘 있던 일이라 그러려니 하고 아무 말 안 하고 지났더니 오늘 또 안 왔다. 금요일 날 학생들에게 방송으로 이야기한 것이 다 거짓이 되고 말았다. 반에서 사 준 알람 시계 덕분에 우리 반 지각, 결석 대장 이 그 후 한 번도 지각하지 않더라고, 큰소리쳤더니……. 알람 시계도 소용없는 물건이구나. 그렇지만 별 걱정은 안 된다. 승엽이에게 학교는 크게 의미가 없다. 이런 결석이 아이 인생을 좌우할 일도 아니라고 본 다. 성실성을 키운다느니, 어려운 것을 참아 보게 한다느니, 반의 규율 을 위해서라느니 하면서 출석을 독려하지만, 나는 그냥 두는 게 나을 듯싶기도 하다. 사람마다 사정이 다르고 사는 방식도 다르기 때문이다.

둘째 시간 마치고 승엽이가 스스로 나에게 왔다. 와이셔츠는 때에 절 대로 절어 이젠 빨아도 저 때가 빠질까 싶을 정도로 까무잡잡하다. 옆 걸상에 앉히고 나직이 물었다.

"무슨 일 있었어?"

나직이 대답한다.

"아니요. 알람 소리에 잠시 깼는데 다시 잠이 드는 바람에……."

"친구들이 뭐라 하겠노, 마음 좀 다부지게 묵어라."

"월요일부터는 지각 안 할게요."

"아버지는 요새 일자리 구했나?"

"아니요, 일 안 나가요."

"아버지가 밤에 무슨 일 하시나?" (안 그러고야 아침 늦도록 잘 리가 없잖나.)

"안 하는데요." (밤낮 그렇게 누워서 자다가 담배 피다가 술 마시다 그러고 있다는 말인가, 한심한!)

"아침은 먹었어?"

"아니요."

"야 인마, 이렇게 늦었으면 아침이라도 해 먹고 와야 할 거 아이가."

"괜찮은데요."

"매점에 가서 라면이라도 사 먹을래?"

"괜찮은데요, 난 라면 잘 안 먹어요."

어둑한 옥탑방에서 부자가 누워서 아침이 늦은데도 일어나지 않고 있는 모습이 떠오른다. 애 애비는 몸이 불편해서 아무 일도 할 수 없는 모양이다. 몸 팔아 일할 데 없지, 장사라도 해 보려 해도 눈곱만 한 자본금도 없지, 곱다시 정부에서 주는 생보자 지원금 가지고 하루하루 살아갈 뿐인가?

5월 4일 수요일

신승엽 어머니가 다녀가며, 승엽이 수학여행비를 내고 갔다. 승엽이 애비는 이혼한 엄마가 여행비를 대 주면 또 아이를 괴롭힐 것이라고,

학교에서 돈 모아 데려가게 되었다고 말해 달란다.

담배 한 보루를 신문지에 싸 들고 왔다. 승엽이는 곁에서 말한다.

"좀 좋은 거 사 오지……."

고맙다고 잘 피겠다고 받았다. 사실 가장 반가운 선물이다.

6월 16일 목요일

승엽이 결석 나흘째. 애 엄마에게 전화해 보았다.

"아이고…… 집 나설 때는 학교 간다 하고 갔는데……."

애가 학교 안 오면 바로 연락을 해 주어야지요. 승엽이 엄마의 원망이 들리는 듯했다. 흠흠, 내가 무심했구나.

그 뒤에도 승엽이는 지각 결석을 시나브로 했지만 나는 더 이상 결석 자체를 가지고 걱정하거나 꾸중하지 않았다. 승엽이한테는 지각 결석이 문제가 아니라는 생각이 들었기 때문이다. (2005)

내 속에 숨은 깡패

우리 교실은 어떻게 된 게 2학년에서 떨어져 나와 1학년 층 맨 구석에 들어앉아 있다. 옆 교실 아이들은 내가 수업에 안 들어가니 나를 만나도 데면데면하다. 시끄럽고 사납긴 1학년이 더 하지 싶다. 2학년 복도는 그래도 좀 조용한 편인데 1학년 층에 오면 아이들 서리 부딪힐까 조심이 된다. 언제 아이가 튀어나올지 모른다. 아이들을 피해서 가면서도 슬며시 부아가 날 때가 있다. 더욱이 바로 옆 교실 아이들은 유별나게 어수선하다. 이 반 담임선생님은 내가 아주 기대하고 좋아하는 성실한 여교사인데 아이들에게 아주 어처구니없이 휘둘리고 있는 모습을 여러 번 보았다. 안쓰러워 늘 마음이 아플 지경이다. 아이들이 청소 하나 바로 하는 모습을 볼 수가 없다. 조례 시간에도 어제 청소하며 올려 둔 걸상을 책상 위에 그대로 올려 두고 있는 데가 여러 군데다. 안 온 아이들 걸상이라도 좀 내려놓으면 안 되나. 담임이 청소를 해 놓고 내려가면 아이들은 장난치다 쓰레기를 엎어 버리고 그 쓰레기가 교실 여기저기 그대로 쌓여 있을 때가 많다. 나는 이런 것을 보면서 아이들에게 반감을 가지기 시작했다.

오늘 아침도 그 반 앞을 지나가게 되었다. 교실 앞문에 또 쓰레기가 너저분하다. 아니 너저분한 정도가 아니라 아예 쓰레기통을 엎어 놓은 듯하다. 교실에 대고 고함을 쳤다. 이것 쓸지 못하겠느냐고. 아이들은 본 둥 만 둥 들은 둥 만 둥이다.

"주번 나와. 주번도 없엇!"

그제야 한 아이가 비시기 일어나서 웬 잔소리냔 듯 느릿한 몸짓으로 빗자루를 든다. 여기저기 책상 위에 걸상이 아직도 그대로 엎어져 있다. 마구 욕을 했다.

"이 새끼들. 저 걸상 내려놓지 못해. 교실이 이게 무슨 꼬라지야, 이 새끼들아."

겨우 아이들이 걸상을 내리고, 앞자리 쓰레기도 대강 치웠다. 하지만 아이들 표정을 보면 별 거지 같은 놈 다 보겠네 하는 듯이 불퉁하다. 씩씩거리며 우리 반으로 갔다.

이 반 담임은 교무부 기획이라 우리 학교에서 가장 바쁜 분이다. 오늘도 일이 많아 아직 교실에 못 올라오는 모양이다. 또 안쓰럽다. 내가 대신 교실을 챙겨 주자. 우리 반 아이들 둘러보고 나오면서 다시 그 교실을 둘러보았다. 방금 소리 질렀으면 이제쯤 조금이라도 겁을 먹을 만도 하건만 역시 본 둥 만 둥이다. 그때 한 놈이 라이터를 들고 불을 칙칙 켜고 앉아 있다. 교실에서 담배를 필 놈이구나. 1학년 어떤 반에서는 교실에서 담배를 피우는 놈이 있어 큰일이라더니 바로 이 반에 그놈이 있었구나. 순간 나는 그만 회까닥 머리가 돈다. 마침 그때 담임이 들어온다.

"미안합니다. 오늘 내가 이놈들하고 좀 있어야 하겠습니다" 하고는 생각한다.

'내가 이 반 담임 대신 손에 피를 묻혀야 하겠구나.'

나는 그놈을 불러내어 깡패가 아이들 패듯 다짜고짜 뺨을 갈기고 주먹으로 머리를 쥐어박고 양팔을 모아 쥐고 목덜미를 내리치고 발로 가슴을 내질렀다.

"교실에서 라이터를 켜고 앉았어? 니 눈엔 선생도 없어? 담배도 피지 그래! 이놈으 새끼!"

교실이 좀 조용해졌다. 그래도 뒷자리 덩치 큰 녀석이 삐딱하게 앉아 있다.

"개새끼 바로 못 앉아."

걸상을 차 버린다. 한바탕 소란이다.

"오늘부터 내가 이 교실을 늘 보겠어. 담임선생님 욕보이는 놈 절대 용서 안 해."

담임 최 선생의 표정도 살필 겨를 없이 나는 부들부들 떨며 교실을 나섰다. 온몸에 피가 튄 기분이다.

물 한잔 마시고 첫 시간 수업을 들어갔다. 출석 체크하느라 볼펜을 잡으니 볼펜이 툭 떨어진다. 아! 손가락에 힘을 줄 수가 없다. 게다가 오른손 약지는 심하게 삐었는지 그새 파랗게 질려 부어오르고 있다. 꼼

짝을 못 하겠다. 책을 들자니 팔이 덜덜 떨려 잡을 수가 없다. 그제야 여태껏 흥분이 횅하니 날아가며 내가 오늘 아침 무슨 짓을 한 거야! 싶은 생각이 든다. 내가 이렇게 아프면 맞은 아이는 오죽 아플까. 아니야, 무슨 사고는 난 게 아닐까?

불현듯 불안감이 밀려온다. 그런데 내가 어쩌자고 그렇게 깡패 같은 짓을 저질렀을까? 이 아이들하고는 아무 관계를 맺지 않고 지냈으니 서로 간에 인격이란 게 없었구나. 나는 그들의 선생이 아니었고, 그들은 나의 학생이 아니었다. 그런데도 아이 행동이 삐딱하다고 그렇게 두들겨 팰 수 있나? 인격이 없는 곳에는 폭력과 비도덕, 비인간이 여지없이 다 드러나는구나.

수업을 마치고 넌지시 그 교실로 가서 그 아이를 찾아보았다. 짐짓 화가 안 풀린 기색으로.

"아까 나한테 맞은 놈 어디 갔어!"

아이 몇이 비아냥거리는 소리로 아주 드러내며 되받는다.

"뺑원 갔는데요."(넌 이제 죽었어, 인마!)

"코뼈도 이쌍하고 쏘리도 안 들린다던데요."(너도 한번 당해 봐, 새끼야!)

"어지럽어 죽겠다던데요."(선생이면 다야, 새끼야!)

난 애써 태연한 척했지만 다리에 힘이 좌악 빠져나가고 있었다. 교무실로 돌아와 나는 쓰러지듯 걸상에 몸을 기댔다.

일이 커지겠구나! 아! 기어이 올 것이 오고 말았구나. 끝내 내가 폭력 교사로 몰리겠구나. 잘했다, 망할 놈. 선생 26년 동안 네가 얼마나 폭력을 저질렀느냐. 이번에 된통 당해 봐라.

그래, 나도 이번에 당해 봐야 한다. 진정으로 벌을 받고 용서를 빌자. 그래야 내 이 폭력성을 고칠 수 있을 것이다. 그렇지만 이 일을 어찌하나. 말로는 아이들 사랑한다 해 놓고 남의 반 아이를 이렇게 패서 병원까지 보냈으니.

불알이 쪼그라들었다. 담임 최 선생한테 애가 어느 정도더냐 물었더니 별 걱정 없는 기색이다. 귀가 아프다고 병원에 가 보겠다고 해서 일단 보냈다고. 아이고 이 사람아, 그럼 내게 얘길 해 주지. 내가 데리고 가든지 하게. 애가 병원 가서 뭐라고 말할까.

"선생한테 맞았습니다."

"그래? 폭행으로 인한 상처는 의료보험이 안 돼. 진단서 끊어 줄까?"

진단서를 끊어 들고 부모가 나타난다. 그래, 내가 부모 앞에 무슨 말을 할 수 있으랴. 무조건 잘못했다고 빌어야지. 치료비는 얼마나 들까. 그냥 얘가 친구들과 장난치다 다쳤다고 말해 주면 좋을 텐데…….

혼자 등나무 아래로 나가 담배를 핀다. 떨린다. 이렇게 일이 벌어지다니! 혼자 모멸스러운 나를 두고 한탄을 한다. 하여튼 내가 벌을 달게 받아야 한다. 변명하려 들지 마라. 스스로 내게 벌을 내려야 할 판이다. 하, 그렇지만 얼른 여기서 벗어나야 하는데…….

아이는 점심시간이 되도록 돌아오지 않는다. 담임에게 자꾸 묻기도 민망하다. 나는 밥도 못 먹고 걸상에 몸을 기대고 눈을 감았다.

'전교조 교사 사랑으로 위장한 폭력성 드러나다'

《사랑으로 매긴 성적표》를 들고 아이 사랑의 전도사를 자처하던 교

사, 알고 보니 폭력 교사'

'단지 라이터를 가지고 있었다는 사실만으로 학생을 교실에서 무차별 폭행'

신문엔 이런 제목이 내걸리며 내 사진이 실릴 거야. 아! 이것으로 내 교직은 끝이 나는구나.

6교시, 참다못해 다시 최 선생을 찾아갔다. 아이 전화번호를 물었다. 짐짓 태연한 척하며.

"별일은 없을 거예요. 걔가 꽁하니 있을 애도 아니고. 걱정 마세요."

담임은 태연하다. 전화를 해 보았다. 발신음이 몇 번 울지 않아 전화를 받는다. 그 아이다. 아주 느긋한 말투다. 아이는 병원에 간다 하고 학교를 나서서는 집에 가서 그냥 누워 잤단다.

"제가 잘못했는데요, 뭘. 괜찮아요. 그냥 머리가 띵해서 잤어요."

그래? 제발 이상이 없어야 할 텐데……. 머리가 띵하다니! 때린 내 손이 이렇게 아플 때는 맞은 애는 어떨까. 그래도 아이는 집에 누워 있는 게 미안한 듯한 말투다.

네가 나보다 크고 깊구나. 아니면 늘 이렇게 교사들에게 폭력을 당하면서도 누구에게 얘기도 하지 못했던 소외된 삶 때문일까. 그 아이의 무엇을 안다고 내가 감히 징치해야 한다는 생각을 했던가. 라이터로 불을 켠 사실이 그렇게 맞을 만한 죄인가.

가당찮은 선생의 권위로 함부로 아이를 때린 이 오만한 놈아!

네가 아이들을 사랑한다고? 거짓말하지 마라.

네 몸 어느 구석에 남아 있는 그 사악한 폭력성, 뿌리 뽑지 못한다면 선생 노릇 하지 마라!

별 잘못도 없는 일에 선생한테 맞아서 집에 갔지만 하소연할 부모도 일 나가고 없는 집, 아이는 혼자 남루한 이불을 덮고 누웠겠지. 서러워 울었을지도 몰라. 그리고 혼자 부엌에서 식은 밥을 찾아 먹으며 아픈 자리를 어루만졌겠지. 생각할수록 죄스러워 몸 둘 바를 모르겠다.

7교시에 곁에 앉은 노 선생이 그 반으로 수업 간다기에 내가 아까 반성하며 쓴 글을 복사해 주면서 아이들에게 좀 읽어 주라고 부탁했다.

수업 마치고 나와서 노 선생 하는 말.

"아이구, 내가 읽다가 눈물이 날라 해서서…… 아이들도 잘 듣더만요. 한 애가 나오는데 이걸 전하더만……."

공책에 몇 자 쓴 편지다. 무슨 원망을 쏟아 냈을까? 읽어 보니 이렇다.

2학년 5반 담임 선생님께

선생님 저는 1학년 5반에 한 학생입니다. 저는 오늘 아침에 지각을 했기 때문에 아침에 있었던 일은 잘 모릅니다. 하지만 7교시 때 노영민 선생님께서, 선생님이 쓰신 글을 읽어 주셨습니다.

솔직히 반 친구가 맞았다 하길래 선생님 욕을 하였습니다. 하지만 그렇다고 우리가 잘한 것도 아니란 것을 알고 있습니다. 그렇기 때문에 저도 학교생활이 그다지 좋은 편은 아니지만 저 한 명부터라도 우리 반을 바꾸도록 노력하겠습니다. 그러니 앞으로 얼마 남지 않은 우리 1

학년 5반이 바뀌는 모습을 지켜봐 주세요. 그리고 지금처럼 계속 지도 부탁드립니다. 감사합니다.

P.S

선생님 오늘 쓰신 글을 들었을 때 선생님께서는 제가 그렸던 선생님이다, 하고 생각했습니다.

앞으로도 계속 잘 부탁드립니다.

다음 날 최 선생한테 부탁해서 조례 시간에 1학년 5반에 들어갔다.

"사과드리러 왔습니다. 여러분은 무슨 저런 사람이 있나 싶을 것입니다. 제 마음대로 성내 놓고 또 사과드리러 와? 욕을 먹겠습니다. 우선 무엇보다 여러분한테 내 잘못을 용서 빕니다. (허리 숙여 절을 했다.)

여러분한테 청소를 하게 한 것은 나도 잘했다 싶습니다. 그러나 라이터로 장난한 것은 주의만 주었더라면 좋았는데 그만 내가 본보기로 한 사람을 때려야 하겠다고 생각했습니다. 이런 마음이 잘못되었던 겁니다. 한 사람의 영혼을 짓밟은 일이고 여러분을 무시한 일이었습니다. 어떤 이유로도 폭력은 잘못입니다. 그래서 여러분께 용서를 빕니다.

한 가지 여러분의 태도에 대해 오래전부터 '이럴 수 있나' 싶은 생각은 했습니다. 여러분 담임선생님은 사랑과 열정과 눈물이 있는 선생님이십니다. 어제도 내가 선생님을 찾아가서 이야기할 때 눈물부터 보이시던 분입니다. 여러분이 무서운 선생에게는 슬슬 기고 힘 약한 여선생님들에게는 함부로 대하는 모습, 이것은 보기 싫었습니다. 비겁한 일이니까요. 그래서 내가 언젠가 힘으로 보여 주마, 잡아야 하겠다고 생각했습니다. 극약 처방을 해야지 하고요.

오늘 여러분에게 또 다른 꾸중을 하러 온 것이 아니니까 다른 말은 안 하겠습니다. 다만 한 가지 부탁은 담임선생님을 이해하고 도와 달라는 것입니다.

어제 성진이(맞은 아이)하고 통화를 했는데 성진이 첫말이, 괜찮은데요, 내가 잘못했는데요 뭘, 이랬습니다. 그 말에 내가 얼마나 모자란 사람인지 깊이 깨달았습니다. 성진이가 그렇게 맞을 이유가 없었는데도 성진이는 나를 용서했고, 성진이가 큰 잘못을 저지른 것도 아니었는데 나는 그의 영혼을 짓밟았습니다. 이 극명한 내 잘못을 성진이가 깨우쳐 가르쳤습니다. 고맙습니다. 어제 노 선생님이 글 읽어 주고 난 뒤 쪽지를 보내 준 사람이 있었는데 누구인지는 모르나 고맙습니다."

그리고 다시 아이들 앞에 고개 숙여 절을 했다. 아이들은 진지하게 아니면 멀뚱하게 들어 주었다.

첫 시간 마치고 성진이를 불러 등나무 아래에서 이야기를 나누었다.

"이런 인연으로 좋은 관계가 되었으면 좋겠다. 나는 네가 아주 못된 아이인 줄 알았는데 아니더라. 내가 착각했다. 담배도 안 피우는 아이인 줄 늦게 알았다. 라이터를 칙칙거리기에 아주 반항을 하는 줄로 잘못 알았다. 이제 네가 이 학교에 삼촌 한 사람 생겼다 생각하고 어려운 일 있으면 부탁도 하고 그래라. 나를 깨우쳐 주어 고맙다."

성진이는 빙긋이 웃으며 내가 내미는 손을 잡아 주었다.

다짐할 일.

• 어떠한 일이 있어도 아이들에게 손찌검을 해서는 안 된다.

• 아이들을 징치하겠다, 본때를 보여 주겠다, 악을 뿌리 뽑겠다, 이 따위 오만하고 폭력적인 생각을 하지 않는다.

• 아이들에게 한없이 너그럽고 친절해야 한다. 모두 불쌍한 영혼인 것을 명심하라!

오른쪽 약지는 팅팅 붓고 셋째 마디에는 멍이 새파랗게 들었다. 내 손이 이런데 성진이는 어디 아픈 데가 왜 없을까. 어제 붙였던 파스를 떼어 버렸다. (2005.11.9)

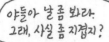

하얀 종이 비행기

희정이는 기어이 전학을 가게 되었다.

얘들아, 희정이가 이번주 금요일 전학을 가 이제 나흘 남았네.

아버지가 또 직장을 옮겼단다.

그동안 희정이랑 사랑 많이 나누도록 해.

그러나 아이들은 모두 떨떠름하다. 전학 가나 안 가나 이미 이야기를 나누어 알고 있어서일까?

희정이만 젖은 눈빛으로 떨떠름히 창밖을 바라보고 있다.

그리고 이틀, 사흘이 지나도 아이들은 이별을 위한 행사 하나 안 한다.

예전엔 안 그랬는데...

이별식을 핑계로 갖은 이벤트를 마련해서 수업 시간, 자습 시간 까먹으려 했는데.

가는 날 아침에도 아이들은 별 반응이 없다.

아이들은 숨을 쉬고 싶다

다리 짧은 선생님

애들에게 꼭 이런 외식을 시켜 주고 싶었다.
이런데 돈을 아껴서는 안 된다.

아...더
못 먹겠다

2부

야들아,
뭐 하노?

교단 25년, 새로운 시작

내일부터 공고 생활이 시작된다. 교직 생활 스물다섯 해째. 내가 가장 힘써 일해야 할 4년, 그 첫해다.

첫 교단도 공고였다. 야간이었지. 대학 4학년 때 교생실습 나갔다가 내처 눌러앉은 학교. 실습이 끝날 때쯤 교장이 불러 계속 여기서 강사로 근무해 달라고 부탁했다. 졸업하면 정식 교사로 발령을 내겠다고. 70년대 말은 선생 자리 구하기가 이렇게 쉬웠구나. 요즘처럼 치열한 경쟁 시대였다면 난 교단 근처에도 못 갔을지 몰라.

그땐 제법 야무진 꿈도 있었어.

'그래, 평생을 이 야간 공고에서 어렵고 가난한 아이들과 살자!'

하지만 그 학교엔 겨우 3년밖에 못 있었다. 80년 '서울의 봄'을 맞아 민주화 열기가 터져 나오던 시절, 우리 학교 아이들이 학내 민주화를 요구하며 시위를 했을 때 내가 학생들 편을 들었다는 이유로 그만 중학교로 쫓겨 가게 되었지. 그 후로 공고와 멀어지게 되었는데 이제 다시 돌아오게 되었다.

내가 잘 아는 동무들과 후배들은 올해 내 담임 활동을 기대하며 지켜볼 것이다. 내가 그렇게 기대하도록 떠벌렸기 때문이다. 내가 담임을 한다고 무슨 용빼는 재주가 있겠나. 그러면서도 아이들과 어우러져 함께 사는 재미가 어떤지 보여 주마고 큰소리쳤다. 어쩌지……, 자업자득이다. 못 난 놈. 하지만 하는 데까지는 해 봐야지. 자, 할 일을 다시 생각해 보자.

1. 할 수 있는 가장 친절한 마음과 행동으로 아이들을 대한다.

2. 일은 열심히 하되 욕심을 부리지 말아야 한다. 무엇을 잘해 보려고 지나치게 애쓰지 말아야 한다는 말이다. 그냥 알게 모르게, 자연스럽게, 천천히, 그리고 오래도록.

3. 내 생각대로 아이들을 틀에 끼워 맞춰서는 안 된다. 길을 안내하고 설득하는 일에 최선을 다하되 억지로 끌고 가서는 안 된다.

4. 어떤 일이 있더라도 손찌검을 해서는 안 된다. 세 번 이상 생각한 뒤 회초리로 종아리를 때릴 수는 있다.

5. 올바르지 못한 지시에는 단호히 싸우되, 상대를 존중하는 마음을 가진다.

오후에는 해운온천에서 개학맞이 목욕을 했다. 내일은 양복을 별러 입을 참이다. (2004.3.1)

선샘, 나이가 몇 살……?

입학식이 끝나고 첫 수업 시간, 이런저런 이야기를 마치고 다시 한 번 아이들 눈길을 모았다.

"자, 이제 내가 여러분에게 부탁드릴 게 있습니다. 수업 준비에 대한 부탁입니다. 준비물을 책 안쪽 표지에 써 두기 바랍니다."

내가 칠판으로 돌아서며 분필을 들자 아이들이 수군거린다.

"책, 공책, 필기구……."

"책? 공책? 필기구? 아닙니다. 그런 것이야 없으면 빌려도 되지만 이것만은 여러분이 반드시 준비해 오셔야 합니다."

그리고 큰 글씨로 또박또박 쓴다.

1. 서로를 존중하는 마음.

다 같이 큰 소리로 읽어 보시기 바랍니다. '서로를 존중하는 마음'

그래요, 이것입니다. 나는 여러분을 섬기는 마음으로 대하겠습니다.

여러분은 한 사람 한 사람 이 세상에 둘도 없는 귀하고 소중한 존재이기 때문입니다. 존중할 겁니다. 그리고 여러분도 나를 존중해 주시기 바랍니다. 또한 친구들 말 한마디, 행동 하나하나도 존중해야 하겠지요.

2. 열린 마음.

이것 없이 우리가 무슨 수업을 하겠습니까. 내가 들어오는데 '아이구, 나는 저 사람 꼴도 보기 싫어. 얼른 나갔으면. 말도 하기 싫어' 이렇게 되면 수업이 안 되겠지요. 여러분이 마음을 열어 주고 그 열린 마음으로 서로를 대하면 우리는 활기찬 수업을 할 수 있을 겁니다.

3. 편안한 자세.

학교는 훈련소가 아닙니다. 편안하게 앉으십시오. 아픈 사람은 몸을 기대기도 하고, 엎드려 있더라도 눈만 내게 보내 주면 됩니다. 물론 등뼈를 곧추세워 앉는 것이 몸에 가장 좋다는 걸 여러분도 잘 알고 있죠? 그렇다고 강요하진 않겠습니다.

4. 마음 놓고 말하기.

여러분은 수업 시간에 아주 마음 턱 놓고 무슨 말이든 할 수 있어야 합니다. 열린 마음으로 편하게 앉아 마음 놓고 말한다. 이렇게 되면 수업은 저절로 됩니다. 말 안 하고 가만히 앉아 있어서는 아무것도 안 됩니다.

첫 시간 마치기 10분쯤 남겨 놓고 이렇게 마무리를 했다. 아이들은 마지막으로 네 가지 준비할 것을 큰 소리로 읽어 준다. 이만한 준비를 요구한다면 참 좋다는 반응이다. 됐다. 아주 잘됐다. 내가 이렇게 준비물을 책에다가 쓰게 한 것은 계획된 것이 아니다. 이걸 어떻게 강조해서 마음에 새기게 하나 걱정했는데 아이 하나가 수업 준비물은 어떤 겁니까, 묻는 바람에 순간 떠오른 생각으로 이런 방식을 택했다. 다른 반에도 이렇게 해야지. 느낌에 팔구십 점쯤 되는 수업이다 싶다.

공고 아이들에 대한 평가는 두 가지로 나뉜다. 아이들이 순박하고 착해서 선생이 무슨 이야기를 하면 잘 들어 주더라. 인문계 있어 보지, 교과서 벗어난 이야기를 하면 벌써 눈초리가 달라져, 아예 쉬는 시간으로 생각하는 놈도 있지. 노골적으로 안티를 거는 놈도 있고. 거기 견주면 공고 애들한테 이야기하기가 훨씬 재미나. 게다가 수업도 오히려 잘 되더라.

그리고 또 하나는 알아듣는 게 없어서 수업하기 너무 힘들더라. 낱말 하나까지 다 챙겨 줘야 한다. 자료를 내줘 봐야 챙겨 놓는 애가 거의 없다. 원래 천방지축이라서 도무지 통제가 안 된다. 전쟁이다. 어째도 좋다. 이 모든 것이 관계에서 나타나는 일, 그렇다면 관계 맺는 사람에 따라 달라질 터이다.

나는 먼저 '차렷, 경례'로 하는 인사법을 바꾸어 주었다.

내가 교실 문을 열고 들어가면서 "반갑습니다" 하거나 "어이구, 오늘은 춥다" 뭐 이런 소리로 인사를 하겠지, 그러면 여러분들도 제각각 인사를 하세요. "어서 오이소" "또 왔능교" "뭐 하러 왔능교" 여러분 생각나는 대로 인사하면 됩니다. 그리고 차렷, 경례 할 자리가 있으면 "바로 앉읍시다. 맞절" 이런 식으로 인사하는 게 좋겠습니다. 그러면 처음부터 한번 해 봅시다. 나는 도로 교실 밖으로 나갔다가 다시 들어온다.

왁자한 웃음과 인사. 이때쯤 아이들은 꼬물꼬물 살아나기 시작한다.

이름을 불러 보겠습니다. 이름을 부르면 손을 들면서 나와 눈을 맞추어 주십시오. 눈으로 말합시다. 얼른 이름을 외워야 할 텐데……. 내가 앞으로도 자주 이름을 물을 것인데 전에도 묻고 왜 또 묻느냐고 삐끼지 말고 말해 주어야 합니다. 내가 머리가 나쁩니다.

강민수, 야, 눈썹이 아주 인상적인데.

김순모, 우, 이런 카리스마.

박성주, 이야, 영혼이 맑은 소년이구나.

장웅배, 이분은 학자가 될 분이네. 장 박사라 불러야겠어.

최성구, 이런 눈웃음. 사람 많이 울리겠는데.

김동현, 좋습니다. 앞으로 잘 친해 봅시다.

한 사람 한 사람 이름을 부르며 첫인상을 이야기해 준다. 아이들은 자기에게는 어떤 칭찬을 해 주나 귀를 세운다.

이제 내 소개를 하겠습니다. 나는 이상석입니다. 올해 이 학교로 왔습니다. 그러니 여러분 졸업할 때까지 따라다니게 될 겁니다. 나에 대해 묻고 싶은 것이 있으면 말해 주십시오. 내가 지금 여기서 나는 어떤 사람이니, 뭘 좋아하느니, 이런 것을 이야기한다면 여러분은 그러겠죠. '누가 물어봤냐? 알고 싶지 않아. 왜 혼자서 저래?' 이렇게 되면 나만 황당한 사람 되지요. 그러니 여러분이 궁금한 것이 있으면 물어 주십시오. 내가 성의껏 대답하겠습니다.

예, 저기 손드신 분.

"선샘, 나이가 몇 살……?"

117

"아아, 잠깐. 지금 내가 여러분 이름을 모릅니다. 이럴 때는 먼저 자기 이름부터 밝히고 말해 주세요. 청와대 같은 데서 기자회견 하는 것 봤죠? 〈한겨레 신문〉성한용 기잡니다. 뭐 이러고 질문을 하죠? 그렇게 합시다."

"예, 화공과 박지구입니다. 선생님, 연세가 얼마나 되셨습니까?"

"연세랄 건 없고……. 그런데 나이란 게 그래요. 어른 나이가 서른다섯쯤 되면 그때부터 나이는 그렇게 중요하지 않다고 봐요. 서른다섯이면 자기 인생에 책임을 지는 나이가 되죠. 이때가 되면 장관도 될 수 있고, 작은 회사를 차리고 있을 수도 있고, 혼자 농사를 지으며 살 수도 있고, 무엇을 하든지 자기 삶을 살아가는 나입니다. 나이 한두 살 차이, 아니 열 살 스무 살 차이가 별 뜻이 없습니다. 다 아저씨 아니에요? 60까지 다 아저씨입니다. 그리고 더 많아지면 할배지요. 여든 살 먹은 사람이나 아흔 살 먹은 사람이나 다 할뱁니다. 차이가 없어요. 그런데 여러분 나이 때는 한 살 차이로 중학생이 되고 고등학생이 되고, 선배 후배가 엄격합니다. 하지만 어른이 되면 나이는 제 나름이라 생각해요. 그래서 나는 내 나이를 서른아홉으로 묶었습니다. 서른아홉의 열정을 가지고 살아가려고 합니다. 내 나이는 서른아홉."

수업 방식은? / 숙제 많으냐 / 술 담배는 언제부터? / 어느 대학 나왔느냐 / 선생님 반 아이들은 성적이 좋았느냐 / 다이어트 할 생각은? / 첫 키스는? / 무슨 시를 좋아하느냐(이 질문에 아이들이 잠시 썰렁해 했다) / 매점에 가서 늦게 들어오면 어떻게 되느냐 따위. 그리고 마지막 물음.

"수업 시간에 핸드폰이 울리면 뺏겨요?"

"왜 빼앗아요? 나도 전화기를 끈다고 껐는데, 하 이게 울릴 때가 있어요. 반 아이들한테 한 소리 듣기는 하지만 얼른 끄고 수업을 했습니다. 여러분도 얼른 끄면 되겠지요."

"수업 시간에 자면 어떤 벌 받아요?"

"수업 시간 잔다? 나는 그랬어요. 수업 시간에 학생들이 조는 것은 80퍼센트 교사의 책임이다. 얼마나 지겨우면 자겠느냐. 이렇게 자신 있게 주장했습니다. 그런데 요즘은 수업 시간 들어오면 이미 자고 있는 사람도 있습디다. 이건 내 책임이 아니지요. 그때는 깨웁니다. 여러분도 아파서 못 참을 정도 되면 미리 말해 주세요. 내가 자리라도 깔아 줄게요. 그렇지 않으면 나하고 살아 있는 공부를 해 봅시다."

오늘은 애들과 처음 만나는 날이고 애들은 신입생이다. 처음이니까 이렇게 이야기를 들어 주며 앉아 있지 얼마 가지 않아 시들해질 테고 화가 나는 일이 한둘 아닐 것이다. 그래서 다시 명심하자. 내가 국어 교사 노릇을 시작하며 마음먹었던 것을.

"이 아이들이 자기 생각과 느낌을 마음 놓고 말하고(또는 글로), 자기의 존엄을 알고 자기를 당당하게 드러낼 수 있다면 이것으로 성공이다. 내 교육 목표는 이것이다." (2004.3.8)

"내 마음인데요"

특활 부서를 정하는 시간.

기현이와 성현이는 작년에 활동하던 부서에서 나와서 다른 데로 가겠단다. 해 보니 재미없더라면서. 새로 생긴 줄넘기 다이어트반으로 가겠단다. 가더니 좀 있다가 도로 왔다.

"체육복도 사야 한다 하고, 또 뭐 준비할 게 많아서 안 할 건데요."

"그럼 어디 갈래?"

"건강 달리기반 갈게요."

건강 달리기반에 갔다가 또 얼마 안 되어서 돌아온다.

"다른 데 갈게요. 가 보니 아이는 네 명뿐인데 우아, 억수로 무섭겠던데, 함만 더 다른 데 갈게요."

"이놈들, 너희들이 하고 싶어 갔으면 좀 맘에 안 들더라도 참고 해 봐야지. 너희들 지금 어쩌든지 편한 데만 찾으려고 하니까 그렇지?"

"아니요. 정말 우리도 재미나게 열심히 하고 싶은데요. 이제 정말 마지막으로 풍물반에 갈게요."

"거기도 뭐 사야 할걸. 그리고 거긴 축제 때 발표도 해야 하고 바쁠걸."

"아, 우리도 풍물 잘해요. 하고 싶어요. 보내만 주세요."

"그럼, 이번이 마지막이다. 이제 딴소리하면 안 돼. 확실하지?"

"예, 확실한데요. 열심히 할게요."

성현이는 생글생글 웃으며 이야기하는 품이 정말 열심히 해 보고 싶어 하는 눈치다.

보내 놓고 있어도 걱정이 되어 애 한 명 불러서 풍물반에 보내 보았다. 두 놈이 있는지 보고 오라고. 있더란다. 벗어 놓은 신발을 봤단다. 그럼 됐겠지.

그런데 이 녀석 둘이 또 왔다.

"진짜 한 번만 더요. 거기는 너무 자유도 없겠고 빡시고……. 사람을 못살게 하겠던데요. 한 번만 더 다른 데 가 볼게요."

부아가 났다. 하루 종일 이러다가 아무것도 못 하겠다. 회초리를 들고 종아리를 한 대씩 쳤다. 그래도 풍물반엔 못 가겠단다. 사실은 애들을 가만히 보면 생활 모든 게 뜻대로 되지 않으니 이렇게 헤매고 있는 것 같다. 어디 학교생활 한 군데라도 마음 붙이는 데가 없어 보인다. 그래, 이번 참에 노영민 선생 반에 들어가게 해서 이야기나 듣게 하자.

"좋다, 너희들 이번에는 내가 정말 좋은 반을 소개해 줄게. 시 감상반이 있다. 거기 가거라."

"뭐 하는 덴데요?"

"시 읽고 느낌도 이야기하고, 시도 아주 재미난 시들만 할 거야."

그때 옆에 있던 노 선생이 거든다. 좋은 시를 외우기도 하고 시도 지어 보고 서로 이야기도 나누고 좋을 거야, 내 잘해 줄게 와.

"으엥? 선샘이 시 공부반 샘이에요? 아아, 안 가요. 안 갈 거예요."

"이놈들아, 그럼 너희들 어디를 가겠다는겨?"

"그럼 작년에 했던 문예부에 갈게요."

"거기는 이제 너희들 안 받겠대. 올해는 문예부 없애고 교지 편집부만 뽑기 때문에 어차피 나와야 했어."

"그럼, 함만 더 찾아보고 올게요. 함만 더."

그리고 나갔다 다시 들어온다.

"선배가요, 전화가 왔는데 선배 반에 들어오라 하는데요. 서예반인데요. 우리 거기 갈게요."

정말 얘들하고는 어울리지 않는 데다. 틀림없이 또 나올 것이다.

"안 돼. 또 나오게 돼. 너희들 봐, 줄넘기에서 달리기로 다시 풍물로 그러다가 이젠 서예야, 줄넘기와 서예는 너무 동떨어진 거 아니야?"

"아, 거기는요, 선배들만 있고 지도 선샘은 잘 없어서 자유롭거든요. 우리도 글씨 좀 잘 쓰고 싶어요. 거기 보내 주세요."

"야, 거기는 축제 때 글씨 써서 전시도 하는 데야."

"아, 그때는 선배들이 다 써 준다 했는데요."

아마 서예반 신청자가 없어 반이 없어지게 생기자 아는 선배가 애둘이를 이름이라도 올려놓고 반을 유지하고 싶었던 모양이다. 어떻게 하나. 그러는 중에 3학년 서예반장이 와서 애들을 데리고 가서 잘해 보겠단다.

"난 모른다. 애들은 서예와 도저히 안 맞을 것 같은 아인데, 선배가 책임지겠다면 보내 주지. 단, 나가려고 한다고 아이를 패거나 하면 안 돼. 그때는 다시 내게 와서 의논하도록. 알겠지?"

이러고 애 둘이는 한 시간 내내 여기저기 싸돌아다니다가 한 번도 생각해 보지 않았을 서예반으로 갔다.

기현이는 자기소개서 글을 누구보다 간단하게 써서 냈다.

- 내가 잘하는 것 ; 밥 빨리 먹기 / 게임
- 내가 잘하고 싶은 것 ; 공부
- 집안 경제 형편 ; 그렇게 가난한 건 아니지만 부자도 아니고 하루하루 살아감
 - 담임에게 하고 싶은 말 ; 잘 살아 보세
 - 반에 대한 내 생각 ; 조아('좋아'겠지)
 - 나에 대해 담임이 꼭 알았으면 싶은 이야기 ; 전 머를 집중하면 막 머리가 터질 거 같고 답답함.

애들이 어른이 되면 어떻게 살까?

또 그렇게 하루하루 살아갈까?

둘이는 조금 있다 다시 들어왔다. 나는 깜짝 놀라 고함을 쳤다.

"뭐야! 또 왔어?"

"아니요, 커피 잡수라고요."

커피를 뽑아 들고 와서는 책상 위에 놓고 가며 중얼거린다.

"내 마음인데요." (2005.3.4)

오늘 하루도 정신없이 돌아쳤다

담임 하는 일이 1년에 276가지라더니 3월은 유달리 더 일이 많다. 물론 세월이 지나면 다 해결된다는 것도 안다. 그만큼 해도 그만 안 해도 그만, 세월에 기대어 있어도 된다는 이야기다. 하지만 그렇게 선생 노릇 하는 사람은 없지. 선생들만큼 말 잘 듣는 사람도 없으니까.

무슨 일들이 있나 적어 본다.

1. 학생 신상 파악 ; 소개서 읽고 메모 / 학비 어려운 학생 조사 / 가족 상황 파악 따위

2. 장학생 조사 / 1학년 때 학비 면제받았던 학생 조사

3. 수업료 미납자 챙겨 보기

4. 손걸레 모으기

5. 학생 자리표 만들어 붙이기

6. 시간표 만들어 붙이기

7. 시계 걸기 / 달력 걸기

8. 교과 모임에서 연구수업 할 사람, 평가 계획, 인사 위원…… 정하기

9. 부서 모임에서 할 일 다시 이야기하기

10. 학년 모임에서 진학 지도 계획 알기

11. 학교 설문 조사하고 통계 내기

12. 계발 활동 부서 정하기

13. 학급 임원 선출

14. 각종 자격시험 안내

15. 학부모 회의 알리는 공문 나누어 주기

16. 지각한 학생 챙기기

17. 급식 지도

18. 운동 시합 나갈 학생은 담임이 허락하고 체육부에 알리기

19. 식당에서 컵 가지고 나오지 못하도록 지도

20. 사물함 정리, 소지품 검사하여 문제 학생 예비 지도

21. 두발 지도

22. 월담하지 않도록 지도

23. 매점에서 음식물 가지고 나오지 않도록 지도

24. 아래 학년 화장실 사용 금지 / 2, 3학년들이 신입생을 마음대로 지도하지 않도록 지도.

25. 부서별 교육 계획서 제출

26. 각 부서에서 스승의 날 표창 대상자 뽑아서 교무부에 알릴 것

27. 인사 자문 위원 명단 제출

28. 새 학생증 만들기 위한 사진 챙겨 받을 것

29. 명찰 대금 모으기

30. 주번 일찍 등교해 청소하도록 지도

31. 출석부 담당, 학급일지 담당, 기자재 담당, 게시물 담당 정하기

32. 안전 지도, 특히 창틀에서 떨어지는 일 없도록 지도

33. 가방 들고 학교 다니도록 지도

34. 전교조 조합원 챙겨서 인사하기

35. 초청 강연 준비

36. 청소 용구 챙기기 / 청소 배당 정하기

교실을 꼼꼼히 살피니 문제점이 한둘이 아니다. 구체로 건의할 것들을 메모해 둔다. 교실을 세세히 둘러보지 않는 관리자는 교실의 문제를 모를 것이다.

1. 청소 용구-빗자루 세 개, 밀대 석 자루가 전부다. 이것 가지고는 청소를 못 한다. 청소도 하나의 공부다. 나와 아이들이 힘 모아 일을 해야 한다. 그런데 할 수가 없다. 용구가 없으니 청소가 안 되는 건 당연하다.

2. 커튼-땟물이 흐르는 것은 고사하고 찢어져 너덜거리는 걸 그대로 걸어 두었다. 아이들이 새 마음으로 공부할 정이 생기겠나. 이것은 학년 말에 행정실에서 거두어 세탁을 해서 새 학기에 달 수 있게 교실마

다 배급해야 한다. 커튼도 소모품이다. 너덜거리는 걸 관리 잘못이라고
만 탓하고 그냥 둔다는 것은 아이들을 전혀 생각하지 않는 처사다.

3. 교실 바닥-바닥재가 떨어져 나간 부분이 많다. 이것도 보수를 해
야 한다. 이런 걸 새 학기마다 깨끗이 하는 것은 기본적인 일이다. 이걸
예산 타령만 하고 그대로 두는 것은 말이 안 된다. 가장 기본적인 일도
못 하면서 다른 곳에 돈은 그렇게 써도 되는가.

4. 창틀-공기 흡입기나 강한 바람이 나오는 기계로 청소를 한번 해
야 한다. 창틀의 먼지와 때는 이 건물이 지어진 뒤부터 쌓여 온 것으로
보인다.

5. 껌 자국-껌 떼는 기구가 있어야 할 판이다. 학교가 전반적으로 이
렇게 지저분한 것을 다시 보게 된다.

6. 가정방문-반드시 출장으로 처리해 주어야 할 일이다. 가정방문
하다가 사고로 다치게 되면 그때사 출장 장부에 안 달았다고 공상으로
처리할 수 없다고 하겠지?

점심을 먹고 있는데 양지환이가 왔다. 말할 게 있단다. 그래? 내 방
에 가서 좀 기다릴래. 들은 이야기가 기가 찬다.

"아버지라고 하는 사람한테 전화가 올 것입니다. 절대 우리 집 주소
나 전화번호 가르쳐 주지 마세요."

지금 지환이 식구들은 아버지의 폭력에 못 견뎌 숨어 살고 있는 꼴
이다. 아버지가 집안 살림을 부수는 것을 보면 다시는 함께 살고 싶지
않고, 혼자서 저렇게 방황하는 모습을 보면 불쌍하단다. 이런 가운데서

도 묵묵히 살아가는 지환이다. 나는 이런 지환이에게 해 줄 수 있는 일이 없다. 담임 노릇이 본래 이런 한계를 안고 있다. 그래서 늘 관념으로 흐른다.

"이런 아픔 잘 견뎌 나가야지. 이제 지환이도 어른이 되어 가니까 말이야. 네가 어른이 될 날을 기다리자……."

이런 말이 무슨 도움이 될까. 결국 네가 감당해야 할 아픔인 것을.

7교시 학급회. 정부반장 선거.

반장 부반장 구분 없이 추천받아서 표 많이 얻은 사람순으로 반장, 부반장, 총무 이렇게 정할까 아니면 반장 후보, 부반장 후보를 따로 받아서 각각 투표를 할까? 반 넘게 따로 투표를 하자고 손을 든다. 그럼 후보를 추천해 보라고 했더니, 반장 후보 추천에는 이재윤이 스스로 해 보겠다고 손을 들었고, 부반장 후보는 이재윤이 최원규를 추천해서 후보가 되었다. 그리고 더 이상은 추천이 없다. 이재윤은 작년에도 성실한 반상으로 믿음을 얻은 듯하고, 최원규는 주먹도 좀 있고 결석도 잦았지만 소탈한 성품에 아주 솔직한 친구인 것 같다. 나도 이 둘이 가장 적합하다고 생각하고 있었다. 아이들도 더 이상 말할 것이 없다는 투다. 그럼 단일 후보로 투표를 하자. 과반수는 되어야 하니까.

결과. 서른셋 가운데 반장은 서른한 표, 부반장은 서른 표를 받았다. 나머지는 이재윤을 조재윤으로 써서 무효, 또 하나는 이름을 안 쓰고 이 씨 최 씨로 써서 무효, 부반장 표는 이재윤을 두 번 쓴 아이가 있었고, 반장 이름만 써낸 아이도 하나 있었다.

총무는 누가 했으면 좋겠느냐니까, 이구동성으로 신승엽.

"승엽이가 2학년 때는 결석도 안 하고 학교생활 열심히 하라는 뜻에서 총무를 맡아야 합니다."

그랬구나.

종례 마치고는 김시훈과 잠깐 이야기.

집안 사정이 매우 어려운 모양이다. 초등학교 5학년 때 어머니는 자기들 곁을 떠났다고. 아버지는 타일공인데 일이 없는 날이 더 많고. 아이는 고생하는 아버지 생각하면 꼭 학비 감면이라도 받고 싶다고 어렵게 말을 한다. 어떻게든 내가 길을 찾아보겠노라고 걱정하지 말라고 격려했다. 수첩에 메모하고 붉은색 별표를 쳤다.

이제 집에 갈까 하는데 신민준이 집에 가다가 도로 왔다.

"선생님께 드릴 말씀이 있어 왔습니다."

"응, 그래? 여기로 앉아. 무슨 이야긴데?"

"제가 주번인데 모르고 집에 가다가 생각이 나서 도로 왔습니다."

민준이는 청소 당번 B조라서 오늘 당번이 아니다. 그러니 아무 생각 없이 갔을 것이다. 민준이가 이런 애로구나. 퇴근 시간이 훨씬 지난 시간, 배도 출출해서 함께 국밥이라도 한 그릇 먹고 집에 가자 싶어 끌었더니 한사코 사양하고 집으로 간다. 이렇게 순박하다. 아니면 아직 덜 친해서 그렇기도 하겠지.

교문을 나서니 5시 30분이 넘었다. 집에 오니 6시 반. 하도 배가 고파 마구 밥을 퍼먹다가 금방 후회하고 말았다.

　밤 11시 35분. 전화가 왔다. 김요셉이다. 내일 시간 좀 내달란다. 아이고, 그래그래. 이렇게 늦게 집에 가니? 아니요. 놀다가 가는 거 아닌데요. 그래 학원에 갔구나. 예. 그냥 시간 조금만 내주면 되는데요. 그래, 그래. 너하고 이야기하는데 시간이 무슨 문제야. 그래 내일 보자.

(2005.3.7)

무상교육은 꼭 해야 할 일이다

- 장학생 추천

학비 지원 신청을 오늘로 끝냈다. 빈틈없이 챙긴 셈이다. 열한 명이 지원을 받을 수 있을 것 같다. 정확히 1/3이다.

담임 추천 로타리클럽 장학생 ; 김시훈

담임 추천 ; 이재윤 장도원

극빈자 ; 김명수 양승찬

생보자 ; 김창배 신승엽 이진영 한홍규

도서부 장학생 ; 박지구

기능부 장학생 ; 장민성

극빈 가정이 아닌 아이는 따로 추천 글을 썼다.

담임교사 추천 의견

위 이재윤 군은 2학년 5반 반장입니다.

학급의 작고 큰일들을 아주 헌신적으로 해내고 있습니다.

담임교사가 학생의 집을 방문했는데 아버지는 다니던 직장이 부도가 나는 바람에 지금은 일자리가 없을 뿐 아니라 디스크, 간염, 신경성 정신병을 앓고 있는 사람이었습니다. 약값도 약값이지만 가장이 이렇게 아프니 집안이 마구 흔들려 버리고 말았습니다. 이런 와중에도 이재윤 군이 학급 반장으로 소임을 다 해 나가고 있는 것을 보면 장학금이라도 주어야 한다 싶지만 그런 혜택은 아직 받지 못하고 있습니다.

아이 어머니는 장유에 있는 목욕탕에서 청소와 허드렛일을 하고 있습니다. 여기서 버는 돈으로는 아이 둘 뒷바라지에 남편 약값에도 턱없이 모자라는 형편입니다. 집은 덕포동인데 방 두 칸 쪽방입니다. 남매가 되다 보니 아이는 좁은 싱크대 앞에서 잠을 자야 하는 형편입니다. 그런데 이 집도 영세민 전세금 대출로 얻은 것이라 달마다 이자 내기도 어려운 형편이라고 합니다. 그런데도 건강보험료는 44,270원을 내고 있습니다. 이것이 학비를 지원받는 데 결격사유가 되는 줄 압니다. 까닭은 아이 아버지가 자기 형한테서 소형차를 얻어 타고 다니기 때문이랍니다. 이 차가 없으면 아이 아버지는 도저히 출입이 어려운 상태라 형이 쓰던 차를 얻어 타고 있는데 이것 때문에 건강보험료가 많이 나온다고 한탄하고 있습니다. 부디 전액 지원을 받아서 이 학생이 마음 놓고 학교생활을 하게 해 주시기를 빕니다.

담임교사 추천 의견

위 장도원 학생은 자택이 있고 아버지가 직장에 나가기 때문에 학비 지원 대상에 들지는 못합니다. 그러나 담임교사가 가정을 방문하여 사정을 알아본 결과 반드시 학비 지원을 받아야만 하는 사정이었습니다.

1. 집이 있다고는 하나 가야아파트란 곳이 20년도 넘은 낡고 좁은 영세 아파트로 13평이었습니다. 재작년에 이 아파트를 겨우 사서 입주는 했으나 집 살 때 낸 빚 때문에 도로 팔고 싶다고 합니다. 그러나 그 낡은 아파트를 누구도 살 사람이 없다고 합니다.

2. 아버지는 (주)고려 티티알이라는 직장에 나가고 있으나 급여가 월 1,388,660원입니다. 거기다가 아버지는 허리디스크라는 고질병이 있어 수술을 받고 싶은데, 돈이 없어 받지도 못하고 약으로 겨우 고통을 참고 있습니다.

3. 아버지의 직장도 2004년 12월에야 겨우 얻은 것인데(그 전에는 직장이 없어 학비 지원을 받을 수 있었습니다), 여기도 언제 나올지 모르는 비정규직이라 늘 불안한 마음으로 직장에 나간다고 합니다.

4. 이 학생의 형도 본교 졸업생으로 작년 동의대에 입학했으나 돈이 없어 학업을 계속하지 못하고 휴학 중이었습니다.

5. 이 학생은 학교생활이 아주 모범적입니다.

이 학생이 학업에 전념할 수 있도록 학비를 지원해 주시기를 간곡히 부탁드립니다. (2005.3.9)

교문 지도라고?

맑은 하늘에 봄바람 시원, 상큼한 아침. 나는 교문을 들어서다 깜짝 놀라 그 자리에 멈칫 서고 말았다.

'교문에서 아이들 몸을 뒤지고 있다. 학생회에서.'

이것은 아이들 스스로 자기들 인격을 짓이기는 짓이다. 그런데 당하는 놈이나 가하는 놈이나 겉으로는 아무 문제를 삼는 것 같지 않다. 이 짓이 얼마나 어이없는 짓인지 모르고 있다. 내 눈에만 이리 보이는 걸까? 노예를 기르고 있구나. 굴욕이 아주 몸에 배도록 하고 있구나. 이건 아니다.

여느 때보다 일찍 학교에 닿았다. 8시 10분쯤. 이때가 아이들이 주로 등교하는 시간이다. 교문 가득 아이들이다. 정문 옆에는 1학년 반장 열댓 명이 옆으로 죽 늘어서서 선생 차가 들어오면 90도로 허리를 꺾으며 "빤갑습니다" 하고 고함을 지른다. 차에 탄 사람 들으라고 크게 소리치는 줄 알았더니 걸어 들어오는 나한테도 마찬가지다. 참 듣기 싫다. 마음을 담은 인사가 아니다. 조폭들 허리 굽혀 인사하는 모습에다가 고함이라니.

그리고 건너편에는 2, 3학년 학생회 아이들 열댓이 서서 들어오는 아이들을 살피고 섰다가 미심쩍은 아이들을 불러 세운다. 얘들은 아이들 가방을 뒤지고 주머니까지 샅샅이 뒤진다. 담배나 화장품을 가지고 있는지 살피는 일이다. 화장품 같은 것은 그 자리에서 압수한단다. 한 아이 앞에 서너 명씩 줄을 서서 몸 뒤지는 일을 당하고 있다. 그 옆에 학생부 교사가 서 있고 교감도 잠시 서 있다가 간다.

이 어처구니없는 광경을 그냥 보고 지나가서는 안 되겠다 싶어 건너편 벤치에 앉아 자세히 보았다. 여학생 윗옷 단추를 열고 속주머니를 뒤지고 치마 주머니도 뒤진다. 학생회장을 불렀다. 이게 뭐 하는 짓이냐 하니 멀뚱하다. 생뚱맞다는 표정이다. 그만 화가 났다. 이놈하고 이야기할 것이 아니다 싶다.

대뜸 학교가 쩌렁 울리도록 고함을 질렀다.

"다 들어가! 이게 대체 뭐 하는 짓들이야! 얘들이 무슨 죄인이야? 왜 아이들 몸을 뒤지는 거야. 당장 그만둬."

멀리 교무실 학생부실까지 들리도록 소리를 높였다. 그예 흥분이 되어 손이 벌벌 떨렸다. 학생회 간부 아이들은 갑작스런 내 고함에 놀랐겠지. 학생부 선생님도 시키고, 교감도 가만히 보아 넘기는 일을 얼굴도 잘 모르는 선생이 다짜고짜 고함을 질러 대니. 공고에서는 인문 과목 교사는 스쳐 지나가는 '기타 선생' 취급을 받는다. 전공과 교사들은

아이들과 늘 붙어 있지만 인문 교과 선생들은 담임도 잘 안 맡고 수업
도 한두 시간뿐이니 소원할밖에.

아이들 곁에 있던 학생부 교사가 오더니 자기도 이런 짓은 안 좋게
생각한다면서 "시정하겠습니다. 고정하십시오" 하며 나를 말린다. 자
기도 어찌할 수 없어 몸을 뒤지는 아이들 곁에 서 있긴 했지만 이 짓은
아니라고 생각했던 모양이다. 이번에 우리 학교로 온 젊은 선생이다.
학생부장 교사가 하는 수 없이 내려와서는 점잖게 학생회 아이들을 어
루만지듯 정을 담아 말한다.

"이놈들, 내 이런 짓 못 하게 했지. 수고하는 줄은 아는데 요새 세상
이 그런 기 아이다……."

그리고는 "학생이 학생을 수색하는 일은 못 하게 하겠습니다" 나를
달랜다. 맞대거리로 싸움을 안 걸어온 게 다행이다.

"제발 이런 짓은 하지 말도록 하십시오."

나도 더 할 말이 없어 내 방으로 들어왔다. 모르긴 왜 몰랐을 것이며
하지 말란 말은 언제 이야기했을까. 그냥 손 안 대고 코 푸는 양으로 학
생들이 스스로 단속하는 걸 '잘됐다' 하고 바라보았겠지.

그런데 학생회장이란 아이가 내 방으로 와서 울면서 말한다.

"선생님이 그렇게 화를 내는 걸 도저히 이해하지 못하겠습니다. 우
리는 아침 일찍 나와서 지도를 합니다. 이렇게 안 하면 아이들이 엉망
이 됩니다. 보십시오. 위반하는 학생들이 이렇게 많습니다."

아이들 이름표를 한 움큼 꺼낸다. 담배를 피거나 머리가 긴 아이들
이름표를 빼앗아 두었단다. 이걸 학생부에 보고하거나 자기들끼리 벌

을 주는 모양이다.

"학생회장, 자네가 학생 경찰이야? 이런 일은 자네들이 할 일이 아니야."

회장 아이는 내가 자기에게 사과라도 할 줄 안 모양이다. 막막한 표정이다. 회장 아이는 도무지 이해할 수 없을 것이다. 나중에 수업 마치고 이야기 좀 하자 하고 보냈다.

"자네들한테 화를 낸 건 아니야. 이렇게 시키는 어른들한테 화가 나. 명백한 잘못이지."

그러나 수업 마치고 한 시간 넘게 내 방에서 기다려도 학생회장은 오지 않았다. 나는 그게 왜 나쁜지 차근히 설명하고 싶었는데.

이 일이 있은 뒤부터는 교문에서 몸을 뒤지는 것은 보지 못했다. 하지만 한 열흘이 지났나, 12반 조은철이 내게 와서 말한다.

"요새도 몸수색하는데요. 선생님이 말 좀 하지요."

"은철이가 나서서 말해 봐. 그게 진짜야."

아까 교감 선생이 무슨 말 끝에 내게 이런 말을 했지.

"그리고 얼마 전에 교문에서 무슨 일 있었다면서요? 학생부 선생들도 잘하려고 하는 일인데 조용히 이야기를 하지. 나도 인권을 생각하는 사람입니다. 학생부장이 소지품 검사하자는 걸 내가 말렸어요. 아이들이 인권을 무시하고 한 것은 아니니까, 자기들끼리 하는 건데……."

그리고 아까 수업 시간에 했던 2학년 학생회 아이들 말도 생각난다. 평소 나를 잘 따르던 아이들이었는데. 믿는 도끼가 발등 찍는구나.

"몸수색은 계속 해야 합니다, 선생님. 우리가 2학년 되니까 왜 1학년

지도를 못 하게 해요. 우리도 1학년 때 지도 당하고 살았단 말입니다. 지도를 안 해 봐요. 학교 규율이 어떻게 되겠어요. 그래서 학생회에서 는 몸수색을 계속할 수 있게 해 달라고 다시 건의할 생각입니다. 선생님도 이해해 주세요."

솔직히 나는 이 아이들을 설득할 기운도 마음도 없다. 수업 시간에 그렇게 말했는데도 아이들 귀는 열리지 않았다.

아! 정말 내 숨 쉴 곳은 여기도 아니구나. 떠나야 한다. 버리고 가야 한다. 사람 사는 데로 가야 한다. (2005.3.13)

스승의 날 두 풍경

1.

스승의 날 행사.

학생회장이 감사의 글을 읽는다. 들어 보니 이것도 선생이 써 주었구나. 글 읽을 때 학생회 간부들이 줄느런히 나와 서는데 이래라저래라 손짓을 하는 사람이 학생회 지도교사 이채정이다. 그러고 보니 글에 이채정 냄새가 난다. 글 가운데 "군사부일체(君師父一體)라는 말을 명심하고 스승을 존경하겠다"는 말이 나온다. 군사부일체? 웃기는 일이다. 아직도 이런 봉건 사고를 가지고 있나? 사람됨을 능히 짐작하겠다.

읽기를 마치자 학생회 아이들이 큰절을 한다. 운동장 바닥에 엎어져서. 이런 황당한 일이 있나. 뒤에 줄 서 있는 아이들은 아까부터 웅성웅성 자기네들끼리 이야기하느라 바쁘고 선생들도 그늘을 찾아 여기저기 모여 서 있는데 아이들은 큰절을 하다니.

그리고 학생 대표와 교사 대표가 나와 축구 시합. 골인이 되어도 손뼉 치는 사람은 몇 사람뿐. 축구는 축구대로, 아이들은 아이들대로, 선생은 선생대로다.

또 한 가지, 학생회장의 모습. 자기는 온 성의를 다해서 경례를 하고 글을 읽고 있다. 학생부 선생이 시키는 일은 무엇이든 칼같이 해낸다. 칭찬이 자자하다. 그러나 내 보기에는 앞으로 '권력의 충복'이 되겠구나 싶은 생각뿐이다. 회장이 학생의 의견을 대변하는 꼴은 한 번도 보지 못했기 때문이다. 게다가 아이들 앞에서는 아주 권위를 부린다. 후배를 부하 부리듯 하면서. 가련한 아이. 우리가 아이를 이렇게 키우고 있지 않는가. 답답한 노릇이다.

다음은 교실에서 하는 행사.

교실로 들어가니 반장은 축구 마치고 들어와 땀을 뻘뻘 흘리며 러닝 바람으로 씩씩거리고, 부반장은 그새 잤는지 잠이 덜 깬 모습이다. 여기서 무슨 행사를 하란 말인가. 아이들은 도무지 뜻이 없는데. 어쩌자고 이런 시간을 두어서 선생을 난감하게 만드나.

"야, 너거 일어나서 노래라도 한번 해 봐라."

그제서야 "우리도 할라고 했는데요" 소리를 치며 일어난다. 내가 청한 노래지만 아이들은 목청껏 불러 주었다. 이 노래는 늘 가슴이 찡하다. 이오덕 선생님 생각이 난다. 그래, 나는 뭐 하고 있나. 권정생 선생님께 편지 한 장 드렸나? 김수업 선생님께는? 내 하는 짓은 어처구니없으면서 받으려고만 하느냐. 못나고 또 못난 놈.

2.

스승의 날. 학교 행사를 끝내고 우리 반끼리 축하 모임을 하잔다. 자기들이 특별히 준비한 것이 있다고. 그래? 서둘러 팥빵을 수북이 쌓아 축하 케이크 모양으로 만들고 초를 꽂았다. 불을 붙이고는 부른다. 겨우 이거야? 다음이 중요하단다. 아이들이 손뼉을 소리 맞추어 치며 "박재형, 박재형, 박재형" 소리친다.

재형이는 자폐 증세가 있는 아이다. 2학년 때부터 보아 온 아이인데 한 번도 말하는 것을 듣지 못했다. 우리 반이 되고 난 뒤 나하고 겨우 몇 마디 이야기를 했을 뿐이다. 그러나 무슨 말을 하는지 잘 알아들을 수 없다. 하지만 청소 시간에는 남 먼저 빗자루를 들고 골마루 구석구석을 쓸어 내는 아이다. 나는 재형이를 볼 때마다 어깨를 안아 주는 일 말고는 한 일이 없다. 우리 반 아이들은 이번 청소년의 달 봉사상 받을 사람으로 재형이를 추천했다. 고마운 일이라고 칭찬해 주었다. 이런 재형이가 노래를 한단다. 스승의 날 나에게 주는 선물로.

재형이는 꿈쩍도 않을 듯이 자리에 앉았다가 천천히 일어나 앞으로 나온다. 손뼉 소리가 더욱 커졌다. "노래, 노래, 노래" 다시 재형이는 묵묵부답 교탁을 짚고 엉거주춤 서 있다. 한참이 지나도 아이들의 고함은 끊이지 않는다. 재형이가 어렵겠구나 싶어 내가 어깨를 싸안았다. 어깨가 바들바들 떨리고 있다. 꼭 싸안았다. 아! 그러는데 재형이 입이 조금 열렸다.

"스으승에 으으네는……"

내가 얼른 손가락을 입에 갖다 댔다. 아이들은 일시에 고함을 멈추고 죽은 듯이 노래를 듣는다. 조용한 교실에 재형이 노랫소리가 조금씩 퍼져 나간다. 음정도 발음도 맞지 않는 재형이 노래는 끊일 듯 끊일 듯하면서도 끝까지 이어졌다. 코끝이 아려 왔다. 짝지 성재는 눈시울이 붉어진다. 노래가 끝나자 다시 "해냈다 박재형, 해냈다 박재형" 하며 손뼉을 쳐 대었다. 재형이를 안았다. 손을 늘어뜨리고 내 품에 몸을 맡긴 재형이 귀에 대고 속삭였다.

"재형아, 나를 안아 봐. 어서."

팔이 슬며시 들리더니 내 허리를 감는다.

"내 목을 안아 줘야지. 재형아, 내 목을 감아."

다시 속삭였다. 팔이 내 목을 감는다. 아이들은 더욱더 큰 소리로 재형이를 외치며 손뼉을 쳤다.

샴페인이 터지고 아이들은 우르르 몰려나와 우리 둘에게 올라타기 시작했다. (2005.5.14)

시험, 주눅 들기 연습

학년이 바뀐 3월 초, 늘 보는 시험이 있다. 이른바 '전국연합학력진단평가' 전국의 고등학생들이 꼭 같은 문제로 동시에 쳐야 하는 시험이다. 이날이 되면 실업계 아이들은 다시 서글퍼진다. 수능 고사 형식으로 치르는 시험이라 학교에서 배우지 않은 범위의 문제도 나오고 배우지 않는 과목도 있다.

"이건 우리가 안 배운 거잖아요."

이런 말을 하는 애들도 없다. 그냥 하루 편하게 잘 수 있어 잘됐다는 듯이 아이들은 답안지에 대강 마킹만 하고 엎드려 잔다. 자는 것도 한두 시간이지 오후 4시까지 줄창 잘 수야 없다. 아이들 장난이 슬슬 나온다. 여러 장 되는 시험지를 아주 정교하게 말아서 단단한 봉을 만드는 아이들, 답안지 마킹으로 여러 가지 모양을 만드는 아이들. 감독하는 교사들도 아이들 나무랄 명분이 없다. 가르치지도 않은 과목 시험지를 나누어 줘 놓고 무슨 말을 할 수 있으랴. 외국어 시험 시간은 더 하다. 도통 알아들을 수 없는 말이 끝도 없이 흘러나올 때 아이들 심정은 어떨까. 그러나 우리 아이들은 늘 당해 왔다는 듯이 문제지 위에 엎어져 침이나 흘릴밖에.

오늘 또 그 시험 날이다. 소문이 안 좋던 반. 여선생들은 감당을 못한다는 3학년 취업반. 교실에 들어서면서 되도록 근엄한 표정으로 입을 다물었다. 아이들은 처음 보는 사람한테는 일단 긴장한다. 그럴 때 내가 말을 안 하고 있으면 더 잘 먹혀들어 간다. 말이란 게 그렇다. 말을 하다 보면 그 사람 속내가 드러나기 마련이고, 하, 이 사람 만만하네 싶으면 시험 시간이고 뭐고 분위기는 흐트러지고 만다. 나는 공식으로 하는 말 외엔 끝내 말 한 마디 하지 않았다. 이래야 내가 편하다. 아이들은 그 큰 덩치를 구겨서 용케 걸상과 책상에 몸을 맡기고 있다.

언어 영역 시험 시작.

"답지에 도장 찍어 드리겠습니다. 번호 이름부터 마킹 해 주세요."

앞에서 세 번째 아이, 도장을 찍어 주려고 보니 하얀 답지 그대로 들고 있다.

"안 하고 뭐 하시오?"

빈손을 펴 보이며 "좀 있다 빌릴 건데요."

앞자리 아이가 사인펜을 건넨다. 번호 이름을 쓰더니 바로 2번에다가 주욱 표시를 한다. 모조리 2번에다 걸었다. 그리고는 엎드려 버린다.

"왜? 아무것도 하기 싫어?"

말이 없다. 아주 가녀린 몸이다. 말을 안 하는 게 좋겠다. 지나쳤다.

다시 도장을 찍어 나간다. 팔뚝이 여느 사람 허벅지만 한 아이. 이 아이는 문제도 보지 않고 답을 찍고 있다. 눈금 종이에 오목을 두듯이 1, 2, 3, 4, 5 배열을 봐 가며 여기저기 꾹꾹 누르며 지나간다. 그리고는 엎드려 버린다.

신경림 시 '농무', 백석 시 '흰 바람벽이 있어', 박인로 '누항사', 조세희 《난장이가 쏘아올린 작은 공》…….

이 좋은 글들이 얘들에겐 하릴없는 잔소리일 뿐. 좋은 글이면 뭐하나 관심이 없는데. 차라리 지금 제 심정을 글로 써 보게 하는 것만 못하다. 말 한마디 제 소리로 하는 것만 못 하다.

창가에 앉은 아이들은 창틀에 턱을 괴고 하염없다. 뭘 보고 있을까. 나도 그 눈길을 따라가 본다. 공사장 포클레인의 동작들이 훨씬 재미있다. 우람한 태산목은 하늘을 나는 새들을 위해 꽃을 피우는구나. 높은 교실에서 보니 하얗게 흐벅진 꽃들을 달고 있다. 나무를 올려다봤을 땐 무성한 잎들에 가려 보이지 않던 꽃들이다. 제비꽃 붓꽃은 사람을 위해 꽃을 피우고 땅에 붙은 봄까치꽃 양지꽃은 개미들을 위해 꽃을 피우는 게지.

20분쯤 지났나. 반 너머 엎드렸다. 이어폰을 낀 채 엎드린 아이, 그새 만화책을 꺼내 보는 아이, 연필을 세워 손가락 끝으로 눌러 잡았다가 놓으면서 연필 넘어지는 자리에 따라 번호를 점치는 아이. 지문을 읽고 곰곰 생각해 보는 아이는 딱 둘뿐이다.

외국어 시간, 영어 듣기 시험. 시험지도 받기 전에 이미 엎드려 자는

아이들. 도무지 알아듣지 못할 말들, 차라리 엎어져 있는 게 자존심이
덜 상할지 모른다.

이렇게 친 시험을 점수로 매겨 전국의 아이들을 한 줄로 세운다. 8등
급 9등급은 실업계 아이들이 깔아 준 덕에 일반계 아이들은 평소보다
등급이 올랐다고 좋아하겠지. 이런 들러리 짓은 사회에 나가서도 이어
지겠지.

평소 학교에서 치는 중간고사 기말고사 감독을 하면서는 좀 다른 생
각이 들기도 한다.

사회 / 과학 탐구 시험. 나도 문제를 풀어 본다.

별의 일주운동을 묻는 지학 시험 문제, 달이 뜨는 시각의 변화와 까
닭을 묻는 문제, 우리 근대사의 흐름을 묻는 역사 문제, 어떤 인물에 대
한 정보를 묻는 문제, 비타민 종류를 묻는 문제……. 문제를 살펴보노
라면 내가 알았으면 생활을 좀 더 슬기롭게 할 수 있겠구나 싶은 것들
이 참 많다. 알아 두면 생활에 도움이 될 것들이다. 그러니 학교에서 하
는 공부 내용은 소중하다. 그래, 공부가 어찌 소용에 닿지 않는다 할 것
인가. 그런데 아이들은 대놓고 피하려 한다. 이 일을 어찌하면 좋을까?

아이들이 학습에 재미와 흥미를 가질 수 있도록 하는 방법이 '시험'
이라고 한다면 난 단호히 '아니오'라고 할 것이다.

열쇠는 아이들이 스스로 자기들 삶 속에 녹여낼 수 있게 하는 것이
다. 예컨대 역사적 사실을 아이들 스스로 극화하여 연극을 해 보는 일,
자기가 공부해서 발표하는 일, 역사 신문을 만드는 일 들이다. 물론 이

런 것을 가끔 하기도 한다. 하지만 시간도 없고 아이들도 많아서 이런 식의 수업은 구색 맞추기처럼 한두 번으로 끝내야 한다.

손쉬운 방법으로 평가해서 얼른 줄을 세우고 우열에 따라 이득을 주는 세상에서는 공부가 특기요, 취미인 학생 몇 명을 빼고는 공부의 즐거움에서 멀어지게 할 뿐이다. 더욱이 우리 공고 아이들은 이렇게 하루 종일 좁은 걸상에 앉아 자기 무지를 확인해야 한다. 이러면서 절망, 자기 비하, 무력감을 온몸에 심게 되겠지. 그래서 지식인 권력자 앞에서는 별 저항 없이 굴종하게 되고 자연스레 계급사회의 맨 아래층으로 스스로 편입하게 될 것이다.

시험은 이런 사회제도를 유지하지 위해 필요한 도구일 뿐이다. 나는 그런 아이들 앞에 근엄히 입 다물고 감독을 하고 있는 말단 교사. 부조리한 체제를 지속 가능하게 하는 일을 아무 갈등 없이 하고 있구나.

(2005.3.8)

곤욕을 치른 줄도 모르는 젊은 검사

어떤 경로로 어느 부서에서 주관한 강연회인지 모르지만 오늘 7교
시 학급 활동 시간에는 부산지검 검사의 강연을 듣기로 했단다. 1, 2학
년 전원 5, 6교시 단축 수업하고 마치는 즉시 강당에 모이란다.

졸업식, 교장 퇴임식, 시업식, 축제 전야제를 강당에서 하는 것을 보
았다. 축제 전야제야 말 그대로 축제이니 시끄러워도 관계없다. 재미난
프로그램이 나오면 다 함께 호응도 했다. 하지만 졸업식과 퇴임식, 시
업식 때는 민망할 정도로 시끄러웠다. 단상의 마이크 소리는 왕왕거려
서 앞에 앉아 있는 아이들 말고는 소리도 잘 들리지 않는데다가 아이
들은 조금이라도 귀 기울여 들을 마음이 하나도 없어 보였다. 걸상도
없이 맨바닥에 다닥다닥 붙어 앉아 있으니 서로들 장난치기에 더없이
좋다. 단상의 일에는 전혀 관심 없고 자기네들 장난에 여념이 없었다.

일반계 고등학교 모습과는 사뭇 다르다. 부산진고 있을 때는 운동장

에 모아 놓은 아이들도 조용히 이야기를 듣는 모습을 볼 수 있었다. 중앙고 교장 퇴임식 때는 아이들이 숙연한 분위기로 있기도 했다. 하지만 우리 학교 아이들은 무엇을 귀 기울여 듣는 버릇이 어릴 때부터 들지 않았지 싶다. 행사 내용이 아이들 관심을 끌지 못하는 것이 더 큰 문제이겠지만 아이들 태도도 큰 문제다 싶었다.

이런 판에 한 학년도 아니고 두 학년을 한곳에 몰아넣어 강연을 하겠다는 발상 자체가 어이없는 짓이다 싶다. 유명 연예인이 온다면 모를까 검사의 강연이라? 그 사람이 또 얼마나 탁월한 연설가인지도 모른다. 아이들이 관심을 갖는 청소년 문제에 대해 이야기를 하면 또 귀 기울여 줄지. 그렇구나, 일진회로 불거진 학교 폭력 문제가 시끄러우니 검찰에서 학교마다 계도 차원으로 강연을 벌이는구나.

"조용히! 이 사람은 바로 법을 집행하는 사람이야. 선생하고는 달라."

학생부장은 어쩌자고 이런 말로 아이들을 조용히 시키려 할까. 조용히 안 하는 사람은 잡아가기라도 한다는 말인가.

3시 50분쯤, 정리를 마치고 검사를 기다린다. 아이들에겐 백지를 돌린다. 이야기 듣고 묻고 싶은 것이 있으면 써내란다. 바로 질문하지 말란 말이겠지. 질문을 걸러서 받겠단 말이렸다. 그래도 검사는 오지 않는다. 10분이 지나도 오지 않는다. 이런 건방진 수가 있나. 학생들이 800명쯤 모여서 기다리는데 검사는 아직도 교장실에 앉아서 차를 마신다고? 아이들이 대강 다 모인 시간에는 나타나서 단상에 자리를 잡아 주어야 하지 않는가. 단상이 아니면 더 좋겠지. 겨우 진정되었던 아이들은 다시 떠들기 시작한다. 이것은 당연한 일이다. 온 강당이 우렁우렁 왕왕거린다.

4시 4분. 교감이 새파란 검사 하나 데리고 들어온다. 검사는 단상에 마련된 자리에 앉는다. 교감이 소개한다.

"준법 질서 의식에 관한 강연을 해 주시겠습니다. 부산지방검찰청 형사5부 검사님이십니다."

검사 등단.

"가장 편한 자세로 들어 주기 바랍니다."

이 소리가 끝나자마자 아이들은 우우 하며 자세를 흩트린다. 맨바닥에 양반다리 하고 앉아 있으니 벌써 다리도 저릴 때가 됐지.

"나는 1991년 서울대 정치학과에 입학하여…… 사시에 합격하여 …… 지금 검사 4년 차……."

아이들은 이 말에 다시 우우우……. 야유인지 부러움인지. 그런데 이 사람은 이 말을 왜 하나, 자기소개라고 했겠지만 괜한 위화감만 만들지 않나. 이 바보야. 91학번이면 서른서넛이로구나.

"준법 질서 의식 계도 고취…… 이런 주제는 딱딱하니까 검사가 무슨 일을 하는지 호기심이 있을 것 같은데 이것에 대해 이야기를 좀 ……."

첫마디가 끝나고 다음 이야기로 넘어가자 아이들은 이미 자기네들 이야기로 돌아가 버렸다. 드러누운 아이도 몇 보인다.

"법이란 무엇인가, 정답은 없습니다. 내 의견만 말씀드리겠습니다."

아이들은 이미 걷잡을 수 없는 상태다. 나는 맨 앞 모서리에 서서 이번 강연 모습을 낱낱이 스케치하겠다고 마음먹고 있었으니 검사 이야기라도 들리지만 아이들에겐 도저히 말이 들리지 않겠다. 조용히 귀 기울여도 들릴까 말까 한 마이크 상태인데 마이크 소리와 떠드는 소리가 뒤섞여 왕왕거리고 아이들은 자기네들 이야기를 더 크게 하지 않을 수 없고 이런 것이 자꾸 상승효과를 가져온다. 그야말로 아수라장이다. 그런데도 저 검사는 제 이야기만 이어 가고 있다. 얼마나 곤혹스러울까 안쓰럽기도 하지만 저 아둔함을 보니, 당해도 싸다 싶다. 이야기를 잠시 멈추고 아이들의 주의를 끌 수 있는 무슨 말이라도 해 봐야 하지 않나. 얼른 끝내고 내려가야지 하는 마음으로 이야기만 서두르다니.

"검사를 부정적으로 묘사를 하죠, 검사스럽다란 말까지 나왔지요. 정말 검사는 어떤 일을 하는 사람일까요? 실체 진실 밝히기와 인권 보호 두 가지 일을 해야 합니다. 검사가 하는 일은 첫째, 수사를 하죠. 소환제, 체포 권한…… 둘째 수사를 지휘합니다…… 셋째 공소 제기…… 넷째 공소 유지…… 다섯째…… 여섯째…… 검사 하는 일이 여러 가지가 있죠. 검사와 판사의 관계가 궁금할 것 같은데……."

야, 이 검사야. 아이들이 지금 검사 하는 일이 궁금할 것 같애, 검사 판사 관계가 궁금할 것 같애. 네가 지금 학생들을 위해 강연하려고 온 거야, 땜빵 하러 온 거야. 아이들이 저렇게 온몸으로 네 이야기를 거부하고 있는데 너는 써 온 원고를 들고 40분이 넘게 지껄이고 있어? 이런 한심한.

아이들은 이제 이야기뿐만 아니라 장난까지 치기 시작한다. 돌아앉은 아이들도 보인다. 담임들도 한심한 검사 이야기에 야유를 보내고 있다. 떠드는 아이들을 두고 뒤로 물러서 버린 것이 바로 그 태도다. 이런 행사를 연 학교에도 야유를 보내는 셈이다.

검사는 끊임없이 검사가 하는 일만 이야기하고 있다. 우리 아이들이 사법 고시 꿈이라도 꾸고 있단 말이냐? 누가 네 하는 일에 대해 얘기 듣고 싶다고 했어? 보다 못한 담임 몇이 아이들 가운데로 들어서 본다. 그러나 역부족이다. 부회장 혼자 맨 앞 가운데 앉아서 꼿꼿하게 허리를 편 채 듣고 있다. 앞자리에서도 장난은 그대로다. 맨 앞에 앉은 애 하나 벌떡 일어나더니 바람을 뒤쪽으로 날린다. 공책 같은 것을 들고. 뭐 하냐 하는 눈짓을 보내니 "이놈이 빵구 뀌었어요" 한다.

검사는 원고를 뒤적이더니 "오늘 주제가 법인데요…… 법의 종류는 민사법 형사법으로 나눕니다……."

아이들 자리에서는 간혹 고함이 터져 나오기도 한다.

"법이 없다면 어떤 일이 벌어질까요? 신호등 차선에 대한 믿음이 깨어질 때…… 법은 사람과 사람의 약속이기 때문에……."

이런 빌어먹을 검사 놈. 법이 그래 약속이더냐? 사회 구성원이 합의한 약속이더냐? 자기들 유리한 대로 날치기 통과시킨 그 수많은 법을 두고도 법이 없으면 이 사회가 금방 허물어질 것이라고 공갈치느냐! 나도 울화가 치밀기 시작했다.

고함 소리가 다시 들린다. 대놓고 검사에게 하는 것은 아니라 하더라도 이건 야유이다. 그냥 아이들이 버릇이 없다고 치부해서는 안 된다. 듣는 이가 얼마나 솔깃해하는지는 이야기하는 사람의 태도와 능력에 달렸다. 그런데 검사는 이미 아이들 앞에 항복한 꼴이다. 이건 검사가 물먹는 코미디다. 기껏 폼 잡고 와서는 이런 망신을 당하고 만다.

"지금 덥죠?"

검사가 처음으로 아이들에게 한 질문이다. 이제는 견디기 어려운 지경까지 왔다는 말이다. 그러나 대답을 하는 아이는 단 한 명이다. 그런데도 다시 이야기를 이어 간다. 정말 놀라운 끈기다. 나는 도저히 흉내 내지 못할 능력을 갖춘 사람이구나. 아이들 두엇 일어선다. 시계를 보니 40분쯤 지났는데 느낌은 한 시간이 넘는다.

무슨 이야기 끝에 아이들이 손뼉을 친다. 휘파람 소리도 나온다. 빨리 끝내라는 손뼉이다.

"그럼 마지막으로 십 대가 할 일 네 가지를 말하겠습니다."

그리고는 무슨 영어 낱말의 글자를 한 자씩 따서 새롭게 말을 만들어 이야기하고 있다. 끝까지 꼴값이다. 처음과 마지막에 시를 한 편씩 인용해 읽었는데 그 시들은 괜찮았다. 질의응답이고 뭐고 할 마음도 겨를도 없다. 준비한 시까지 다 읽고 나더니 검사는 서둘러 내려가 버리고 말았다. 도망치듯.

다시 학생부장이 마이크를 잡았다.

"조용히 해."

소리가 일시에 잦아든다. 비가 내리다가 스르르 멎는 모습이다.

"왜 이래 말이 많아. 너희들은 성인에 가까워. 기본 질서도 못 지켜……."

그래 봤자 검사스러울 뿐이다. 코미디는 끝났다.

아! 그런데 아까 나누어 준 백지에 검사에게 할 질문을 쓴 아이가 있었다. 12반 정재홍. 늘 학교 구조가 불만스런 아이.

질문 1 ; 학교에서 지각을 했을 때 교문에서 때리고 벌주고 하는 건 교칙에도 없지 않나요? 그런데 그런 폭행을 하면 그건 (법에) 위배되는 건 아닌지요?

질문 2 ; 시험 점수를 못 받았다고 때리고 오리걸음 시키라는 법은 없는데도 시키면 해야 합니까? (검사가 법은 반드시 준수해야 한다고 했는데, 그 말에 대한 대꾸인 모양이다.)

질문 3 ; 아무리 교칙이라도 머리가 길다고 때리고 머리를 강제로 짜르고 욕하는 건 정당한가요? 사람과 사람의 약속이 법이지 학교에서 마음대로 정한 건 법이 아니잖아요?

질문 4 ; 도둑질했다고 하루 종일 때리고 욕하고 벌주고 하는 건 정당한가요? 부모님 불러서 타이르거나 경찰서에 데려가던가 하는 게 바른 건가요? 사람 많은 데서 그렇게 때리면 그 사람 또한 폭행죄 아닌가요?

질문 5 ; 목걸이 핸드폰 옷 등 압수해 가면 사유재산 탈취 아닌가요?

"재홍아, 네가 검사보다 낫구나. 그런데 답은커녕 질문지를 전하지도 못했으니 어떡하지?"

"뭐 별 대답 있겠어요? 난 기대 안 했어요……." (2005.4.18)

네 성의를 보여라

오늘 아침 진단서를 들고 날 찾아온 아이 하나.

"어제 정류장에서 우리 학교 아이한테서 맞았는데요, 진단서 끊어 왔어요."

"어디를 맞았어? 어떻게 된 일인데?"

여기요, 하면서 턱을 만진다. 별로 다친 것 같지 않다. 부기도 없다.

"전치 2주 나왔어요."

아, 그럼 이것은 어디 맞아 좀 아프다고 하면 나오는 진단이다. 최소의 진단.

"누군데? 이름은 알아?"

"얼굴 알아요. 건축과 애란 것은 알고요."

사진첩을 보더니 바로 찍는다. 우진이다. 우리 반 애는 아니지만 나도 잘 알지. 나이가 서너 살은 많아 보이는 아이. 싸움을 해서 깁스를

자주 해 오곤 했지. 1학년 때는 3학년한테 끌려가서 또 얼마나 맞았는
지. 온몸에 상처가 나도 꾹 참고 버티던 아이.

그렇지만 얘는 참 좋은 애지. 담배 피고 술 마시고 주먹질하고 다녀
도 야비한 구석이 없는 맑은 친구지. 울산 원정길에 나서서 싸우고 오
는 아이지만 그 속에 진정이 있지. 나는 은근히 좋아했지. 사고나 치지
말길 바라며.

우진이 말도 들어 봐야지 싶어 불렀더니 그 반에서 키가 가장 작은
정균이도 따라왔다.

"넌 왜?"

"내가 당사자거든요."

"어째서?"

"어제 집에 가는데 정류장에 애들이 길을 막고 서 있어요. 나는 지
나갈라고 손으로 가방을 이래 밀면서 지나갈라고 했어요. 그런데 그놈
이 나를 이래 보더니 내가 작다고 깔아 보는 거예요. 니 뭔데 새꺄 이런
눈빛으로 짜악 까는데…… 내 욕해도 돼요? ……아, 욕은 안 하고 그냥
말을 할게요. 정말 내가 주먹이 꽉 쥐어졌어요. 한 대 칠까 했는데 그때
옆에 있던 우진이가 그 새끼를 한 대 쳤어요. 우진이가 그라니까 이 새
끼가 가만히 있어요. 그래 우리는 그냥 갔어요."

"거봐. 우진이 니가 당사자도 아니면서 때렸잖아."

"정균이를 깔보잖아요."

"그래 그 맘은 이해해. 그래도 니가 사회에 나가서도 그렇게 쉽게 주
먹질을 하다가는 꼭 억울하게 당하는 거야. 얘기 하나 해 줄게. 내가 좋

아하는 형이 있어. 주먹이 애 얼굴만 해. 장군이지. 이 형이 폭행 사건에 연루되어서 합의를 보게 되었는데, 상대 쪽에서 현직 검사라는 친척이 나왔더래. 술집에 앉아서 이야기하는데 이 검사란 사람이 형 얼굴에 땅콩을 톡톡 던지면서, '니가 그래 잘 쳐? 나도 한번 쳐 봐. 하여튼 주먹 쓰는 새끼들은 세상이 어떤 줄을 몰라' 이러고는 계속 땅콩을 던지더래. 형이 일곱 개까지는 참았대. 그런데 또 땅콩을 톡 던지더래. 그 땅콩 한 알 한 알이 주먹보다 더 아픈 모욕이지. 너무나 화가 나서 에라이, 이 새끼 죽어 뿌라, 하고는 냅다 한 방 갈겨 버렸어. 앞니가 네 개나 나가 버렸어. 재판을 받는데 괘씸죄까지 덮쳐서 실형 살고도 삼청교육대까지 끌려갔다 왔다는 거 아니냐."

"아, 씨~. 우리나라 법을 고쳐야 해. 정말 이건……."

"억울하고 더럽지만 폭행은 안 돼. 정말 싸워야 하겠다 싶을 때는 그 때는 목숨 걸고라도 싸워야지. 한판 붙을 줄도 알아야지. 그런데 같은 학교 애가 깔보는 눈초리로 째린다고 그렇게 쉽게 주먹을 써서야 되나. 얼른 가서 잘못했다고 해. 그 친구한테 사과도 해야겠지만……, 얘도 형편이 너무 어려워, 생보자야. 진단서 끊고 치료받는 데 6만 얼마 들었대. 이건 너희들이 갚아 줘야 하는데…… 너거가 돈이 있나……."

"내 잡비 4만 원 모아 둔 거 있어요."

"그래, 그거라도 성의를 보여라. 그리고 집에 갈 때 그 애하고 함께 개 집에 가서 아버지한테 사과드려. 어른들은 걱정을 많이 하지. 우리 애가 또 학교에서 맞고 다니지나 않을까, 그런 걱정. 그런 걱정을 너거가 풀어 드려야 해. 알겠지?" (2006.6.21)

목구멍이 포도청인데

삼성중공업에서 추천 의뢰가 들어왔다는 소식을 듣고 부랴부랴 학교로 갔다. 방학이라고 멀리 가 있었더라면 큰일 날 뻔했다면서. 우리반 아이들 하나라도 더 좋은 자리 취직시켜야 한다. 고르고 골라 김현우, 심경택, 김장욱, 정동원 네 사람을 추천했다.

하! 삼성? 내 눈에 흙 들어가기 전에 노조는 안 된다, 노조 만들 기미만 보이면 악착같이 붙어서 박살 내 버리고 만다는 삼성에, 얼씨구! 우리 아이들 하나라도 더 보내야지. 여기 갈 수만 있으면 부산대 가는 것보다 나아, 공고에서 삼성에 입사하는 건 서울대 입학하는 것과 맞먹는일. 그래, 아이 하나 정규 직장에 보내는 일 쉽지 않은데. 아! 오늘 왕건이 물었다.

그런데 이게 옳은 일일까. 우리 반에서 그래도 경쟁력이 있는 아이들 뽑아서 정규직에 취직시키고 나머지 아이들은 하청 업체로 보내 들러리를 서게 하는 일. 이렇게밖에 할 수 없는 이 일이 바람직한 일인가. 포스코 비정규직원들은 가족까지 합세해 해고에 맞서 전쟁 같은 싸움을 하고 있는데 정규직 사람들 멀뚱히 제 밥그릇만 챙기고 있는 이 현실을 내가 더 공고히 만들고 있는 건 아닐까. 세상 사람들 제각각 돌아앉아 제 밥그릇 챙기자고 구석구석 후벼 파고 있는데 여기서 밀려난 사람들 거리에 좌판을 펴고, 하릴없이 떠돌고, 노숙자가 되고, 걸인이 되어 하늘 가득 원망만 쌓고 있는데 나는 우리 반 아이 하나라도 더 삼성에 보내자고 안달을 한다.

"지금 그 아이들이 삼성에 가서 노조를 만들지 않을까요? 길게 보세요."

마침 한 친구한테 전화가 왔길래 내 마음을 이야기했더니 이런 희망을 준다.

정말 그럴까? 내가 노조의 씨앗을 뿌리고 있는 것일까? 그럴 수 있을까? 거대한 노동자의 강물 이루는 일, 그 일을 꿈꾸어도 될까? 뿔뿔이 흩어져서 제 밥그릇 부여잡고 발발 떠는 사람 아니라 함께 어깨 겯고 나아갈 당당한 노동자로 설 수 있을까?

아, 말이 쉽지. 이미 제각각 조각조각 난 세상에서 내가 무엇을 할 수 있다는 말인가.

목구멍이 포도청인데…….

포도청이 목구멍인데…….

아이들에게 함부로 결단을 요구할 수도 없는 일. 이 거대한 조직 앞에 나는 아이들을 부속품으로 끼워 넣는 일밖에 더 하나. 학교란 게 본

래 그렇게 생겨 먹은 곳 아닌가. 나는 어떻게 해야 하나. 그래도 아이들
은 내 곁에서 자기소개서를 쓰고 있다. 성실하게 일하겠습니다, 삼성의
충복이 되어 군말 없이 열심히 일하겠습니다, 뽑아만 주십시오.

나는 버럭 소리를 질러 본다.

"너희들 삼성 가서 노조 만들어!"

끔찍 놀란 아이들 벌게진 얼굴로 돌아본다.

"삼성 가긴 가는데 말이야, 거기가 사람 잡는 데래. 자존심 죽이지
말고, 부당한 대우에 가만히 있지 말고, 싸울 일은 싸워야 해. 알아!"

괜히 큰소리를 쳐 보지만 이 아이들은 어떻게 될까. 빈틈없는 나사
못 되어 조이면 조이는 대로 풀면 푸는 대로 그렇게 살아가지 않을까.
그렇게 세월이 가고 어느덧 중년이 되고 나처럼 늙어 가지 않을까.

철벽이여.

철벽이여.

이 무서운 자본의 세계여. (2006.7.19)

야들아, 뭐 하노?

(2005. 8. 11)

어제 경태 아버지는 아들을 고등학교 졸업시키고
바로 직장에 보내는 아픔 때문에 눈물을 흘리더란다.
그리고 한잔했다지.

3부

내 종례는
아직
끝나지 않았어

개학 첫날 할 일이 두발 지도?

  2학기 개학 첫 주. 월요일 개학하고 보니 꽉 찬 일주일이다. 빡시게 시작한다. 사흘이 고비겠지. 수업 마치고 나니 허리까지 아프다. 더운 교실, 더운 교무실에서 듣는 이야기가 다 더운 것들뿐이니 더 피곤하다.

  오늘 아침 조회. 학생부장이 교문에서 학생들 '두발 지도'를 하고 있으니 양해 바란다는 이야기를 한다.

  "앞머리는 눈썹을 덮지 않고, 옆머리는 귀를 덮지 않고, 뒷머리는 옷 깃에 닿지 않도록 해야 합니다. 이만해도 아주 완화된 겁니다. 의견을 들어 보니 3학년은 현행대로 하자고 하고, 1, 2학년은 자율로 하자는 의견이 많던데 이걸 수렴해서 학생회 간부들과 협의해서 결정한 것이니 선생님들은 그렇게 알아주시기 바랍니다. 교문 지도는 정신 교육 차원에서 하는 것이니 담임선생님들이 이해해 주시기 바랍니다."

  머리는 학생 학부모 교사의 의견을 수렴하여 학교 자율에 맡긴다고 교육청은 학교로 공을 넘겼던 모양이다. '자율?' 이 말만큼 빛 좋은 개살구가 있을까? '자발적 길들이기' 이것을 사람들은 자율이라고 말한다. 게다가 머리 문제가 언제 적 문제인데 아직까지 이걸 가지고 규제와 단속의 끈으로 삼고 있는지. 이것은 이제 더 싸워 봐야 입만 아픈 꼴이다. 도무지 아이들의 긴 머리를 보아 낼 힘이 없는 모양이다. 낯설어서 그럴까? 제 눈의 잣대로 불량스러움을 만들어 낼까? 어째서 이 사람들은 한결같이 아이들 머리를 단정하게 깎지 않으면 안 된다고 안달일까? 교감은 학생부장 말에 덧붙여 더 얄미운 말을 한다. 딴에는 '교육적'이라고 생각하는 모양이다. 듣는 귀가 고생이다.

"학생 본분에 어울리는 머리로 가꾸어 준다고 생각해 주십시오. 단정하고 어울리는 모습이 어떤 것인가, 이걸 학생들에게 가르쳐 주어야 합니다. 우리 학교는 특히 다른 학교에 앞서가는 학교입니다. 그런데도 다른 학교, 본받기 싫은 학교를 예로 들어가며 다른 학교는 저렇게 하는데, 우리 학교는 왜 이렇느냐 하지 마시고 다른 학교가 본받을 수 있는 학교를 만듭시다. 아이들이 자부심을 가질 수 있도록."

그래도 나는 대꾸하지 않았다. 아니 못 했다. 지쳤다. 이 사람들과 또 이런 싸움을 하는 게 너무나 고단하고 열 받는 일이다. 모른 체 묵묵부답으로 있었다. 이런 가운데 아이들은 날마다 교문 앞에서 또 토끼뜀에 오리걸음을 하고 머리끄덩이를 잡히고 이름을 적히고 청소를 하게 될 것이다. 나도 공범이다. 이렇게 산다.

오늘 개학 첫날 교사들과 아이들이 들은 이야기는 오로지 머리 짧게 하라는 말뿐. 이런 일이 30년째 이어져 오고 있다! (2005.8.28)

"나는 안 쪽팔리는데요"

이번 백일장 심사를 하며 보니 글이 예전 같지 않다. 옛날에는 한 시간만 방송으로 글을 이렇게 쓰면 된다, 침을 튀기고 다음 시간 글쓰기를 하면 제법 괜찮은 글들이 수북이 나왔는데 왜 이래? 선생 한마디가 이렇게 다르구나.

그날 내가 방송을 할 때 음주 방송을 한 탓이다. 지난 금요일 뜻하잖게 술자리가 길어져서 자정이 넘도록 소주를 마셨다. 토요일 아침 방송 시간이 되었는데도 얼굴은 벌겋고 준비해 둔 원고를 읽기에도 버겁다. 이러니 괜히 목소리만 높고 내가 무슨 이야기를 하고 있는지 말이 마구 씹힌다. 보기 글을 읽을 때 특히 잘 읽어야 하는데. 그래, 그럴 때는 보기 글 한 편으로 아이들 가슴에 눈물 한 방울 맺히게 해야 한다. 온 학교가 숙연해져야 한다. 그래 놓고 이야기를 풀면서 글은 이러 저렇게 쓰는 거야 하면 다시 온 학교가 조용해지면서 사각사각 글을 써 내려

갔다. 그런데 이번엔 아니다. 보기 글 읽기부터 조졌다. 내가 들어도 목소리만 컸다. 게다가 두어 군데 잘못 읽어서 흐름을 놓쳐 버리고 더듬거리기까지 했으니.

겨우 몇 편 건졌다. 맨 먼저 살펴본 반에서 나온 시.

"어려서부터 우리 집은 가난했었고 / 남들 다 하는 외식 한번 한 적 없었고 / 일터에 나가시는 어머님이 집에 없으면 / 언제나 혼자서 끓여 먹었던 라면 / …… / 어머니는 짜장면이 싫다고 하셨어 / 아이 야이야 / 그렇게 살아가고 / 그렇게 아프고 / 눈물도 흘리고 / …….."

이 시를 들고 다음 수업 시간에 들어가서 아이들한테 뜸을 들여 말했다.

"나, 너그들이 이런 아름다운 마음 가지고 있는 걸 몰랐어. 들어 봐" 하고 읽었더니 첫 줄에서 아이들 웃음이 쏟아진다. 엥? 왜 이래?

"야, 들어 봐."

다시 읽었다. 배를 잡고 웃는다.

"으하하하, 선생님 낚였네요."

그제야 노래 가사인 줄 알았다. 이런 줄도 모르고 나는 이미 글쓰기회 선생들한테 이 글을 보냈다. 은근히 자랑삼아. 하, 이런. 내 글을 받은 이 선생도 좀 있으니 답을 했다.

"노랜 줄 몰랐어요? 그러니까 요즘 아이들 노래도 좀 들으시라니깐요~."

그러면서 자기 반 아이 시를 한 편 보냈다. 자랑을 하려면 똑바로 하라는 듯이.

저녁 달

혼자 있는 달
동무도 없는 달
집도 없는 달
추워서 추워서
더 하얀 달 (손양희 반송초등 1학년)

또 졌다. 그런데 이 시도 왠지 의심스럽다. 초등학교 1학년답지 않다.
"추워서 더 하얀 달"이란 생각을 해낼 수 있을까? 이 선생과 통화해 보
니 이 글을 쓴 과정을 이야기해 준다. 그제야 안심이 되었다. 괜한 의심
을 하다니.
그러다가 맨 끝 반 글 가운데 눈에 번쩍 띄는 시를 드디어 발견했다.

밥상머리에서 발견한 식구들의 사랑

매일 함께 하는 식구들의 얼굴에서 / 삼시 세끼 대하는 밥상머리에
둘러앉아 / 때마다 비슷한 변변찮은 반찬에서 / 새로이 찾아내는 깊은
맛이 있다. //
그것은 내가 가장 좋아하는 간장에 절인 깻잎 / 석 장이 달라붙어서
떨어지지 않아 / 다시금 놓자니 식구들한테 눈치 보여 못하겠고 / 한입
에 먹자니 엄청난 깻잎의 짠 맛 //

이러지도 못하고 저러지도 못하는데 / 깻잎 한 장 떼 주려고 식구들 젓가락이 총출동한다. / 우리 식구 사랑을 먹는 것 같은 깻잎 한 장 //

이것이 바로 식구겠지. / 언제나 봐도 짜지도 싱겁지도 않은 / 사랑이 가득한 식구들 얼굴. (3학년 김현도)

이 시도 아이들한테 읽어 주니 아이 하나가 고개를 갸우뚱한다.

"이거 어디서 들은 것 같은데요. 2학년 국어 시간에 들은 것 같은데요……?"

다른 아이들은 들은 적이 없단다. 또 긴가민가한다. '밥상머리에서 발견한 식구들의 사랑' 제목부터가 남달라 보여 얼마나 반가웠나, 그런데 이 시가 또? 그러고 보니 비범한 제목이 오히려 의심스럽다. 국어 선생들한테 쪽지를 날렸다. 혹시 어디서 본 사람 있느냐고.

한 선생한테서 바로 쪽지가 왔다. 분명히 어디서 본 시다. 그러자 얼마 안 되어 짝지 선생님이 싱긋이 웃으며 방금 프린터에서 뽑은 글을 내민다. 어! 바로 그 시다. 인터넷에서 찾았단다. 충북 제천고 유병록 학생의 '식구'라는 시. "깻잎 두 장이 달라붙어 떨어지지 않아"를 "깻잎 석 장"으로 바꾸고 "젓가락 몇 쌍이 한꺼번에 달려든다"를 "젓가락이 총출동한다"로 바꾸었다. 유치하게시리.

오늘 이 시를 쓴 아이 반에 들어갔다. 아무 이야기도 안 하고 잘된 글 읽어 줄게 하고 몇 편 읽다가 현도 시도 읽었다. 읽으면서 기대한 건, 내가 글을 읽자마자 "아, 선생님 그건 아닌데요. 장난으로 한 건데요, 읽지 마세요" 이런 것이었다. 이 아이의 평소 모습을 보면 능히 이렇게 말릴 줄 아는 아이라 싶었던 거다. 그런데 현도는 아주 시치미를 뚝 떼고 앉아 있다. 이때 저 뒤에서 터져 나온 말.

"니 인마, 이것 가지고 1학년 때도 상 탔잖아."

아, 이미 한 번 써먹었구나. 그런데도 어째 저리 능청스러울 수가 있지?

"좋아, 1학년 때 썼던 걸 3학년 때 좀 고쳐 써낼 수도 있어. 그런데 현도, 이거 니가 쓴 거 맞아?"

"아, 그거 내가 쓴 건데요. 1학년 때 시 감상반에서 선생님이 시를 모방해서 써 보라 해서 이래 썼는데 표절 아니라 하던데요."

아, 애는 자기 미안한 걸 이렇게 어깃장을 놓아 모면하려는 건가. 내가 원본을 못 찾았다고 생각하는가.

"그럼 이 시를 한번 보겠습니다. 인터넷에서 찾은 건데요. 제목, 식구. 충북 제천고 유·병·록. 매일 함께하는 식구들의 얼굴에서……."

터져 나오는 아이들 야유와 웃음.

"야들아 그러지 마, 사실은 현도도 아주 쪽팔려 하고 있어. 마음이 아플 거야."

"아, 나는 안 쪽팔리는데요. 아, 그거 표절 아니라 하던데……."

이때 의리의 사나이 반장이 한마디.

"야, 그만해라. 니가 자꾸 그렇게 말을 하면 니만 더 곤란해지잖아……."

현도, 반반한 얼굴. 맨 앞자리. 반듯한 글씨. 이 아이는 아주 모범생으로 소문이 난 터다. 2학년 때는 전교 부회장까지 지낸 아이란다. 그러나 아이들한테는 야유를 자주 받아 온 모양이다.

"야, 니 인자 얍실이 별명 바꽈라. 표절이라 해라, 어이 표절."

정말 애 별명이 표절이 될지 모른다. 잘 추스를 수 있을까. 이제는 오히려 내가 걱정이다. 그냥 애만 불러서 조용히 말하고 말걸. 아니야, 이런 애는 공개적으로 따끔한 맛을 보여야 해. 어느 것이 옳은지 모르겠다. 퍼뜩 내 어릴 때 생각도 났다. 그 이야기를 했다.

"들어 봐. 나도 옛날에 현도랑 똑같은 짓을 한 적이 있는데 말이야."

고등학교 때 가까이 지내던 맹초 형이 시를 잘 썼다. 나는 형이 쓴 시를 내 것인 양 자랑도 했고, 학교 신문에는 다른 아이 이름으로 내 주기도 했다. 차마 내 이름으로 내기는 낯간지러워 내가 쓴 건데 너한테 준다면서 선심을 쓴 것이다. 내 것인 양 한 시는 아직도 기억한다.

정묘로움과 함께 고이 간직한
침묵만의 대화
하마 말씀 하실까
터질 듯 피어나는
감미로운 갯가의 노래
……

첫 구절이 이렇게 시작되는 '연화(蓮花)'라는 시다. 한참 그리고 보니 정말 내가 쓴 것 같은 착각이 들기도 했다.

그러나 아이들은 이미 내가 범생이를 위로하고만 있다고 생각하는 모양이다. 나는 현도에게 절실한 마음으로 말했다.

"현도야, 지금부터 식구란 시는 머리에서 싹 지워 버려. 그리고 오늘 일을 잊지 마."

표절, 저작권 침해, 대리 논문, 대학교수라는 작자들의 짓거리를 이야기하기도 했다. 그런데 이 아이가 시 아래 하나 더 쓴 글이 있다. 담임에 대한 사모곡이다.

"나는 항상 우리 담임선생님을 보면 꼭 우리 반의 큰엄마 같다는 생각이 든다. 나뿐만 아니라 우리 반 아이들 다 잘되라고 잔소리를 늘어놓으시는 우리 담임선생님."

이렇게 시작하는 글은 "선생님 항상 건강하시고, 감사드립니다"로 끝냈다. 이 말도 거짓 아닐까. 담임에게 아부하는 말로 들린다. 아이의 억지웃음이 또한 마음 아프게 다가왔다.

그리고 며칠 후 수능 모의고사 넷째 시간. 직업탐구 시간. 유일하게 공고 아이들이 문제를 푸는 시간이다. 미리 문제 풀지 말고 시작 시간 기다리라고 했는데 이미 세 문제나 풀어 마킹까지 한 아이가 있다. 어쨌든 틈을 타서 한 문제라도 더 먼저 풀어야 하는 심보. 결국 시간은 철철 남는데. 누군가 봤더니 현도다. 아, 이 아이 사는 방식은 늘 이렇구나, 한숨이 났다. 밉기도 하고. (2007.10.1)

공고 취업반 10월

3학년 2학기 공고 취업반 아이들 교실.

예전 같으면 다들 이곳저곳 공장으로 취업 나갔을 때다. 그러나 작년부터는 수능 시험이 끝나기 전까지는 실습을 나갈 수 없다. 실습이란 이름으로 공고생들의 노동력을 착취하는 일이 사회문제로 드러난 뒤부터 생긴 조처다. 하기야 요새는 착취당할 일자리마저 없다. 아이들을 보호한다는 측면에서는 잘된 일이지만, 아이들은 이 기간을 못 견뎌 한다. 학교에서도 이들만을 위한 특별한 프로그램을 마련할 만한 여력이 없고. 오로지 교과담임들이 어떻게 데리고 놀아야 할 것인가를 고민해야 한다.

교과서를 펴라는 말은 처음부터 씨가 먹히지 않는 일이고 공책 하나 필기구 하나도 없는 애가 태반이다. 오로지 손전화만 있을 뿐이다. 분위기가 잘 잡힌 반은 이렇게 심하지는 않은데 올해 이 반 아이들은 해도 너무한다. 이 반은 1학기 초부터 그랬다.

"우리는 찌꺼래기들인데요."

"우리 과는 성적순으로 딱 잘랐어요. 진학반 가고 싶어도 안 된다던 데요. 성적에 밀리면 끝이지 시발……."

"공부하기 싫은데요."

아이들은 입을 쑥 내밀고 투덜거린다. 이렇게 철저히 성적만으로 진학, 취업 두 반으로 딱 잘랐다니. 이러니 점수가 뒤진 아이들은 노골적으로 선생들한테 날을 세울 수밖에.

"그래, 내가 너희들한테 가르치는 시 한 편이 세상살이에 무슨 도움이 되겠노. 그래도 야들아, 너거 훗날 커서 살다 보면 억하심정에 가슴이 탁 막힐 때 많을 끼다. 그때 너거 마음을 풀어놓을 시 한 수를 떠올리는 일, 그거 보통 아니데이."

이렇게 구슬려 봐야 먹힐 리 없다. 어떨 때는 나 혼자 미친 듯이 침을 튀기며 수업을 한다. 정말 몇 아이들은 웬 미친 짓이야? 하는 눈으로 삐시기 일어나 봤다가는 도로 엎어진다. 마음에 눈물이 나도 그렇게 열을 내다 보면 몇 아이는 봐 주기도 해서 스스로 갸륵하여 용서가 될 때도 있다. 어떨 때는 "그래 자자" 하고는 나도 함께 빈둥거리기도 했다.

오늘은 학습 자료를 가지고 조금은 해 봐야 한다. 그래야 시험을 칠 것 아닌가. 아, 그러나 자료를 받자마자 엎어지는 아이들. 슬며시 부아가 끓어오른다. 너무한 거 아냐? 다른 시간은 어떠냐고 물으니 실습실 가서 '컴겜' 하고 아니면 잔단다. 그렇게 자 놓고 또 자! 부아는 더 끓어오른다. 그래도 멀뚱하거나 엎어진 아이들. 이 새끼들이 보자 보자 하니 끝 간 데가 없어! 드디어 터진다.

"임새끼들 고마마 들고 차 뿔라. 임새끼들. 끝이 없어. 안 일라."

앞에 빈 책상을 냅다 걷어차며 고함을 친다. 그제야 아이들은 갑작스레 뭔 소리요, 하는 투로 멀뚱히 바라본다. 하, 내가 또 이놈들한테 졌구나. 나는 내가 허용할 수 있는 범위를 정해 두고 그 안에서는 아주 너그러운 선생인 체하다가 내 마음에서 벗어나면 이렇게 욕을 하고 마는구나. 그러나 엎질러진 물이다. 아니다. 옛날에는 깨진 장독 또 걷어차 박살을 냈지만 이젠 엎지른 물이라도 남은 물 있으니 그 물이라도 건지려는 마음 조금은 가지고 있다. 세월이 내게 너그러움을 주지 않았나. 흐트러진 마음을 서둘러 수습하고 목소리를 낮춘다.

"청년들. 내가 이러니 사람이 덜됐단 거요. 고마 화가 났거든요. 미안허요. 청년들을 처음부터 힘 빠지게 만들어 놓은 게 우리 선생들인데……. 내 부탁하요. 오늘 할 거는 교양국어요. 내가 어데 아무 쓸데없는 이야기만 하등교. 들어 보면 쓸 데가 있을 거요. 자 시작합니다이."

먼저 어젯밤 꿈 이야기. 자기들 이야기로 살짝 각색을 한다. 분위기가 조금 풀린다. 그 꿈을 시각적 이미지로 연결해서, 아이들 대답 끌어내고, 그래그래 오버 하며 맞장구치면서, 겨우 정리.

마치고 나면, 아! 그래도 이만하면 됐어. 이래야 수업이지. 목은 쉬고 등줄기엔 땀. 스스로 대견하여 마치는 인사에 힘이 들어간다.

"쪼끔만 기다립시다. 우리 터놓고 한잔할 날까지."

이런 반 아이들이 자기네 삶을 시로 써 보자 했을 때, 이런 시를 써내기도 한다.

개

친구가 개를 샀다길래
친구집에 놀러 갔다.
암컷이었다.
"암컷이 더 비싸다 아이가, 수컷 사지 그랬노?"
"개라도 여자랑 있고 싶었다."
친구도 울고
나도 울고
개도 울었다. (박경욱)

이토록 펄펄 끓는 청춘들을 앞에 두고 나는 뭐 하고 있지?

(2007.10.10)

나에게 가르칠 용기를 주소서

마음이 무겁다.

첫 시간 수업 들어갔다가 그만 다 망쳤다. 수업 마치고 기분이 가라앉자 몸에 힘도 다 빠져 버리는구나. 그러다가 둘째 시간 수업 들어가면서 퍼뜩 떠오른 말, 옛날에 가끔 암송하던 '교사의 기도' 한 구절!

"오 주님, 제가 교실에 들어갈 때에 저에게 가르칠 용기를 주소서."

기회도 아니고, 사랑도 아니고, 용기라?

그런데 나는 아이들 가르칠 의욕을 잃었어. 포기를 한 것이지. 내 말을 들어 주지 않는 아이들. 도무지 저렇게 살아서는 안 되겠다 싶은데 이걸 깨닫지 못하는 아이들. 저걸 이야기라고 하나? 지난 시간부터 준비했다고 한 이야기가 저것인가, 내가 아무리 이야기해 봤자 무슨 소용이 있단 말인가, 정말 그냥 슬슬 넘어가 버리고 말 일인가? 내가 뭐한다고 또 마음을 쓴단 말인가.

이런 마음을 들게 하는 아이들이지만 포기하지 않고, 내가 가지고 있는 참뜻을 아이들에게 전하고자 하는 용기!

그래, 이것은 용기가 아니면 안 될 일이구나.

가르치는 데는 용기가 필요하다!

포기하지 않는 용기!

내가 이 말은 꼭 전해야 하겠다는 용기!

이런 마음 사려 먹고 둘째 시간에 들어가서는 내 마음을 아이들한테 이야기했다. 너희들이 누구를 가르치거나 힘껏 해야 할 일이 있을 때는 네 이야기를 진정을 다해서 전해 줄 수 있는 용기를 가지라고. 그리고 수업을 했다. 용기를 가지니 아이들 이야기가 다 절실하게 들린다.

첫째 시간은 이랬다. 들어가니 제각각 자기 일 하느라 내가 들어왔는지 마는지 눈길조차 안 준다. 전화하는 아이, 길거리 공짜 신문 보는 아이, 이야기하는 아이, 자는 아이, 엠피쓰리 꽂고 흥얼거리는 아이. 이 아이들을 눈이나마 집중시키는 데 10분 가까이 걸린다. 여기까지는 흔히 있는 일이니 참을 수 있다. 월요일 첫 시간이 가장 힘든 걸 경험으로 아니까.

문제는 아이들이 나와서 하는 이야기다. 오늘 나와서 이야기할 아이는 이미 지난 토요일 순서를 알려 주었고, 그냥 나와서 되는 대로 몇 마디 주워섬기다가 들어가지 말고 제발 준비를 좀 해 보라고 했다. 그런데 기껏 하는 이야기가 또 술 먹는 이야기다. 그것도 밤을 새워 서면으로 남포동으로 돌아다니며 마시는 이야기. 새벽 3시에 메신저를 날려 함께 놀 여학생들을 모아서 혼숙한 이야기. 처음 만난 아이들인데도 그렇게 섞여 누워 술주정을 한다니. 꼰대 기질을 버리지 못한 나는 그만 울화가 치민다. 그러나 '자기가 겪은 일 이야기하기'가 이번 시간 주제이니 잘못 이야기한 건 아니지. 그래도 화가 났다. 한두 놈도 아니고, 뭘 좀 성실히 해서 제 앞가림할 의지는 도무지 안 보이고 느적느적 술 처먹은 이야기를 재미없게 늘어놓고 있다. 그걸 듣는 녀석들은 그냥 키득거리다가는 전화기나 힐끔거리고.

아무 말도 하기 싫었다. 이야기가 끝나자 아무 소리 안 하고 "다음 사람!"이 말만 했지. 다음 나온 애는 오토바이에 넷이나 함께 타고 질주한 이야기다. 더욱 울화가 치민다. 하루가 멀다 하고 다쳐서 쓰러지는 일을 늘 보면서, 도대체 어쩌자고? 기껏 이렇게밖에는 살 수 없나!

아! 그러나 지금 생각하니 이 영혼들, 이 버려진 아이들이 불쌍하다. 부모들이 조금만 챙겼더라도 최소한 이렇게 살지는 않을 것 아닌가. 하지만 그럴 여력이 없다. 부모가 밤늦도록 잔업에 야근을 하지 않으면 살기가 버겁기 때문이다. 이 아이들이 사는 동네는 경기가 완전히 바닥난 공단 둘레 매연 지역들이다. 차를 타고 지나가도 매캐한 기운을 느낀다. 여기를 떠나지 못하는 형편이다.

가난은 대물림되고, 아이들은 삶의 뜻을 잃고, 그리고 나는 주어진 수업 시간에만 이렇게 화를 내고 있다. 역시 내 잘못이다. 그렇지만 이 아이들을 위해 나는 뭘 어떻게 해야 하나. 눈물이 난다. 할 수 있는 일이 없다.

'가난은 부끄러움이 아니다.'

'당당하고 꿋꿋하게 살자.'

이 무슨 개소리인가. 이게 무슨 도움이며, 힘이며, 가르침인가. 다시 마음이 무거워진다. 뭘 어떻게 해야 할지 막막하기만 하다. 이런 세상에 우리가 살고 있다.

어찌해야 하나. (2004.11.1)

나는 이게 억울하다

오늘 점심시간에 노영민이 해 준 이야기다. 옛날부터 들어 알고 있는 일이긴 하지만 우리 아이들을 어떻게 가르쳐야 할지를 깨닫게 해 준다. 이야기는 이렇다.

아들이 공부를 잘해서 이번에 고대 법대 수시 모집에 응시했다. 여기는 논술 시험을 치르는데 날짜가 20일이다. 17일 수능을 치르고, 20일 바로 논술 시험이다. 이 논술 시험이란 것이 실은 변형된 본고사 꼴이다. 그런데 이번에 서울 강남의 어느 학원에서 연락이 왔다고 한다. 17일 수능 마치고 바로 서울 올라와서 20일 아침까지, 2박 3일 동안 고대 지망생을 위한 논술 특강을 하니 자녀를 보내라고. 수강료가 150만 원이란다. 2박 3일에 150만 원? 잘못 들었나 싶어 다시 물어보니 역시 150만 원이었단다.

노 선생 아들은 고3 때도 보충수업이고 자율 학습이고 하지 않았다.

그렇지만 신통하게도 수능 점수를 잘 받아 주었다. 그런데도 작년에 원하는 대학에 떨어져 올해 재수를 했다. 여기 특강이 아주 족집게 과외라서 들으면 효과는 있다는 소문이란다. 나올 문제를 빤히 꿰고 있는 사람들이라나. 이러니 아이가 원한다면 보낼 수밖에 없겠단다. 이게 부모 마음이겠지. 보충과 야자를 거부한 아이도 이 앞에서는 흔들리고 말더란다.

2박 3일에 150만 원도 참 어처구니없는 현실이지만, 2박 3일에 실력을 늘리거나 새로운 어떤 것을 깨닫게 하는 일은 없을 터. 그렇다면 오로지 족집게 아니면 특별한 요령을 가르치는 일일 것이다. 이런 요령을 터득하지 못하면 불리해지는 입시 현실에서 어떻게 진정한 법학도로 공부할 만한 인재를 뽑겠다는 말인가. 결국 돈이 아이의 실력을 재단하고 있는 현실이다.

게다가 이런 일이 입시 전 2박 3일에 한정된 것이 아니고 입시 2년, 3년 전부터 시작되고 있다. 돈 많은 강남 아이들은 고등학교 들면서 아니, 유치원에 들면서 벌써 돈으로 칠갑한 공부를 하고 있다. 한 아이 과외비가 여느 가정 생계비보다 훨씬 많이 들어가도 그깟 돈이 돈이냐고 할 부자들은 이미 그렇게 아이를 키우고 있다. 이런 아이들이 이른바 일류 대학에 가고, 이 사회 엘리트층을 이루면서 주도권을 세습하게 될 것이다.

우리 공고 아이들이 소주를 사 들고 폐교에서 술 마시고 있을 때, 오토바이를 타다가 넘어져 숨이 넘어가고 있을 때, 이 아이들은 고급 차를 타고 다니며 과외를 받고 있을 것이다. 안전하고 편안하게 권력과

금력을 세습하고 있을 것이다. 그래서 나중에 우리 아이들을 부릴 것이다. 노예처럼 부릴 것이다. 우리 아이들은 스스로 노예가 되고, '꼬붕'이 되어 슬슬 기며 한평생을 살아갈 것이다.

나는 이게 억울하다. 제 생각 하나 바로 세우지 못하고 부자들의 노예로 살아갈 수밖에 없는 흐리멍덩한 사람이 될까 싶어 이게 억울한 것이다. 그래서 아이들이 아무 생각 없이 술이나 마시고, 오토바이나 타고 다니며 세월 보내는 것이 억울하다. 이렇게 살다가는 죽도 밥도 안 되는 것이 눈에 뻔히 보인다.

그래, 내가 우리 아이들을 출세시키지 못해서 억울한 것이 아니다. 나는 우리 아이들에게 부자들에 맞서서 당당하게 살아갈 '자존심' 하나, 흔들리지 않을 '심지' 하나 똑바로 세워 주고 싶다. 적어도 자기 나름대로 행복하게 살 수 있는 '당당한 가난의 무기' 주고 싶은 것이다.

부자 앞에 주눅 들어 자기도 모르게 굽실거리는 줏대 없는 사람 만들고 싶지 않다. 부자들의 호사가 부러워서 늘 신세 한탄만 하는 주정뱅이 만들고 싶지 않다. 그래서 오토바이 타는 이야기, 술 처먹은 이야기 들으면서 내가 망가지듯이 마음이 아팠던 것이다.

당당하게 가난하기

어엿하게 소박하기

부자들 음모에 휘둘리지 않기

권력자 횡포 앞에 비겁하지 않기

그래서 부정한 권력자에 맞설 줄 아는 결기 하나 쥐여 주고 싶다.

(2004.11.2)

학교는 눈물을 흘리지 않는다

영민이가 '학교는 눈물을 흘리지 않는다'는 자작시 이야기를 한다. 이렇게 꾸준히 시를 쓰는 친구. 정말 이 친구야말로 시인이다. 나는 영민이 시를 좋아한다. 한번 읽으면 그 뜻이 환히 전해진다. 그의 통찰력이 늘 부럽다.

"한 아이가 자퇴를 했어요. 별 문제가 있는 애도 아니야. 그냥 조용한 아인데 방학 때 머리를 길렀던 모양이죠. 개학을 하니 학교에서 자꾸 머리를 잘라라 한단 말이야. 정문 지도에 걸리니까 담을 몇 번 넘었단 말이야. 그만 교장 선생님한테 들켰어. 붙잡혀 왔지. 또 머리를 잘라라 하거든. 아이는 몇 번 거부하다가 그만 자퇴하겠다고 했대요. 자퇴서에 도장을 찍는 모습을 봤어. 학교는 이 아이에게 무엇일까. 그렇게 학교에서 아이들 인생을 책임지겠다는 듯이 설쳐 놓고는 아이를 학교에서 내몰 때는 아무렇지도 않은 모양이야. 학교는 눈물을 흘리지 않는다는 말이 생각나."

"아니, 그 담임은 뭘 하고 있었나?"

"글쎄…… 담임도 손 놓고 있은 게지……."

화가 난다. 답답하다. 정말 학교는 아이들에게 무엇인가. 나는 요즈음 학교 담장과 연병장 모양의 운동장을 보는 것도 답답하다. 이건 완전 병영 모습이다. 자유롭게 드나들 수 없도록 통제하는 일이 몇십 년 동안 그대로 이어져 왔다. 왜 대학처럼 안 되는가. 학점을 자기가 책임지도록 하면 안 될까. 아이들의 자율을 믿어 보면 안 될까. 통제, 구속, 지도, 훈련. 학교 하면 떠오르는 말들이다.

언제까지 이렇게 규율 속에 아이들을 가두어 놓고 있어야 하나. 아이들을 믿고 그들이 스스로 제 앞가림할 수 있을 때까지 기다려 보면 안 될까. 자유를 억압하여 꼼짝 못 하도록 만들어 놓고 이것을 안정된 생활이라고 착각하는 어른들. 수십 년 아무 문제도 느끼지 못하도록 토론도 막고 건의도 막아 버려 굳어진 제도들. 이러고서 아이들에게 창의성을 바란단 말인가.

오늘도 학교는 눈물을 흘리지 않는다. 그리고 우리는 이런 걸 안주 삼아 분개하다가 술에 취하고 만다. 그렇게 하루가 간다. 많이 취했다. 술은 도도해지고 나는 정신을 잃어 갔다. (2007.10.5)

말문이 틔어야 한다

오늘까지 시험을 위한 수업은 끝냈다. 홀가분하다. 이른바 조각 지식 아니면 문제와 답 외우기 수업이었다. 이게 뭐 그리 중요할 것인가. 그런데 이 수업을 하면서 느낀 것이 있다. 우리 학교 아이들의 특징이기도 하다.

1. 이게 거의 그대로 시험에 나온다고 해도 관심이 없는 아이들이 많다. 시험 자체에 별 관심이 없다.

2. 단편 지식을 주입하는 수업을 하면 도저히 참지 못하고 엎어지는 아이들이 있다. 그게 내일 칠 시험 문제라고 해도 소용없다. 말하자면 이런 공부하고는 일찍이 담을 쌓았다는 말이다.

3. 이런 작은 괴로움도 참지 못하고 '나 몰라라' 해서는 나중에 다른 어려움 앞에서는 어떻게 될까. 아주 기본이 되는 일은 해내는 의지를 길러 주어야 하겠다.

4. 너희들이 이러니 늘 괄시받고 살게 된다. 지금부터라도 잘해야 하지 않느냐는 논리는 맞지 않다. 구조가 괄시받게 되어 있다. 우리가 할 일은 그 괄시를 무시하는 일이다. 우리는 우리 식대로 살아간다는 의지를 심어 주는 것이 더 중요하다.

5. 내가 수업하는 반 아이들은 이제 기가 살아 있는 것은 분명하다. 내 수업뿐 아니라 다른 수업이나 생활에서도 기죽어 지내지는 않는 것 같다. 그만큼 우리 학교 분위기가 억압하는 편은 아닌 듯하다. 그리고 0교시니 야자니 하는 어처구니없는 짓을 하지 않으니 아이들이 살아 있다. 성공이다. 내가 아무리 힘들고 불편해도 이 어수선한 가운데 살아 있는 수업이 되도록 노력해야 한다.

이런 아이들한테 내 불뚝성으로 실망을 안겨서는 안 된다. 그리고 아이들은 내가 조금만 매를 들거나 꾸중을 해도 다른 선생님들한테 당한 것보다 훨씬 더 섭섭하게 생각하는 것 같다. 오늘 정진성을 매로 톡 때렸는데도 그만 아이가 당혹해하는 모습이 역력했다. '엇! 이 선생님이 이럴 수가!' 하는 눈치다. 내가 아차, 했다. 괜히 회초리를 들고 들어가는 바람에 이렇게 되었다. 이제는 설명하기 위한 회초리도 들고 들어가지 말자.

자! 이제 문학 수업의 본령을 따르자. 말하기·글쓰기 수업으로 돌아가야 한다. 문학이 결국은 노래요, 이야기이다. 인간이 말과 글로 제 생각 감정을 드러내었는데 글의 역사는 기실 얼마 되지 않는다. 수만 년 동안 글 없이 말만으로 살았을 뿐, 글의 역사는 많게 잡아야 4~5천 년이나 될까. 그러니 우리가 틔어야 할 것은 글문이(글이) 아니라 말문이 먼저인 것도 이 때문이다. 내가 문학 수업의 바탕으로 삼는 것도 말문이 틔게 하는 일이다.

뭐 특별한 방법이 있는 것은 아니다. 수업 시간에 내 삶의 한 부분을 재미나게 이야기를 해 주는 정도이다. 같은 일을 겪었는데도 이야기하는 사람에 따라 그 감동이나 재미가 얼마나 달라지는지, 더욱이 이야기하는 이가 청중을 당겼다 늦추었다 하면서 청중의 마음을 읽고 있을 때 사람들은 누구나 그 얘기에 푹 빠져들고 만다. 이야기하기는 연습을 해 보면 금방 는다. 이때 내가 강조하는 것은 이 말뿐이다.

"설명하려 들지 마라. 오랜 시간의 삶을 요약 정리하듯 설명해 가지고는 재미가 없다는 말이다. 그리고 판단을 내리는 말을 하지 마라. 재미있었다, 감동적이었다, 옳다고 생각했다, 이런 말을 직접 할 것이 아니라 듣는 이가 판단하게 하고 자기는 그냥 그 장면을 보여 주듯이 그려 내면 된다. 그러자면 짧은 시간의 일을 자세하게 대화도 그대로 인용하면서 이야기하면 그 장면이 드러나게 마련이다. 긴 시간 동안 일어난 일 가운데 어느 부분이 사건의 핵심이 되는가 하는 것은 겪은 자기가 확실히 안다. 이것을 붙잡아 자세하게 이야기를 풀어내면 된다. 이게 '삶을 가꾸는 글쓰기'이다. 물론 여기에 더해서 그 일을 겪었을 때 자기 마음이 어땠는지를 자세히 그려 보는 것도 중요하다. 이때는 솔직한 것이 또 생명이다. 나아가 그 일에서 얻은 깨달음이나 그 일의 가치가 어떤 것인지 말할 수 있으면 금상첨화지."

그런데 우리 학교 아이들, 도무지 선생 말에 관심이 없다. 학교생활 자체에 무관심하다. 이런 모습을 보면서 행여 내가 아이들을 무시하거나 포기하면 어쩌나 하는 걱정만 든다. 예컨대 속담 하나를 두고 어떤 형편일 때 이 속담을 쓸 수 있는지 그 장면 하나를 만들어 말해 보라고 하면 말할 줄 아는 아이가 몇 안 된다. 하지만 이것도 일종의 지식을 묻는 문제다. 모른다고 한탄할 것이 아니라 교사가 이야기식으로 설명해 주어야 할 일이다. 자기들 삶을 이야기하는 데는 지식이 필요 없다. 제 겪은 걸 이야기하면 되니까. 그렇지만 너덧 개 보기 가운데 하나 고르는 연습에만 골몰해서 그런지, 묻는 말에 답도 거의 단답형 아니면 한 어절 말로 끝내 버리기 일쑤다.

"어제 축구 재밌었어?"

"예."

"뭐 어떤 게 재밌었지?"

"그냥요, 재밌잖아요."

"글쎄 뭐가 그리 재미났단 말이냐?"

아이들, 뜨악해하며, 할 말 없다는 표시로 어깨만 움찔한다. 이렇게 되면 더 이상 이야기를 이어 갈 수 없지. 그래 축구 같은 놀이를 묘사하기엔 좀 지겹고 어려울 수도 있겠다.

"네가 가장 소중하게 여기는 보물은 뭐지? 왜 그렇게 소중한지 말해 볼래?"

"학교생활에서 겪은 일 가운데 정말 억울했던 일을 말해 보자."

누구나 쉽게 자기 일을 꺼내어 이야기할 수 있도록 쉬운 이야깃거리를 제시하는 것이 이야기를 끌어내는 열쇠다.

아이들 이야기를 들어 본다.

졸라리 맞았지 머 (1학년 최원규)

우리 학교 학주, 와 가만히 있는 사람 데리고 갈가(갈궈) 갖고 삐뜩
하면 때리거든. 요맨한 몽둥이 들고 삐뜩 하면 이래 딱딱 때리면서 말
한다 말이야. 쫄라 재수 없거등.

중3 때, 변소서 아이들하고 머슨 이야기하고 있었거든. 그냥 이야기
만 했어. 그런데 그때 학주가 변소에 딱 들어왔는기라. 여서 머 했어 이
라대. 머 했기는. 그냥 이야기했습니다 했거든. 그런데 딱 우리 소지품
검사를 하는 기라. 탁탁 치면서 다 디졌어. 아! 근데 내 친구 하나 주머
니에서 고만 딱 담배가 나왔는 기라. 그냥 소지만 하고 있었어. 안 폈
어, 우리는.

근데 그때부터 학주는 우리를 막 주패는 기라. 볼때기 입수구리 아
무 데나 막 때리는 기라. 나 정말 너무 억울해. 이야기만 했는데. 안 폈
는데. 그래 내가 벌벌 떨민서 이래 쫌 삐딱하게 서서 우빵을 잡고 맞았
는기라. 그라니까 이 사람이 머라 했어. 그런데 그때 나는 하도 억울하
고 화가 나서 무슨 소리 하는지 귀에 안 들어와. 그냥 억울한 기야.

학주가 "니 이 새끼 억울하마 무용실 내리가서 다이 함 깨까(한판 붙
을래)?" 이랬다 카대.

나는 그때 그기 무슨 소린 줄도 몰랐어. 억울해 가꼬 아무 소리도 안
들려.

머라 하기에 그냥 "예!" 이랬는 기라.

그라니까, 또 머라 하대.

"무용실 내리가서 다이 함 깨자"는 그 말이라.

나는 멋도 모르고 좀 울면서 "예! 예! 옛!" 세 번이나 그랬는 기라.

우하하하~~~~~~ 그래 우째 됐는데?

머를?

무용실 내리 가서 우째 됐냐고?

또 졸라리 맞았지 머.

무시당하는 거 이기 억울합니다 (1학년 강주철)

우리 담임 김 자, 만 자, 성 자 선생님 이야기를 하겠습니다.

담임선생님 들어와서 첫 시간에, 우리가 학교 올 때 버스 타고 오느냐 택시 타고 오느냐 하는 거 조사하잖아요. 그때 내가 헬기 타고 온다고 했거든요. 그러니까 바로 딱 빗자루 갖고 나오라 하데요. 세 대 딱 맞았거든요. 내가 농담 때린 거는 선샘이 먼저 기차 타고 오면 안 된데이 하고 농담 따묵기를 해서 나도 함 째 봤거든요. 그런데 바로 정색 까면서 딱 나오라 하대요. 황당하게 맞았어요. 그런데 그거는 괜찮아요.

우리 반은 8시 30분까지 등교했거든요. 그런데 바로 20분으로 딱 땡기데요. 20분까지 올라하마 7시에 일어나는 나는 못 오거든요. 그 전에 일어나면 머리가 빠개질라 하고 눈도 막 튀어나올라 하거든요. 일어날라고 눈을 비비면 눈이 진짜 아파요. 일어나서 1분 만에 세수, 1분 만에 똥 때리고, 1분 만에 밥 먹고 바로 나온다 말이에요. 나는 저기 복개에서 내리거든요. 복개 거기서 학교까지 아무리 뛰어도 지각이란 말이에요. 그래 맞을 각오했지요. 그런데 그게 아니에요. 몇 대 때리면 맞고 말겠는데, 청소를 시킨단 말이에요. 하이타이 풀어서 교실 바닥 닦으라고 해요. 저기 보이지요, 칠판. 딱 구역을 갈라놓았잖아요. 저거를 지각한 아이들이 맡아서 닦아야 한단 말이에요. 솔직히 나는 열심히 했어요. 고무장갑 끼고 하이타이 풀고 바닥이 하얗도록 닦았어요. 보이지요. 깨끗하지요. 그런데 선생님은 덜 됐다고 안 보내 줘요. 그런데 이것까지도 또 좋아요. 젤 못 참는 것은 인격 무시하는 거거든요. 우리가 청소 다 하고 집에 가면서 인사하면 아무 말 안 하고 "꺼져"이래요. 이 말만 해요. 기분 좋겠어요(이때, 장건우가 "그거는 장난친다고 그라는 기지" 한다. "건우, 나 나중에 보자"). 하여튼 무시당하고 사는 거 같거든요. 이게 억울해요.

폭력이 만연하는 학교 (1학년 김무근)

저번 주 토요일에 있었던 일을 얘기하겠습니다. 저는 토목과 기능부에 가입되어 있습니다. 며칠 전에 우리 기능부에 1학년이 들어와서 환영회를 한다는 뜻에서 2, 3학년이 돈을 모았습니다. 원래 이런 일은 3학년이 돈을 좀 많이 내야 하는데 2학년은 2천 원씩 3학년은 천 원씩 내고 아예 내지 않는 3학년도 있었습니다.

모은 돈으로 과자 음료수 튀김 등을 사러 갔습니다. 사 가지고 와서 먹기 시작했는데 우리 2학년은 3학년들이 할 짓을 예상하고 있었습니다. 남은 과자 음료수 튀김 등을 다 섞어서 거기에 간장, 심한 경우는 코딱지를 넣거나 침을 뱉은 적도 있습니다. 그것을 1, 2학년에게 먹이는 짓인데 2학년은 다 예상하고 최대한 빨리 과자 음료수 등을 먹었습니다. 그런데 3학년이 따로 모아 뒀던 것입니다. 역시 하던 대로 컵에

음료수를 붓고 간장 과자 튀김 들을 막 섞었습니다. 약 7컵 정도 그것을 만들어서 몇 개에는 침을 넣거나 코 판 것도 넣었습니다. 그러고 나서 1, 2학년에게 게임을 시켜서 벌칙으로 먹이기로 했습니다.

먼저 369게임을 했습니다. 다행히 저는 걸리지 않았지만 걸린 아이들은 헛구역질까지 해 가며 힘들게 먹었습니다. 그런데 11반에 임재도라는 애는 자기는 먹을 만하다며 맛있게 먹었습니다. 그걸 보고 제가 토하는 줄 알았습니다. 또 장기 자랑을 해서 1학년 몇 명 더 먹이고 끝났습니다. 오늘 1학년들이 이 일을 겪고 나서 기능부를 어떻게 생각했을지는 대충 예상이 되지만 제가 3학년이 되면 이런 일은 막을 것입니다.

(2004.5.6)

"됐다, 아빠 담배나 사 피라"

첫째 시간 1학년 13반.

아이들은 거의 모두 제각각이다. 이야기해 봐야 귀는 이쪽으로 열려 있지 않다. 맨 앞에 앉은 동민이와 몇 아이만 내 이야기 들을 준비가 되어 있을 뿐이다. 여학생이 여섯 있는데 이 아이들은 더 한 것 같다. 처음에는 안 그렇더니 갈수록 그렇다. 내 마음도 차가워진다. 내가 버릇을 잘못 들여 놓고 있는 것이다.

'감동한 이야기'를 해 보아야 감동이 없다. 최재우가 하겠다기에 그러라고 했더니 중3 크리스마스 때 술 마시고 취해서는 오토바이(이것도 훔친 것) 타고 강변도로를 폭주한 이야기를 한다. 아주 재미도 없이, 실감도 없이, 감정도 없이. 전에 이야기 시켰을 때 하도 이런 이야기만 해서 감동한 이야기를 해 보자 했더니 또 이 소리다.

"그건 감동할 이야기가 아니라 감옥 갈 이야기 아니야?"

"그래도 재밌었는데요. 재미있는 것도 감동한 거 아니에여?"

"나는 들으니까 하나도 재미가 없는데, 친구들도 그런 모양이야. 봐. 아무도 안 듣고 있잖아."

그리고 수업을 시작하려는데 책 펴고 걸상이라도 당겨 앉는 아이가 몇 없다. 반장 아이는 끝없이 키들거리며 연신 이야기다. 하지만 이제는 아이들 이런 모습에 가슴이 무너지지는 않는다. 단련이 되었다. 그렇다고 이대로 두어서도 안 된다. 사람 말을 조금이라도 들어야 할 것 아닌가. 목소리를 낮게 깐다.

"차려…… 바로 앉아. 이것 봐라, 차려."

아이들은 내 목소리가 가라앉자 겨우 앞을 본다. 표정에 한껏 무게를 잡는다.

"도대체가…… 책 없는 놈, 공책 없는 놈, 다 앞으로."

역시 목소리를 깔았다.

"반장, 내 방에 가서 회초리 갖고 와."

네 놈이 앞으로 나왔다.

"엎드려뻗쳐, 다리 한쪽 들어. 팔도 하나 들어."

아이들은 비로소 조용해진다. 엎드려뻗친 아이들이 비틀거린다. 한쪽 팔에 한쪽 다리로만 엎드리자니 당연하다. 내가 엉뚱하게 말했구나. 잘못하면 웃음거리가 되겠다.

"팔은 두 팔, 다리만 한쪽 들어."

한 3분 지났을까. 반장이 올라왔다.

"회초리 없던데예."

"알았어, 들어가."

엎드려 있는 아이들이 자기들 들어가란 줄 알고 눈을 들어 힐끔 본다. 표정을 보더니 도로 숙인다.

"일어서. 앞으로는 준비 안 해 오면 한 시간 내내 이런 자세로 있게 할 거야. 빌려서라도 와."

"이옛."

우리가 처음 만났을 때, 준비물 이야기를 했지. 책이니 공책이니 이런 것이야 없으면 빌려도 되고 아니면 함께 봐도 문제가 없을 것이라 했지. 존중하는 마음, 열린 마음, 마음 놓고 말하기, 편안한 자세. 이런 것이었지. 그런데 내가 책 안 가지고 왔다고 엎드려뻗쳐 시킬 수 있나? 하지만 이렇게라도 으름장을 놓지 않으면 수업이 안 되는 걸 어떡해. 내가 화를 내어 종아리를 치지 않은 것도 다행이지. 겨우 '청산별곡'을 읽기 시작했다. 물론 신나는 소리는 아니다. 수업은 빵점이다.

둘째 시간, 1학년 5반.

담임선생님이 아침에 내가 방송으로 이야기한 내용이 담긴 유인물을 게시판에 붙여 두고 나간다. 그 유인물에는 학생 글 세 편이 실려 있는데, 이 가운데 두 편이 5반 아이들 것이니 붙여 두면 더 관심이 가겠지. 담임은 나가며 아이들에게 비타민C 가루를 한 봉지씩 나누어 준다. 나도 먹으라며 하나 주고. 참 귀엽고 애살궂은 여선생이다. 아이들도 다 좋아한다.

"야, 나는 너거 담임선생님 사랑하는데……."

"이에~~~ 나이 차 너무 난다."

"딸인데요, 딸."

"우리가 용서할 수 없어."

이런 농담 오가고.

"너거 오늘 내 방송하는 거 들었어?"

"이예~ 감동이던데요."

"그래, 그 감동을 이어서 오늘은 누가 이야기 한 자리 할까, 환우? 그래 환우가 한 자리 하자."

김환우가 입술을 조금 옆으로 비뚤거리며 앞으로 나온다.

"내가 학교 갈라고 마루에 앉아 가지고 끈을 매고 있는데 우리 아버지가

- 환우, 요새 용돈 좀 있나?

- 응, 있다.(아이들이 니 인마 아버지하고 맞묵나? 하자) 내 우리 아버지하고 좀 친하거든, 그래서 말 이래 한다. 그때 사실 없었거든.

- 얼마 정도 있노?

- 한 2천 원.

- 어데 보자.

멈칫거리다가

- 사실은 없다. 그래도 괜찮다.

아버지가 지갑을 꺼내데. 슬쩍 보니까 천 원짜리가 한 다섯 장 정도 들었는 거 같아. 아버지가 2천 원을 꺼내 주며

- 아나, 가다가 빵이나 사 무라.

- 됐다. 아빠 담배나 사 피라.

이러면서 뛰쳐나왔거든. 뒤에서 환우야, 환우야 하데. 못 들은 척하고 막 뛰어서 전철역으로 갔어.

학교 마치고 집에 와 보니 식탁에 그릇이 하나 엎어져 있어. 누가 이래 그릇을 여기다가 엎어 놨노 하고 치우려고 보니 아! 그 밑에 돈 2천 원이 있는 기라."

작은 소리로 손뼉을 치는 아이들. 이러면 오늘 수업은 술술 풀리기 마련이다. 아주 잘했다.

아이들 이야기에 엄마가 잘 등장하지 않는다. 아마 엄마는 아침 일찍 일하러 나간 모양이다. 아버지는 실직이니 집에 있지 않았을까. 이런 우리 아이들에게 따뜻한 감동이라고 이런 이야기나 주고받게 해야 하는가. 그래, 가난하게 사는 일은 죄도 아니고 불행도 아니란 생각이 든다. 하지만 최소한 사람다움을 잃지 않고 살 수 있는 돈은 주어져야 한다. 자기 능력껏 일하면 최소한의 사람다운 생활을 할 수 있는 세상. 이 세상을 만들기 위해서 우리는 어디서 어떻게 싸워야 할까.

(2004.5.31)

소박한 삶 · 당당한 가난

화공과 어느 반 수업이었다.

'나는 무엇을 하며 어떻게 살 것인가' 하는 것을 주제로 발표하는 시간에 동우는 이런 말을 했다.

"나는 평범하게 살기를 바랍니다. 막노동을 해서라도 식구들하고 행복하게 살고 싶습니다. 거창하게 무엇이 되겠다는 생각은 없습니다. 잘나가는 사람이 되기는 싫다는 말입니다."

아이들이 이해가 안 된다는 듯 마구 물었다.

"행복하게 살려면 돈이 필요한데 막노동을 해서 돈을 많이 벌 수 있나?"

"나는 돈이 많아야 꼭 행복해진다고 생각하지 않습니다."

"니는 그럴지 몰라도 아내가 좋아하겠나?"

"돈 많은 것을 좋아하지 않는 여자를 만나면 됩니다."

"아이가 아파서 병원에도 못 가면 어떻게 하노?"

"고치려고 노력은 하겠지만 돈이 너무 많이 들어 고치지 못하면 그것도 아이의 운명이라 생각하고 죽게 두는 수밖에 없지 않겠습니까."

아이들은 마구 웃는다. 턱도 없는 소리 좀 하지 마라, 이런 뜻이겠지. 그러나 나는 아주 도를 많이 닦은 스님의 설법을 듣는 듯하였다.

'그렇지. 그렇게 살아야지. 의학이 발달해 돈을 몇 억 들이면(형편에 따라 수천만 원이라도) 나을 수 있는 병이라고 해도 그것이 어찌 보통 사람들이 할 수 있는 일인가. 그렇게 안타깝게 보낼 수밖에 없는 것이 오히려 자연스러울지 모른다.'

우리가 살고 있는 이 시대를 두고 문명이 최고조로 발달한 시대라고들 한다. 하지만 그 문명이란 것도 돈 많은 부자에게 편리하고 좋은 것이지 돈이 없는 사람에게는 더 불편한 일이다.

"보십시오. 길거리에는 자가용이 넘쳐 나지요. 이것 때문에 차가 없는 사람은 걸어 다니기조차 힘이 듭니다. 버스를 타면 길이 막혀 또 울화가 치밉니다. 고속 전철이 생기는 바람에 돈 없는 사람들은 그 차 타기가 힘이 들고 옛날 무궁화호를 타자니 시간도 훨씬 많이 걸리고 더욱이 차도 잘 없습니다. 세상은 잘사는 사람 위주로 돌아가고 있는 것입니다. 그런데 동우는 스스로 불편을 감수하고서라도 소박하고 가난하게 살겠다고 선언을 한 것입니다."

아이들한테는 이런 말을 하면서도 나는 '동우가 무얼 알고 저렇게 말하고 있는가? 지금 저놈이 깨달음을 얻은 말을 하고 있는데……' 이런 생각을 했다. 이때 한 아이가 반격에 나선다.

"이런 동우가 어째 그저께 나한테 돈 2만 원씩 모아서 4만 원 하는 게임기를 사자고 했습니까. 말이 잘 맞지 않네요."

동우는 덤덤한 소리로, "지금 내가 모은 돈은 만 원뿐입니다. 그 계획은 취소합시다."

아이들은 다시 배를 잡고 웃었다.

'그래 그렇지. 돈 모아 게임기를 사고 싶은 마음도 있겠지. 그것 역시 자연스러운 것이다. 동우가 소박하게 이름 없이 그러나 행복하게 살고 싶은 마음이 있다면 이것이야말로 가장 슬기로운 생각이 아닌가.'

나는 혼자서 동우에게 박수를 보내고 있었다.

동우는 쏟아지는 물음이 오히려 의아한 듯한 얼굴이다. 언제부터 그런 생각을 가지게 되었느냐고 묻자, 중학교 2학년 때 아버지가 사업에 실패하고 난 뒤 어려워하는 모습을 보고 이런 생각을 가졌다고 한다. 돈을 더 많이 벌어 원을 풀겠다는 생각을 안 하고 오히려 그런 돈에서 멀어지고 싶다는 생각을 하게 된 게 신통하지 않은가. 나는 덧붙여 이야기했다.

"세상의 많은 선각자들은 돈에 얽매여 사는 삶이 얼마나 허망하고 불행한 것인지를 수없이 이야기하고 있습니다. 그렇지만 이 자본주의 시대에서는 돈이면 모든 행복이 그대로 굴러 들어온다고, 그런 헛소리 말라고 외칩니다. 나는 이렇게 생각합니다. 동우처럼 좀 가난하지만 소박하게 살겠다는 마음을 먹는 일이 가장 소중하지 않겠느냐 하고요. '소박한 삶·당당한 가난' 이것이 우리를 행복하게 할 것입니다. 사실 수억대의 돈을 벌어 부자로 잘 먹고 잘살기로 마음먹는다면, 그때부터 자기 삶은 불행 시작입니다. 늘 돈이 부족하기 때문이지요. 끝내는 아주 부정한 짓을 저질러서라도 부자로 살려고 할지 모릅니다. '자존심' '사람다운 생각'을 버리고 범죄를 저지르기도 합니다. 이런 더러운 방식으로 돈 벌어 행복해질까요? 여러분도 동우 이야기 잘 생각해 보세요."

수업을 마치고 나오며 동우를 한번 안아 주었다. 아이들은 그런 우리 모습에 또 웃었다. 그러나 나는 동우와 동지가 된 기분.

"동우야! 우리 꿋꿋하고 당당하게 가난을 누리며 살자!" (2004.4.22)

공고 3학년, 세상으로 나가기

3학년 2학기 개학, 첫 수업.

아이들은 이미 어른이다. 졸업을 앞둔 교실은 자리가 듬성듬성 비었다. 둘러앉아 이야기를 하기로 한다. 이야기하기 전에 내가 평소 써 둔일기를 읽어 주며 분위기를 잡는다. 일기 내용이 다 자기들 이야기니까 귀를 기울이게 된다. 그리고 내게 믿음을 보내기도 한다. 교사와 학생사이에 쌓이는 믿음은 느낌으로 알 수 있다. 이때 교사와 학생은 마음의 문을 열고 서로의 가슴으로 다가간다. 더욱이 3년을 함께 보낸 경우엔 이미 깊은 우정이 쌓여 있기 마련이다. 물론 3년 동안 더 깊은 악연으로 서로를 외면하는 관계를 가끔 보기도 하지만 매우 드문 일이다.

오늘 이야기 주제는

1. 자기 삶의 단기 계획과 중·장기 계획

2. 결혼은 어떻게? / 친구들에게 하고 싶은 말 하기

3. 이 정신(마음)만은 지키면서 살겠다 싶은 말, 자기 신조!

자유롭게 짧게 이야기해 보자고 했다. 오늘은 이야기하는 일보다 이
야기 듣는 일을 더 귀하게 생각하자. 남이 이야기할 때 저 혼자 제가 할
이야기 연습에 몰두하지 말자. 제 딴에는 연습한 만큼 번지르르하게 들
리겠지만, 실은 꾸밈이 많아 진정성을 잃는다. 남 이야기를 들어 보면
깨우침을 많이 얻으니 제 이야기는 잘 못해도 된다면서.

• 김영우

집안 사정상 국립대에 가야 하겠지요. 2년제라도. 창원기능대 같은.
안 되면 취업해서 돈 벌어서 진학을 하고 싶어요. 직장에 가도 거기서
썩지는 않을 겁니다. 직장은 내 미래를 위한 투자지요.

나는 초등학교 때부터 관심 있는 곤충에 대해 공부할 겁니다. 곤충
산업 같은 거. 식용 곤충 이런 거도 생각하고 있어요. 매미 애벌레가 몸
에 좋지만 지금 그걸 잡는 건 불법이래요. 애완 곤충 같은 거도 좋고요.
이런 사업을 하려면 장비가 워낙 비싸대요. 그래서 우선 돈을 벌어야
해요.

결혼은 빨리 하나 늦게 하나 그건 중요치 않아요. 그리고 아이도 입
양해 키우고 싶어요.

내가 고치고 싶은 거요? 성격이 급해요. 뭐든 돌진만 하는 거 안 좋
대요. 이걸 고쳐야 해요. 그리고 내가 마음에 새길 것은…… '나를 인
간으로 만들어 준 사람을 기억하며 살자' 이겁니다. 선생님, 선배, 후배
나를 인간 만들어 준 사람 많지요.

- 심경택

새벽 시장에서라도 일하며 살겠다. '하고 싶은 말은 하고 산다.'

- 김찬우

한국과학기술대학 갔으니 영어 수학을 공부하겠다. 대학 가서도 열심히 하겠다. 마흔다섯까지 대기업에서 돈 벌겠다. 나중에 중소기업이나 사업. 먹고살 만큼 벌겠다. 가치관이 비슷한 사람과 결혼하고 싶다. '자신을 속이지 않겠다.'

- 안영진

동아대 합격했으니 수학 영어 공부해 두겠다. 용접을 주 기술로 삼겠다. 사상이나 학장에 있는 작은 공장에서 용접 일 아르바이트를 하겠다. 작은 공장에서 전문 기술을 배우고 사람 사업을 하겠다. 졸업 후 작은 공장이라도 차리든지 아버지 공장에서 일하겠다. 하여튼 기계 쪽 직업에 전력하겠다.

'돈 많이 주는 쪽으로 갈 것이 아니라, 나를 믿고 나에게 일을 맡기는, 신용과 능력을 길러 이를 인정해 주는 일터로 가겠다. 신용과 능력을 기르겠다.'

- 김민석

대학 1학년 때는 제대로 놀아 보겠다. 여태껏은 헛놀았다. 전기 전자 분야 일을 하겠다. 나를 리드할 여자를 사귀고 싶다. 아이는 셋 낳겠다.

강요 안 하는 아버지가 되겠다.

'중학교 때 어머니에게 거짓말을 많이 했다. 지금부터라도 남을 속이지 않는 사람이 되겠다.'

• 윤진혁

건축 계열 일할 거다. 서른 살 이전에 결혼한다. 가정적인 여자랑. 낳는 대로 낳아 기르겠다. 대가족이 좋다.

'냉정함을 지니되 여유를 가지고 살고 싶다.'

• 강정석

중소기업에 취직해서 살겠다.

결혼은 안 할 거다. (아이들 야유, 절마 맨 먼저 청첩장 돌릴 거다.) 왜? 어차피 갈등이 생긴다. 그리고 이혼을 하게 될 거다. 갈등의 요소를 왜 만드나? (절마는 이혼까지 계획을 했네.)

'정직하게 살자.'

• 이종환

졸업하고 바로 특전사로 갈 거다. 사람들이 갈 곳이 아니라고 하지만 내 꿈을 위해서는 가야 한다. 경찰 특공대 들어갈라고 하거든.

너덧 명 아이를 낳을 수 있는 여자와 결혼하고 싶어. 식구 많이 화목하게 사는 게 부럽더라.

내 신조는 '후회하지 말자'야.

• 김병묵

그림을 제대로 시작한 지는 서너 달밖에 안 돼. 맨날 잠이나 자고 꿈도 없는 놈이었어. 고2 여름방학 때 문화센터에 기타 배우러 갔거든. 재미있어. 전문적으로 배우고 싶데. 그러다가 옆에 그림 하는 선생님 보니까 더 좋아. 단순히 좋았다는 게 아니고 이게 내가 이룰 꿈이구나 싶었어. 그때부터 해부학 공부도 하고 데생을 배우고 있어. 내가 뭐 별다른 게 없고 단지 계기가 있었을 따름이야.

'내 하는 일에 목숨을 걸고 하고 싶다.' 이게 내 신조야.

• 김주석

중학교부터 공부를 거의 하지 않았어. 고등학교를 어디 갈지 몰랐지. 기술 하나 배우면 사는 데 지장 없다 그러대. 그래서 공고 지원했지. 기계과 지원했는데 전기과에 오게 됐어. 전기 기술자 되는 게 꿈이야. 먹고살 수는 있겠지.

'사람을 미워하지 않겠다.' 이 마음 가슴에 새기고 살겠어.

• 김태훈

졸업하면 돈 1,500에서 2천만 원 정도 밑천 준다 하데. 또 나도 푼푼이 저금해 둔 게 있어. 이거 가지고 옷 가게 같은 거 해 볼 참이야. 젊으니까 실패해도 겁 안 내겠어. 건설 노동자 이것만은 하기 싫어. 우리 아버지가 이 일 했는데……. 와, 옆에서 보니까, 이건 못 할 일이야. 이것 말고는 어떤 일도 다 하며 살 수 있어.

많은 여자와 사귀고 싶어. 손만 잡고 걸어가도 재미있는 사람을 만나고 싶어.

'술 먹고 약속은 하지 않겠다.'

이거 하나 지키고 살래. 우리 아버지가 자주 그랬거든. 못 산다.

• 정문연

2차 수시 안 되면, 이건 너무 안 해서 안 됐으니까 벌을 받고, 군대 가서 벌 받겠단 말이지. 벌을 받았으니 나와서 늦더라도 대학 가야지. 좋아하는 일? 아직은 잘 모르겠어. 찾아지겠지, 이것저것 해 보면. 진짜 힘들 때 생각나는 그 일이 내가 할 일일 거야. 그걸 죽도록 하는 거야.

나는 일단 돈을 벌면 배를 타고 싶어. 요트 이런 거 말고, 유조선 이런 거 말고. 어부가 되고 싶어. 고기잡이배를 하고 싶어.

'대차게 살아야 한다.' 이거 내 안 잊어.

• 고준수

'공수래공수거' 돈 재물에 욕심 안 내고 살고 싶다.

그리고 너거 내한테 보증 서 달라 말하지 마래이. 우리 아버지가 보증 잘못 서서 우리 집이 요 모양 요 꼴 됐단다.

• 강솔

내가 당했다고 해서 그대로 갚아 줘 버리거나 하는 사람은 되지 않겠다. 내가 가지고 있는 거를 아깝다거나, 조바심 이런저런 감정으로

216

제대로 활용을 못 하고 세상을 떠 버리는 일은 없어야 한다. 요는 가진 게 있을 때 충분히 활용하고 살겠다.

• 김두경

- 내 신조는 '여유를 가지고 살자'입니다.

- 여유를 가진다는 어떤 겁니까? 구체로 말해 주세요.

- 세상이 핍박하지 않습니까, 돈 없으면 못 사는 세상, 이런 세상이지만 떵떵 소리 내며 살 필요는 없다고 생각합니다. 돈에 휘말려서 맘 고생 안 하고, 돈이 없어도 마음으로 여유 있게…….

- 살아 봐라. 돈이 있어야 여유가 있잖아.

- 물론 돈은 있어야지, 많이 벌려고 할 필요는 없다는 말이야…….

- 그럼, 니는 얼마 정도라고 생각하는데?

- 한 2백 정도?

- 2백? 지금 우리 집이다, 우리 집. 그래 가지고는 애도 못 키운다. 수입 지출 뺑이다, 뺑. 제로!

- 그래도 자식한테 물려줄 게 좀 있어야 안 되나? 제로에서 시작하는 자식이 잘되겠나.

- 야, 마이너스에서 시작하는 자식도 있다.

나머지 아이들 이야기는 다 돈 아니면 허황된 것 아니면 모르겠다, 이다.

돈 많이 벌어서 살겠다, 돈을 벌어서, 돈을 모아서……. 돈이 그렇게 쉽게 벌어지나, 돈이 모은다고 모여지나? 취업난 비정규직. 세상살이 그렇게 쉽지 않다. 답답하다. (2006.9.1)

이 아이들 이야기를 써야 한다

마지막 6교시 수업.

아이들한테 찬우가 쓴 시를 읽어 주었다. 며칠 전 자기가 겪고 있는
가난을 아주 담담하게 쓴 시였다.

찬우는 입학 때부터 지금껏 단 한 번도 수석 자리를 내놓은 적이 없
다. 그것도 아주 현격한 차이를 내며 1등이다. 집이 너무 어려워 장학
금을 탈 수 있는 공고로 왔다. 3년 내 장학금을 받았다. 언제나 맨 앞자
리, 빈틈없는 자세. 이름 있는 공대에 갈 수도 있었지만 집안 사정으로
한국기술교육대학교에 진학한다. 이 학교는 학비 무료에 취직이 보장
된단다. 찬우는 대학 가서도 열심히 공부하겠단다. 가슴 에이는 가난
에서 벗어날 수 있는 길은 이 길뿐, 믿을 건 공부뿐이라고 했다. 나중에
먹고살 만큼 돈을 벌면 가치관이 비슷한 사람과 결혼해 살고 싶다고
했다.

그리고 아이들 하나하나를 둘러본다. 다 비슷한 처지다. 이 아이들이 나가서 무엇을 어떻게 하고 살아갈까. 그러나 이 아이들이야말로 이 사회의 거름이 되어 살 것이다. 자기를 썩혀서 우리 사회를 지탱하게 할 것이다. 그러나 사람대접 제대로 받지 못하고 살아갈 아이들을 생각하니 억울하고 답답하다. 나는 이 아이들 이야기를 써야 한다는 생각이 번득 든다.

이 아이들은 시도 잘 썼다. 이 아이들은 자기를 무시하는 선생들 앞에서도 잘 버티고 3년을 살아 주었다. 이 아이들 마음에 얼마나 귀한 사랑이 있는지 다 보인다. 가난하고 공부도 못하여 사회로 나가야 하는 이즈음에 와서는 답답해하는 아이도 많다. 이런 아이들 속속들이 들여다보면서 그들의 아픔과 희망과 힘을 다 그려 내야 한다고 생각한다.

나는 갑자기 버럭 소리를 질렀다.

"야, 내가 너희들 이야기 다 쓸 거다. 재우 운동하는 이야기, 문연이 고기잡이하겠다는 이야기, 명수 시 이야기, 소은이 억울했던 이야기……."

그러다가 느닷없이 목이 멘다. 이 아이들과 헤어질 날이 며칠 안 남았구나.

감정을 가라앉히고 찬우 이야기를 이어 갔다.

"찬우는 이번에 한기대에 간다. 한양대, 연세대에도 갈 수 있는 성적이지만 애는 거기를 포기했다. 당장 기숙사 생활비도 없는데 무슨 수로 서울로 가? 장학금 주는 한기대로 가야지. 그렇지만 난 찬우가 앞으로 살면서 악착같아지지는 말았으면 좋겠다. 너희들도 마찬가지.

'인생은 목표를 가지고 살아야 한다!'면서 젊었을 때는 장가 밑천 마련에 혀가 둘러빠지고, 장가가서는 집 장만한다고 또 아득바득 고생 고생 살다가, 집 장만하고 나면 자식 공부시킨다고 사교육비 마련에 앞도 뒤도 못 보고……. 이렇게 살다 보면 그 인생은 평생 고생이다. 이렇게 살지는 마라. 소박하게 살 마음만 있으면 돈이 좀 없어도 삶을 즐기면서 살 수 있다. 제 하고 싶은 일도 좀 하면서 말이야.

우리 수민이, 취업 나간다. 수민이는 사진 공부를 하고 싶다고 했다. 남들 대학 가 있을 때 지는 돈 벌어서 나중에 사진 공부하겠단다. 수민이가 직장 생활하면서도 틈틈이 사진 공부를 하기 바란다.

나는 이렇게 살아가는 너희들 모습을 쓸 것이다. 언젠가는 꼭 쓴다. 잘난 놈 인생만 글이 되는가? 우리끼리 우리 인생도 아름답고 소중하다, 이거야. 너희들은 충분히 아름다워. 그걸 내가 잘 기록해 둘 거야.

그리고 너희들도 자기 인생 귀하게 여기고 잘 기록해 둬.

보고 싶을 거야, 너희들……"(2006.11)

내 종례는 아직 끝나지 않았어

3학년 담임들에게 글 부탁이 들어왔다. '마지막 종례'를 글로 써 달란다. 교지에 실는다고. 그래 쓸 말이 있지. 나는 이렇게 써냈다.

야, 너희를 생각하면 맨 먼저 떠오르는 말이 '고맙다'는 말이다.
"정말 고마웠어."
너희들은 우째 그래 내 말을 잘 들어주었을꼬. 안 들어주는 체하면서도 다 들어주더라고. 처음에는 '얘들이 모두 거세를 당했나?' 싶을 정도였어. 너무 고분고분했거든. 우리가 청소를 하잖아, 그럼 몇 늠이 내 흉내를 내지.
"먼지를 쓸어라, 먼지를."
그러면서 정말 먼지 하나 없이 싹싹 쓸어 담았지. 너희가 만장일치로 뽑은 반장은 늘 빙그레 웃으며 문단속을 하고 커튼 치고 마무리를 말끔히 했지. 우리 반 수업 들어갔다 나오시는 선생님들, 심지어 시험 감독하고 나온 선생님들 모두 너희들 칭찬하셨어. 그리고 날 복 많다고 들 그러셔. 정말 복 많이 받았지.

그래도 우리 반 등교 시간은 전교에서 젤 늦었을 거야 잉. 나부터 일찍 못 왔지 뭐. 어떨 때 9반 7반 교실 앞을 지나면 애들이 한 명 빠짐없이 반듯이 앉아 뭘 하고 있어. 그런데 우리 반에 와 보면 안 온 아이가 태반이야. 이러면 안 되는데……, 싶은 생각이 들며 불안하기도 했어.

그렇지만 내 스스로 마음을 다시 먹었어. 스스로 알아서 하게 하자, 집이 먼 아이들 밥도 먹고 똥도 누고 오게 하자, 아침부터 서둘러서 정신없는 것보다 낫겠지, 하고 말이야. 동원이가 자주 늦었지. 복도에서 만나면 내가 손을 잡고 들어왔지. 부끄럼 많은 동원이 녀석 손이 바르르 떨리데. 지도 미안타는 말 아니겠어? 그럼 된 거지 뭐.

너희는 어땠는지 몰라도 나는 가정방문 간 게 젤 귀하고 값진 시간이었지 싶어. 그때 우리는 서로 맘들이 통했던 거 같애. 내가 너희들을 아들같이 볼 수 있었던 건 너희가 사는 집, 너희가 자는 방을 보고 난 때문이었을 거야. 너희들 방에 단둘이 앉아 몇 마디 이야기를 나누다 보면 다 내 품에 안기는 아들이 되더라고. 그러면서 우리는 사랑을 나누었지.

야, 경태 삼성으로 떠나기 전날 말이야. 몇이 앉아 송별주를 마셨거든. 그때 맘이 아주 짠하더라.

"처음에 삼성 간다 했을 때 좋았는데…… 막상 집 떠나려니 아버지 마음이 많이 안 좋으신가 봐요. 우시던데……."

경태가 하는 말에 나도 눈물이 나려고 하데.

"인마, 이제 집 떠나 독립할 때 됐어. 한 잔 받어."

말이야 그랬지만 실은 안 그랬다고. 현우 갈 때도 마찬가지였어.

나, 너희들 보내고 무슨 낙으로 살꼬. 스블, 벌써부터 목이 메네. 너희들 한 가지만 잊지 마래이. 내가 자주 말했제.

"우리 인연은 지금부터다."

이 말, 만날 때는 우연히 만났지만 이제 헤어지고 난 뒤는 우리의 의지로 서로를 사귀는 거야. 너희들이 그냥 떠나고 말면 우리 인연은 아무것도 아니지. 그렇지만 서로 연락하고 만나고 정 나누고 살면 그게 진짜 인연인 거야. 나는 너희들하고 그러고 싶어.

내 연락처 안 적은 늠 다시 적어 둬. suk3338@hanmail.net

잘 가라. 앞으로 몇 년, 아주 바쁠 거야. 군대 가고 학교 다니고 직장 잡고 여자 사귀고. 그러다가 문득문득 햐! 고등학교 그때 좋았다 싶은 생각나면 문자라도 한번 보내. 그리고 제법 어른이 되었다 싶으면 편지를 해 봐. 그땐 정말로 우리 벗으로 만나게 되겠지. 그때 만나서 못다한 이야기 하자. 내 종례는 아직 끝나지 않았어.

안녕, 또 보자. (2006.12.20)

자! 떠나는 경태를위하여!

김경태가 내일부터 구미 삼성공장으로 간다. 송별연을 하자고 했다. 좀 성대하게 삼겹살집으로 갔다. 두 번째 송별식이다.

첫 송별식은 얼마전 건축과 아이 강수민과 그 친구들 모아서 밥을 사며 가졌다.

전에 삼성에 원서 쓸때 나한테 와서 울기도 했다.

선생님! 부모 이혼한것도 결격사유가 되나요?

꼭 그래야 하나요?

그 수민이가 우리 학교서는 맨 먼저 삼성에 합격했을 거다. 너무 이른 이별이 아쉬워 친구들을 같이 불러 송별연을 열어 주었다.

대학 포기하고 취업을 택했거든요. 안될줄 알았는데 삼성에 붙었어요. 막상 붙고 나니 대학못가는게 좀 아쉽기도 해요. 그래도 3년 내지 5년 돈 벌고 나와서, 다른사람들 대학 나올 동안 난 돈 벌 거예요.

그래 가지고
내 하고 싶은 사진공부를
하고 싶어요.
카메라 좋은거 사고
싶은데, 벌어서 좋은거
하나 사죠, 뭐.

처음에는 아무 생각 없이, 공부하기
싫어서, 또 집 형편도 그렇고, 돈
벌고 싶었거든요. 근데 친구들
대학 얘기하는 거 들으니까
나도 가고 싶어요. 그때 고민이
막 되데요. 그렇지만 결정한
거니까. 하여튼 사진 공부를
하고 싶어요. 꼭 할 거예요.

그리고 내 신조는요,
'절대 말 함부로
하면 안 된다'
'절대 사람
함부로 믿으면
안 된다'
이거예요.

이유는 말하기
싫어요, 내가
좀 겪은 일이
있거든요······

아, 사람
맏다가······

그리고 오늘······

경태야,

대학 나온
사람들
승진하는 거
보면

이렇게 니 생활 하나를 따로 마련하지 못하면 너는 기계가 되고 만다. 기계로 살면서 돈 좀 주는 것 억지로 힘들게 모아서 집 사고 애 공부시키고 허겁지겁 하다 보면 니 인생 종친다. 그렇게 살지는 않도록 해라.

예.

자! 떠나는 경태를 위해!

어제 경태 아버지는 아들을 고등학교 졸업시키고 바로 직장에 보내는 아픔 때문에 눈물을 흘리더란다. 그리고 한잔했다지.

삼겹살 14인분, 소주 세 병, 밥 여섯.

내 돈을 이렇게 쓸 수 있게 해 주셔서 고맙습니다.

그리고 나는 얼큰한 알콜로 마무리를 했다.

이렇게 또 한명을 고를인 채로 보낸다…… 재도

(2006.12.4)

4부

가난이
너희를
키웠구나

가정방문, 사랑의 밑자리를 까는 일

새 학년. 새로 맡은 아이들. 얼른 얘들을 알아야 한다. 그러나 담임과 아이들이 함께 시간 보낼 여유는 털끝만큼도 없다.

하루 시간표 중에 아이들과 얘기 나눌 수 있는 시간은 조·종례 시간과 점심시간뿐인데, 아침 조례 시간은 10분. 학기 초의 전달 사항은 20분을 열심히 지껄여도 모자란다. 그리고 점심시간. 담임은 이 시간에 쉬어야 할 때도 있고 아니면 학년 회의 같은 모임이 자주 잡힌다. 종례 시간은 따로 없다. 바로 저녁 시간, 야자 시간으로 이어진다.

하는 수 없다. 아이들은 야간 자습을 하고 있고 담임은 복도에 책상 하나 놓고 아이들 한 명 한 명을 불러 이것저것 물어보며 우선 호구조사부터 한다. 학비 지원이 필요한 아이냐 아니냐, 무엇을 조심해야 할 것은 없는가, 특별히 문제를 안고 있는 아이는 없는가, 따위를 살펴야 한다.

아직도 쌀쌀한 3월 초. 싸늘한 냉기 속에서 그 정성 여간 아니다. 그런데 나 같은 경우는 그렇게 복도 상담을 해서는 아이들을 구체로 속속들이 알 수가 없더란 말이다.

가정방문. 아이를 아는 데 이것만큼 좋은 것이 없다. 그 집에 들어가 아이가 공부하는 방 책상에 한번 앉아 보기만 해도 아이가 환히 보인다. 부모와 얘기를 나눌 수 있다면 더 좋지. 그러나 굳이 만나지 않아도 좋다. 아이와 둘이 앉아 깊은 인연을 느끼며 이런저런 이야기를 나눌 수만 있다면.

교무실이나 복도에서 나누는 이야기하고는 다르다. 가장 사적인 공간에서 나누는 이야기에 깊은 우정도 생기고 사랑도 생기기 마련이다. 이렇게 소통이 되면 서로를 잘 이해할 수 있다. 아이가 지각을 해도 그 사정을 이해할 수 있고, 간혹 거친 말을 해도 왜 저 아이가 저러는지 따뜻한 마음으로 살펴볼 수 있다. 아이 한 사람 한 사람이 귀한 존재로 다가온다. 사랑은 거기에서 시작된다.

그러나 일반계 고등학교에서는 도무지 시간을 낼 수가 없다. 입학하는 첫날부터 야간 자습 체제로 돌입하는 것을 자랑삼는 학교와 이런 생활을 당연한 듯 받아들이는 아이들에게 '우정 사랑' 따위는 감상적인 낭만일 뿐이다. 언감생심 가정방문이란 말은 꺼낼 수도 없다.

다행이 나는 올해 전문계 고등학교로 왔다. 여기는 그래도 사람 냄새가 나는 곳이다. 우선 정상 수업이 끝나면 거의 모든 아이들이 집으로 돌아간다. 제 시간을 쓸 수 있다. 이 시간에 가정방문을 하자. 아이들이 '심심한데 잘됐다' 하는 마음으로 즐겁게 나와 시간을 보내도록 해 보자.

하루에 서너 명씩 모둠을 짠다. 수업을 마치면 한 모둠씩 남겨서 간단한 상담을 한다. 기초 조사를 하는 셈이다. 가족 관계, 특별한 사정 같은 걸 알아야 할 것 아닌가. 그리고 식당으로 가서 저녁을 함께 먹는다. 주로 학교 앞 짜장면집으로 가지만 내가 짜장면에 질리면 국밥집으로, 좀 호사를 하자 싶은 날은 돼지갈비집으로도 간다. 아이들한테는 이 보잘것없는 식사도 화려한 이벤트가 된다. 간혹 소주 한잔으로 건배를 하면 그때부터 금방 각별해진다. 아이들에겐 어디서 저녁을 먹었는가가 큰 관심거리가 된다.

"뭐? 돼지갈비? 우리는 호부 짜장면이었는데! 우씨! 썬새임!"

대들기도 한다. 교실은 금방 살아나기 시작한다. 이러려고 가정방문을 하지!

우선 가정방문을 알리는 편지를 보내야 한다. 이런저런 말을 썼다가 확 지우고 말았다. 읽는 이를 생각하니 다 나보다 젊은 사람들이다. 내 시시콜콜한 이야기가 민망하다. 일상적인 인사와 이야기만 했다. 편지를 쓰면서 느꼈다. 담임할 나이가 있는 게 아닐까. 아이들과 이렇게 속삭거리는 일이 열없다는 생각도 든다. 편지는 이렇다.

안녕하십니까?

저는 화공과 2학년 5반 담임 이상석입니다.

이제 우리 아이들도 고등학교 2학년이 되었으니 부모님이 마음 쓰지 않아도 알아서들 잘할 나이입니다. 하지만 또 이렇게 제가 담임을 맡았으니 학부모님들께 제 소개도 드리고 앞으로 어려운 일 있으면 서로 의논해 가면서 생활했으면 싶어서 편지를 씁니다.

나는 1980년부터 교편을 잡기 시작했으며 올해 쉰넷입니다. 담임 맡은 교사로서 나이가 좀 많기는 합니다마는 나이 생각하지 않고, 젊고 정열적으로 살아가려고 힘쓰고 있습니다. 내가 우리 반 아이들을 처음 만났을 때 이렇게 말했습니다.

"학교에서는 내가 너희들 아버지다. 마음 편하게 먹고 나를 좋은 아버지처럼 생각하고 무엇이든 어려운 것 있으면 언제든지 말해라. 내가 도울 수 있는 힘껏 도와줄게."

아이들도 나를 좀 좋아하는 듯하고, 나도 우리 반 아이들을 무척 좋아합니다. 재미나고 보람되게 올 한 해, 가장 귀한 청춘의 시간을 함께 보낼 것입니다. 학교 일은 제가 잘 알아서 할 테니 부모님들은 마음 놓으셔도 됩니다. 다만 의논할 일이 있으면 아무 거리낌 없이 언제든지 나와 의논해 주시기 바랍니다.

내가 생각하는 '학교와 배움의 바탕'은

1. 학교는 생활이 즐겁고 마음이 편안해지는 곳이어야 한다.

2. 서로 존중하며 사랑하는 교실을 만들어야 한다.

3. 부지런한 생활 태도를 익혀 내 삶의 바탕으로 삼아야 한다.

4. 해야 할 기본적인 공부는 스스로 해내는 힘을 길러야 한다.

이것입니다. 올 한 해 동안 이런 바탕이 이루어질 수 있도록 열심히 살아가겠습니다. 집에서도 아이를 믿고 격려하며 칭찬 아끼지 말기 바랍니다.

그리고 3, 4월 중에 가정방문을 해 보고자 합니다. 우리 아이들을 제대로 알기 위해서는 가정방문이 꼭 필요하기 때문입니다. 제발 부담 갖지 마시고 만날 수 있으면 좋겠습니다. 일이 바쁘면 집에 안 계셔도 됩니다. 그냥 아이들 사는 모습만 보고 와도 좋겠습니다. 오로지 아이 하나하나를 확실히 알고 잘 지도하기 위해 가는 것이니 털끝만큼도 어렵게 생각지 마시길 거듭 당부드립니다.

또한 학부모님들도 의논할 일이 있으면 거리낌 없이 저를 찾아 주시면 반갑게 맞겠습니다.

안녕히 계십시오.

(2005.3.9)

오늘부터 대망의 가정방문

첫날은 영도 동삼동에 사는 세 아이. 강의석 김동원 김창배의 집.

아침에 나오면서 봄이 온 줄 알고 봄 잠바를 입었더니 집을 나서자 아차! 싶다. 아직 봄이 아니다. 도로 갈아입고 나올까 하다가 그냥 왔더니 오후에 아이들 집을 찾아 나서는 길은 더 춥다. 우선 학교 앞 중국집에서 아이 셋과 함께 짜장면을 먹었다. 마음씨 좋은 주인은 군만두를 한 접시 내준다. 가정방문 가는 선생이 뜻밖으로 보이는 모양이다.

"선생이 부모와 같은 기다. 제일관을 찾아 준 기념으로."

아이들은 짜장면을 받자마자 "잘 먹겠습니다" 한마디 하고는 말없이 먹는다. 이때쯤 참 시장했을 것이다. 나도 얼마나 출출했다고. 다 먹고 나서는 버릇처럼 "잘 먹었습니다" 한다. 요즈음 아이들 인사다.

범내골까지 걸어가서 82번 버스 맨 뒷자리에 앉았다. 버스는 좁고 가파른 길을 아슬아슬 오른다.

'그래, 이런 동네가 있었지. 너도 잘 알지 않느냐. 그러나 너는 스스로 한 번도 이런 동네 얼씬도 하기 싫었지. 애써 외면하고 살았지. 살데가 못 된다고. 진절머리 나는 가난이었다. 산동네. 길이 가팔라서 차가 어째 올라가겠나 싶어 아찔한 길. 여기에 옛날 대양중 제자들이 많이 살았고 호성이는 이 동네에서 버스 운전을 하지. 그래도 넌 한사코 눈을 돌리지 않았느냐.'

종점에 내리니 해거름이다. 한 시간이 걸렸다. 뿌연 먼지, 길가에 쌓아 둔 연탄. 까만 비닐봉지에 무엇을 사 들고 종종걸음 치는 사람들. 70년대 마을 모습이다. 그렇게 높은 산복도로를 지나왔는데도 거기서 다시 올라가는 길이 있다. 영도 고갈산 꼭대기 동네.

"3주에 한 번 10만 원, 그것만 있으면 살아요" - 강의석

의석이네 집은 가파르게 올라온 버스 종점에서도 또 올라가야 했다. 여기는 차도 오를 수 없는 길이다. 위로는 더 이상 산이 없다. 조악한 블록 집. 그래도 이렇게 둥우리를 튼 것만도 다행이다. 자기네 집이라고 하지 않는가.

집은 텅 비었다. 메마른 분위기. 좁은 책상에는 먼지가 뽀얗고 컴퓨터 한 대 놓여 있다. 죽도와 니뽄도가 벽에 세워져 있다. 칼을 들어 보니 묵직하다. 이런 칼은 처음 만져 본다. 번쩍거리는 칼이 무섭다. 부자가 검도를 한다더니. 1학년 때 의석이는 해동 검도에 대한 글을 써낸 일이 있다.

"이 집에 혼자 사나?"

"예, 할머니는 병원에 입원해 있고 아버지는 가끔 들립니다."

"그럼 네가 밥을 해 먹겠구나."

"잘해 먹습니다. 밥해 가지고 김에 싸 먹고, 볶음밥도 할 줄 압니다. 아버지가 밑반찬 한번씩 가져다주고."

부모가 이혼을 했단다. 아버지는 양산에 일자리(스크린 경마장 운영?)가 있어 집에 자주 오지 못한다. 며칠 전에 점심 도시락 먹고 있을 때 의석이 아버지가 잠깐 들렀지. 아주 단단한 몸집에 양복을 반듯하게 입었던 사람.

"이렇게 살면 돈은 얼마나 들어?"

"아버지가 한 3주에 한 번 10만 원 정도."

"3주에 10만 원으로 살아져?"

"예, 그것 가지고 가스도 사고 쌀 사고 반찬 사고 내 차비도 하고 학원비(한 달 5만 원)도 내고…… 그것만 있으면 살아요."

고등학교 2학년. 혼자 집을 지키며 밥해 먹고 빨래하고 학교 다니는 아이. 옛날에야 자취가 흔한 일이지만 요새는 드문 일이지. 대견스럽다.

이 녀석이 집에 들어서자 옆방에 가서 잠옷 같은 체육복으로 갈아입고 앉기에 한마디 해 주었다. 손님이 집에 왔는데 혼자 옷을 갈아입는 법이 아니라고. 특유의 대답, "아, 예에."

• 한 달에 5만 원짜리 일본어 학원에 다니고 있다. 학원 마치고 검도장에 가서 운동하고 집에 가면 10시. 이때야 밥을 해 먹는다고 한다. 아

침은 안 먹고 학교에 와서 점심 급식. 그리고 10시에 저녁. 배가 고파 어쩌 견디나. 아침을 챙겨 먹으라고 하니 괜찮단다.

• 어머니에 대해서는 '모른다'라고만 썼다.

• 집안의 문제나 어려운 점 ; 혼자 살지만 별로 어려운 점은 없다.

• 학비 면제 희망 여부 ; 하고 싶지만 그럴 정도로 힘들지는 않다.

• 나의 개인 정보를 다른 사람이 알지 못하게 했으면 좋겠고 아직 반에 적응이 안 되어서 잘은 모르지만 반 분위기가 시끄러운 것 같다.

"적당한 것 같으면서도 약간 부족한 듯" - 김동원

동원이 집은 건너편 산꼭대기 주공 아파트다. 걸어가기가 좀 버거운 거리지만 버스를 타자니 산 아래로 다시 내려가서 타야 한다. 걷기로 했다. 딱딱한 구두를 신고 가풀막진 시멘트 길을 걸어 올라가자니 발목 도 아프고 숨도 헐떡거린다. 사방 막힌 데 없는 산꼭대기에는 바닷바람 이 사정없이 몰아치고 있다.

동원이는 평소에 말이 없다. 늘 이어폰을 한쪽 귀에 꽂고 사는 아이 다. 엠피쓰리를 아주 귀하게 구한 모양이다. 애지중지 늘 목에 차고 있 다. 그래도 행동이 반듯하고 의지도 있어 보인다. 몸도 단단해 보이고. 믿음이 가는 친구다.

아파트는 낡고 좁다. 부모와 형이 다 집에 있다. 아버지는 피곤해 보 이고 어머니는 막 일 끝내고 돌아왔단다. 학교 급식소에서 일한다고 한 다. 아직 정규직으로 되지 않았단다. 교육청에서는 이 사람들 정규직화 를 아직 이렇게 미루고 있구나. 좁은 거실 긴 걸상에는 이불을 개서 얹어 놓았다. 평소에는 여기 이불을 펴고 자는 모양이다. 방이 두 개뿐이다. 동원이 책상을 한번 보자고 하니 작은방 문을 연다. 형이 과자 봉지를 어지럽게 흩어 두고 컴퓨터 게임을 하고 있다. 좁아서 둘이 거처하긴 어렵겠다. 동원이 방은 없는 셈이다.

아버지는 노가다 일을 하는데 일거리가 잘 없어 어렵단다. 아버지는 중학교, 엄마는 초등학교 졸업이다. 40대의 학력이 이 정도라니 어지간히 가난했던 모양이다. 그래도 이렇게 작은 아파트라도 제 것으로 지니고 살아가고 있다(93년에 분양받아 입주). 딸기를 내놓는데 다 말라서 꾸덕꾸덕할 정도다. 아버지는 부끄러운지 피곤한지 말이 없다.

동원이는 가정 조사서 집안 형편을 묻는 칸에 이렇게 썼다.

"적당한 것 같으면서도 약간 부족한 듯."

아! 동원이는 이 정도 사는 것이 적당하다고 했다. 부모 계시고 형 있고 좁은 아파트지만 쫓겨날 염려 없고. 굶지 않고. 이 정도면 족하다.

그래, 동원아. 적당한 것 같으면서도 약간 부족하다고 생각하는 네 마음이 가상하구나. 한 시간 걸리는 먼 거리를 통학하면서 이렇게 꿋꿋하게 살아가고 있구나. 됐다. 네가 대견스럽다.

• 형이 대학 들어간다고 돈을 많이 써서 집안 경제가 약간 그렇고 아빠가 힘든 일을 하기 때문에 스트레스를 많이 받는 것 같음.

• 학비 면제를 받을 수 있으면 받고 싶다. 아빠가 힘든 일을 하기 때문에 조금이라도 도와 드리고 싶다.

• 내가 하는 가정방문이 모든 면에서 가치 있는 일이 아니구나. 자

기의 남루한 삶을 보여 주고 싶지 않은 사람한테 아이 담임이란 이름
으로 불쑥 집을 찾아가는 일. 엄격이 말하면 침범일 수도 있다. 오늘 동
원이 아버지의 표정을 보면서 '아하, 내가 오늘 죄를 짓는구나' 하는 생
각을 했다. (2005.3.14)

둘째 날, 사상 일대를 돌았다

오늘은 사상 일대를 돌았다.

산 쪽에는 새로 지은 아파트들, 그 아래로 옛날부터 있던 납작한 집들. 좁은 골목. 골목마다 하수구 뚜껑 사이로 올라오는 역한 냄새. 차와 사람과 집이 서로 엉켜 있는 곳. 색깔이 온통 검은 느낌이다. 그래도 어제보다 훨씬 마음은 덜 불편하다. 오늘 돌아본 집은 다 어머니가 있다. 어머니가 있는 집과 없는 집은 천지 차다. 윤기가 있고 없고 표가 난다.

"샘, 사람이 넷인데요" - 최원규

원규는 1학년 때부터 눈여겨봐 온 아이다. 국어 시간에 이야기를 재미있게 하는 모습이 인상 깊었고, 얼굴에 산전수전 다 겪은 이야기가 서려 있었기 때문이다. 결석을 자주 해서 걱정도 되던 아이다. 집은 신라대 들머리 산기슭 청구아파트. 집에는 아무도 없다고 한다. 그래? 그럼 짜장면 먹지 말고 원규 집에서 라면 끓여 먹자. 라면은 집에 있단다.
계란은? 없어? 그럼 계란 한 판 사자. 그리고 소주도 한 병 넣었다. 이
걸 보고 원규가 슬며시 곁에 와서 하는 말.

"샘, 사람이 넷입니더."

"응? 그래 알았어. 두 병 더. 오늘은 일단 우리끼리 한잔하고 시작하
지 뭐."

원규는 1학년 때부터 나와 술 한잔하고 싶다고 노래를 했지. 나와 술
먹으려면 조건이 있다. 너희들이 내 따라 산에 가야 한다. 우리 동네 산
에 가면 막걸리가 죽여준다. 좋지? 거기서 한잔하자. 예 좋습니다, 해
놓고 아직 한 번도 못 갔다.

원규 집은 그래도 반듯한 아파트이다. 이만하면 걱정 없는 편이다.
결석하는 버릇만 없애면 되겠다. 라면을 끓이려고 보니 라면도 없다.
동균이더러 사러 보냈다. 짜장면값만큼 드는군. 넷이서 둘러앉아 라면
안주로 소주를 마셨다. 원규는 물론 동균이 재윤이도 넙죽넙죽 잘 받아
마신다. 동균이한테서는 1학년 때 친구들과 술판 벌인 이야기를 재미
나게 들은 적이 있다. 얘들은 어제 애들과 달리 한 가닥 하는 애들이다.
라면 먹고 있는데 원규 어머니가 급히 왔다. 공장에 다닌다고 한다. 부
부가 다 공장에 다니는구나. 원규 엄마는 잠시 놀라는 눈치다. 애들과
선생이 둘러앉아 소주잔을 놓고 있었으니.

"흐, 이거 불량 모임을 들켜 버렸네요."

"아이구, 뭐 선생님하고 마시는데요. 저거끼리 마셔 쌓아서 낭패지
요."

원규 책상을 보니 공부하는 책상은 아니다. 걸상은 거실 컴퓨터 앞으로 나가 있다. 공부는 어디서 하느냐니까 엎드려서 한단다. 몇 자나 할 수 있을까.

"우리 원규는 애는 별 볼 게 없는데 담임 복은 있어서 이렇게 좋은 선생님들을 만납니다. 중학교 때도 사고를 많이 쳤는데 담임선생님을 잘 만나서 살았지요. 1학년 때 선생님도 원규를 많이 챙겨 주었어요."

맞다. 1학년 정숙현 선생이 오죽이나 챙겼을까.

어머니 곁에서 원규에게 목소리 낮추어 단호히 이야기한다.

"원규야, 이제 2학년 때는 결석하지 말자. 너도 학교 안 나오고 딱히 할 일이 있는 것 아니잖아. 맘 잡고 한번 해 보자. 부반장 아니냐. 체면을 세워."

"옙!"

• 옛날보다 집이 좀 어려운 편이지만 그렇게 큰 문제는 없고 학비 면제는 나보다 더 어려운 애들이 많을 것이기 때문에 그런 애들이 했으면 좋겠다.

• 솔직히 선생님의 제자가 되어 기쁩니다.

• 1학년 때 정숙현 선생님 속을 많이 태운 거 같아 죄송했고 다시 그런 행동을 되풀이하지 않아야겠죠.

• 선생님 1년 동안 많은 가르침과 많은 추억들을 만들 수 있게 도와주세요. 선생님 알라뷰~~

좀 잘나고 싶은 반장 - 이재윤

1학년 때도 반장을 했다. 올해도 스스로 반장을 하겠다고 손을 들었다. 다른 아이들도 재윤이가 반장을 해야 한다고 생각하는 것 같았다. 찬반 투표에서 몰표를 받았다. 통솔력이 있어 보이기는 한데 아직 좀 모자란다. 이건 능력의 문제다. 부지런하고 봉사하는 자세만으로는 부족하기 때문이다.

집이 아주 어려워 보인다. 덕포동 다세대 주택에 방 두 칸짜리 집이다. 말이 두 칸이지, 방 가운데 미닫이를 달았을 뿐이다. 집에는 여동생만 있다. 요를 편 채로 방금 전까지 누워 있은 모양이다. 머리가 텁수룩하다.

"영화야(이름이 영화라고 했다), 너거 오빠가 식구 소개를 어떻게 한 줄 아나? 여동생, 사춘기라 그런지 짜증도 많지만 귀엽다고 썼어. 너보고 귀엽단다. 좋지?"

내가 농을 걸자 아무 격의 없이 허허허 웃는다. 바보스러울 정도다. 재윤이는 방 들머리 싱크대 앞 그러니까 부엌에서 잔단다. 어머니는 장유 온천에서 허드렛일을 한다고 한다. 아버지는 신발 공장, 이불 공장에 다니다가 그 공장들이 다 부도가 나자 일자리를 잃었다. 요즘은 큰아버지가 준 차를 몰고 하릴없이 나다닌다고 한다. 험한 일을 많이 해서 지금은 위와 간이 안 좋고 퇴행성관절염도 있다고 한다. 고단한 삶이다. 그래도 재윤이는 자기를 세우며 살고 있다. 3학년 때 학생회장에 나가 보지 하니까, "회장 하면 돈 좀 들지 않아요? 지금 회장 형도 돈이 많아서 선생님들이 밀어줬다던데?" 한다. 그래 상처만 받을지도 모르지. 나오면서 동생에게 돈 만 원을 꺼내 주었다.

"영화야, 맛있는 것 사 먹어."

• 1학년 때는 특기 장학생으로 학비를 받았다고 한다. 우리 반에 배당된 장학금은 이미 김시훈에게 주기로 했다. 시훈이가 더 어려워 보였고 성적이 우수해야 할 것 같아 다른 아이는 신청하기 어려웠다. 재윤이는 다른 방도를 찾아봐야 한다. 집 월세 계약서 같은 것을 챙길 일이다.

• 힘들다. 은행에서 빚을 내어 살고 있다.

• 우리 집도 한때는 롯데호텔에서 몇만 원짜리 피자도 사 먹었어요.

• 빚이 1700만 원. 지금 집은 월세 45만 원. 아이가 이렇게 집안 사정을 훤히 아는구나.

• 큰아버지가 점도 치고 뭐 절 계통 일을 하거든요. 돈이 좀 있나 봐요. 우리 아버지한테 타던 차를 줬어요. 아버지는 그 차를 끌고 나가서 어디로 다니시죠. 직업이 없으니 그렇게라도 돌아다니나 봐요. 그런데 그 차 바람에 우리 집은 생보자에서 탈락되었대요. 하! 그 차만 안 가지고 있었어도.

"아이고, 굴이다 굴" 이야기꾼 - 김동균

김동균은 1학년 때 하도 이야기를 재미나게 해서 내가 아주 기대했던 아이다. 같은 일을 이야기하는데 다른 아이들은 3분에 끝내고 마는 이야기를 얘는 20분 30분짜리 이야기로 만든다. 그만큼 자세히 장면을 잘 그려 낸다. 이야기꾼 재질이 뛰어난 아이다. 얼굴은 곱상한데 실은 손이 장사 손이다. 통뼈다. 힘도 좋다.

어머니는 서부터미널 부근 이면 도롯가에서 작고 남루한 미장원을 한다. 아버지는 신평에 있는 철강 회사에 다닌단다. 어머니가 미장원으로 들어오란다. 내가 동균이 거처하는 방을 보고 싶다고 하자 2층으로 안내한다. 캄캄한 계단을 더듬어 올라가니 오래되고 낡고 작고 어수선한 옥탑방이다. 방에는 요도 개지 않은 채 온갖 잡동사니로 정신이 없다. 이렇게 살고 있으니 학교에서 교실이 그렇게 어지러워도 청소할 생각을 안 하는구나. 하나도 찝찝하지 않겠구나. 고개를 숙이고 몸을 틀어 가며 겨우 방으로 들어섰다. 앞서 들어가던 동균이가 좀 쑥스러웠던지 한마디 던진다.

"아이고, 무슨 놈에 굴이다, 굴."

역시 이야기꾼다운 농이다. 웃었다.

누나는 상명대 애니메이션학과에 입학했단다. 아이 엄마는 누나 자랑이 많다. 어릴 때부터 그림만 고집해서 그 길로 보냈단다. 상도 많이 탔다며 스케치북을 내보인다. 만화를 제법 잘 그려 놓았다. 내가 박재동과 가장 친한 벗이라고 이야기했더니 반색을 한다. 미장원을 하니 말을 잘한다. 새마을 부녀회, 녹색 어머니회 같은 데 참여도 하고 동네에선 말깨나 하는 사람인 모양이다. 아이 엄마 왈.

"동균아, 우리 가훈이 뭐꼬? 남을 도울 수 있는 사람이 되자이제? 남을 도울 수 있을라면 어째야 하노. 건강해야 남을 돕든지 말든지 할 수 있제. 그리고 알아야 하겠제. 뭘 알지 못하면 우째 도울 수 있겠노. 다음 가져야 하제. 뭘 가지고 있어야 도울 거 아이가. 그러니까 항상 남보다 나아야 하는 거야. 무슨 일에든 최선을 다하고."

결론은 '남보다 더 잘하자!' 이 말이었구나. 아쉽지만 나는 빙그레 웃으며 잠자코 듣고 있을 뿐이었다. 말은 아들에게 하고 있지만 실은 나 들으라고 하는 소리인 걸 알기 때문이다. 자기가 이 정도 식견을 가지고 있다는 걸 내보이고 싶은 모양이다.

- 용돈 하루 2천 원.
- 선생님 개량 한복 입으신 모습이 매우 멋집니다. 앞으로도 좋은 지도 부탁드립니다.

(2005.3.15)

오늘은 민성, 지환, 민준이 집에 가 보았다

"부족하기만 한 자식을 학교 보내며 모처럼 훌륭한 선생님을 만나게
된 것에 감사합니다. 보영이 엄마."

아침에 손전화로 온 문자. 답을 해 주고 싶은데 문자를 보낼 줄 몰라
그냥 보고만 있다. 뭘 보고 훌륭한 선생님이라 그럴까? 누추한 집에 찾
아갔다고? 물 한잔 안 마시고 그냥 다녀갔다고? 으레 하는 인사? 어쨌
든 좋다. 이렇게 조금씩 마음을 열어 나가는 일, 귀하지 않나.

오늘은 장민성 양지환 신민준 집에 가 보았다.

얼굴이 곱고 귀여운 아이 - 장민성

주례 시장. 시장이라고 해 봤자 골목에 조그맣게 형성된 재래시장이
다. 이 동네도 남루하긴 마찬가지다. 거기 민성이 집은 잡화와 값싼 화
장품을 팔고 있다. 아이들 머리띠, 빗, 싸구려 매니큐어, 값싼 양말, 언

제 하나 팔릴지 모를 물건들.

어둡고 가파른 시멘트 계단을 오르니 부엌 지나 방 하나. 그 옆에는 방이라 할 수도 없는 좁은 삼각형 방. 사람 하나 누우면 자리가 없겠다. 이 방에 민성이 형이 자고 민성이는 부모와 함께 잔단다. 공부방이 있을 리 없다. 얼굴 맑고 예쁘던 아이 민성이가 이렇게 어렵게 살고 있구나.

아이 아버지는 부끄럼이 많다. 내 앞에 앉아서도 무슨 말을 할라치면 얼굴이 붉어진다.

"민성이가 아버지를 닮았나 봐요. 부끄럼을 많이 타지요."

"예, 내가 부끄럼이 많아요" 하며 웃는다.

옛날에는 운전 일을 했다는 사람. 지금은 일자리도 없고 허리디스크가 있어서 일도 할 수 없다고 한다. 가게 일이야 아내 혼자 보아도 남을 일. 사실은 실업자다, 한숨만 쉬는. 나도 한숨이 난다. 이런 중에도 아이 엄마는 과일을 깎고 떡을 얹은 소반을 내놓는다.

이야기는 아이 엄마가 다 한다. 민성이가 학비 보조를 받으려고 기능부에 들어갔는데 학비는 1기분만 면제받고 그냥 다 내고 있다고 한다. 화공과로 나오는 장학금이 빤하니 기능부 아이들도 혜택을 받지 못하고 있을 것이다.

쓴웃음을 짓고 있는 아이 아버지를 보니 작년에 민성이가 썼던 글이 생각난다. 아버지의 남루한 모습에 눈물이 났다는 민성이. 정말 그랬겠구나.

• 기능부 장학금 챙겨 볼 것.

• "아이가 취업을 하겠다니 솔직히 고맙기도 하다. 하지만 공부를 하겠다면 시키겠다. 하지만 아이가 이제 확고히 취업을 하기로 결심한 것 같다. 열심히 하고 있다."

그래, 민성이 같은 애는 어느 직장에서나 환영받겠지. 하지만 그 환영이란 게 뭘까. 결국 소모품으로 잘 쓰겠다는 말 아닌가. 고분고분 말 잘 듣고 착실한 직공 하나 들어왔다고들 좋아하겠지.

민성아, 부디 명심해라. 성실하게 일하는 네 모습 좋다. 그러나 노예는 되지 마라. 제 몫도 찾을 줄 아는 튼실한 노동자가 되어라. 얼굴 예쁜 우리 민성아.

• 학교 수업 마치고 기능부에 간다. 기능부에서 청소도 하고 약품도 만든다. 그다음 선생님들과 기사님이 퇴근하시면 문을 닫고 집으로 간다. 집에서는 게임을 하고 방 청소를 하고 씻고 잔다.

• 가게를 하는데 요즘 불경기라 장사가 잘 안 된다.

• 형은 경상전문대 다니다가 군에 갔다.

• 우선 1학년 때 국어 선생님께서 지금 우리 담임으로 오셔서 반갑다. 일단 우리 반 아이들과 즐겁게 1년을 보내고 싶고 한 명이라도 소외되지 않고 다 편안하게 지냈으면 좋겠다.

• 내가 담임선생님께 하고 싶은 말은, 개개인들이 진학이나 취업을 해야 할 것이다. 그래서 선생님께서 좀 적극적으로 적성검사 같은 것을 통해서 우리한테 진짜 맞는 직업을 찾아 주고, 나도 그렇지만 여러 사람들이 자신이 잘하는 것을 모른다. 그래서 선생님께서 자기 자신이 무엇을 잘하는지를 알게 하고 자신에게 자신감을 주고 미래에 대비할 수

있는 능력을 좀 일깨워 주셨으면 좋겠다.

"복잡해서 글로 적기 어렵다" - 양지환

자기소개 글을 보았을 때 지환이 글은 강렬했다.

집안의 문제점을 쓰는 칸에 "복잡해서 글로 적기 어렵다"고 했다. 이야기를 좀 하자는 말이다. 그리고 뒷장에는 이렇게 썼다.

"저의 집은 지금 아버지와 따로 살고 있습니다. 매일 돈 때문에 싸우시는 부모님들……. 폭력이 점점 심해지는 아버지 때문에 따로 살고 있으며 지금 살고 있는 곳은 아버지도 잘 모릅니다. 따로 산 지 1년이 다 되어 갑니다. 지금은 어머니께서 힘겹게 가게 일(지환이 말로 여기저기 가게에서 일을 도와준다고 한다. 자세히는 모른다)을 하시며 겨우겨우 살아갑니다. 아버지께서는 어머니 핸드폰에 매일 온갖 잡욕과 '다 죽인다' '이혼하자'라는 음성을 남겨 놓으시는데 그 음성을 듣고 있는 어머니의 모습을 보니 눈물이 쏟아집니다. 중학교 때 아버지를 정신병원에 보낸 적이 있지만 그 짓도 안 되고. 지금 아버지는 암 3기 초이십니다. 아버지가 아프다는 말에 한편으로는 눈물이 쏟아지지만 한편으로는 아직도 계속되는 음성에 정말 죽어도 싸다라는 마음이 생기네요. 수술은 했지만 아프면서도 음성을 계속 넣으니 정말 저의 아버지이시지만 정신병자라는 말밖에 안 나오네요. 차라리 부모님께서 이혼하시고 살았으면 하는 생각이 드네요."

지환이 집은 냉정 전철역 근처 주택에 곁방살이를 하고 있었다. 아무도 없다. 어머니 방은 여자 방이다 싶게 깨끗하고 정갈하다. 물론 가구가 화려한 건 아니지만.

"엄마가 내 오는 줄 아셔?"

"말 못 했어요. 선생님 편지는 보라고 놔두었지만."

"엄마하고 이야기할 시간이 없어?"

"내가 일어나면 엄마는 주무시고 내 잘 때 엄마 들어오시고……."

"아침밥은?"

"내가 해 먹을 때도 있고, 안 먹을 때도 있고……."

"엄마가 언제 들어오시는데?"

"언제 한번 잠결에 들었는데 새벽 3시? 4시쯤?"

"무슨 일을 하셔?"

"잘은 몰라요. 가게 일 도와준다던데……."

"그래도 한집에 살면서 이야기할 시간이 없을까?"

"주말에 만나 이야기해요. 그날도 엄마는 찜질방에 가기 때문에 전화로 이야기해요."

큰누나는 책 파는 일을 한다는데 주로 일터에서 자고 먹고 일주일에 한 번 정도 집에 들르고, 작은누나는 서울에서 간호사 생활. 온 식구가 이렇게 온 힘 다해 살아가고 있구나. 고단한 삶을. 얼굴 볼 새도 없이.

방에는 제법 큰 텔레비전과 데스크탑 컴퓨터가 있다. 이 정도면 경제적으로는 절박하지 않다는 이야기겠지. 누나들도 돈벌이를 하니까. 요는 지환이 마음이다. 아버지에 대한 원망. 그리고 어른답지 못한 아버지가 문제다.

- 학비 면제까지는 안 해 주어도 되겠다.
- 유독 정태훈이와 붙어 다닌다.

"엄마, 우리 반 애들이 너무 어렵게 살아요"- 신민준

마지막으로 민준이네로 가야 한다. 지환이 집에서는 너무 멀다. 함께 왔던 장민성과 양지환은 들어가라 하고 민준이와 둘이서 택시를 탔다. 백양 터널 앞 산기슭에 있는 고층 아파트. 게다가 24층이다. 높은 산 위에 24층 아파트라니. 생각만 해도 어지럽다. 처음으로 반듯한 살림을 꾸리고 있는 집을 만났다. 민준이 아버지는 시청 건설과 공무원이다. 공무원을 하면 이 정도는 사는구나.

집에 들어서니 아담한 크기의 아파트가 깔끔하다. 거실에 다과상을 차려 놓았다. 과일을 깎아 쟁반에 두었는데 랩으로 싸 두었다. 벌써부터 준비를 해 두었구나. 방석도 마련해 두었다. 이런 데 사는 민준이라면 안심해도 되겠다. 평소에도 나는 민준이의 신실함을 믿고 있다. 민준이도 나를 믿어 주는 눈치다. 이만하면 더 무엇을 이야기하나. 사는 모습만 살펴보면 됐지. 민준이 공부방이나 한번 봐야지 하는데 민준이가 말을 꺼낸다. 잠시지만 다들 아무 말도 없는 게 어색했나 보다.

"엄마, 아! 우리 반 아이들 있잖아요. 너무 어렵게 살아요. 내가 오늘 보니까…… 그렇게 어려운 줄 몰랐어…….''

"아이고…… 우리는 언가이 부자다 그래. 야는 뚱딴지같은 소리하고 있노…… .''

애 말에 엄마는 정말 어지간히 당황하는 눈치다. 학교에서 무슨 부

257

담이나 지울까 겁이 나는 것일까? 그런 피해를 당했나? 민준이는 사실 동무들 사는 모습에 충격을 많이 받은 모양이다. 그리고 안쓰러워하는 모습이 역력했다. 이런 민준이 마음을 정작 엄마가 모르는구나.

애 엄마 이야기를 들으니 민준이가 아주 늦게 트이더란다. 초등학교 다닐 때는 받아들이는 게 늦더란다. 시험문제를 많이 틀렸겠지. 중학교 3학년부터 공부도 좀 하고 그랬는데 그때는 늦어서 인문계에 갈 수가 없었다고 한다. 대학에 갈 수 있도록 용기를 좀 주란다. 민준이 성적은 우리 반에서 가장 낮지 않나? 그럴 것이다. 대학은 갈 수 있을 것 같은데 애가 지레 겁을 먹고 있는 것 같다. 어릴 때 공부 잘해 본 경험이 없는 탓이다. 자신감을 주어야 한다.

일어서는데 애 엄마가 큰방에 들어가더니 봉투를 하나 내온다.

"선생님, 이거 상품권 하나 넣었습니다."

"이러시면 안 됩니다. 내 편지 못 봤습니까?"

"선생님, 이건 정말 제 성읩니다. 선생님, 여기는 아무도 없잖아요. 민준이하고 내밖에 모릅니다."

곤혹스런 표정을 지으며 내가 그랬다.

"민준아, 어머니 좀 말려라."

"선생님, 1학년 때도 제가 인사를 했습니다. 이건 성의로……."

"내가 받은 걸로 할게요. 마음은 잘 알겠습니다. 그 마음만 받아 갑니다. 더 이상 이러시면 안 됩니다."

애 엄마는 알겠다며 봉투 든 손을 내린다. 이번에는 집까지 차를 태워 주겠단다.

"그러시면 나는 안 나갈랍니다. 그냥 가까운 전철역까지만 태워 주세요."

동의대역 앞에 내려 주고 갔다.

그래, 내가 왜 이런 사람한테는 오히려 냉담해질까? 내가 도와줄 필요가 없는 사람이다 싶어서? 옛날 내가 타락했을 때 받았던 봉투 생각때문에? 내 앞에서 잘난 체하기 때문에? 여기는 아무도 없잖아요, 이말이 가소로워서?

내가 인문계 학교에 있었더라면 이런 가정방문을 애초에 생각하지도 않았을 것이다. 집집이 이런 실랑이를 하게 되면 얼마나 곤혹스럽고 불쾌할까. 가정방문이 인문계라고 왜 필요 없겠냐마는 선생과 학부모의 관계가 이 모양으로 설정되어 있으니 일이 안 된다.

깔끔한 방 정갈한 소반에서 받은 좋은 인상, 내가 좋아하는 아이 민준이, 이게 그만 흔들리고 만다. 그러나 아니지. 민준이를 사랑해야지. 애 엄마도 이해를 해야지.

• 수학 과외를 했는데 지금은 끊었단다. 민준이는 대학을 가야 하니까 수학, 영어 과외는 받는 게 좋다고 했다.

• 형은 해사고를 졸업하고 지금은 실습 중이란다. 큰애 담임이 대학 안 가도 선장 할 수 있다고 하는 바람에 애가 대학을 못 갔다. 이게 후회가 된다. 담임이 원망스럽다. 민준이는 꼭 대학 가게 해 달라.

• 담임선생님 덕분에 주장하는 말하기 타당한 의견 말하기의 실력이 늘었다. (2005.3.17)

"선생님들은 월급 많죠?"

　버스에서 내리니 수많은 가게와 조그만 음식점들이 촘촘히 늘어섰다. 차와 집과 사람과 장사들이 엉켜 있어도 서로 부딪치지 않고 잘도 피해 다닌다. 산복도로로 쏟아져 내릴 듯이 비탈진 언덕을 교묘히 깎아내고 자리 잡은 2층 주택들. 닭장이다. 이런 집들이 다닥다닥 붙어서 산꼭대기까지 이어졌다. 그 사이로 난 좁은 비탈 골목. 차가 드나들 수 없으니 응급 환자가 생기면 곱다시 업고 내려와야 할 판. 혹 불이라도 나면 끝장이겠구나. 자본은 여기에도 촉수를 뻗어 빨판을 들이대고 있다. 삼성전자 엘지마트 탑마트 베스킨라빈스. 이런 동네에 우리 반 아이들이 산다.

　내가 이렇게 가정방문을 하고 아이들과 이야기 나누는 일을 진정으로 하고 있는가? 사건을 취재하는 기자의 마음은 없는가? 아이들을 위해서가 아니라 내 글쓰기를 위해서 자료를 모으는 짓은 아닌가? 천부

당만부당한 말씀이다. 나, 그런 놈은 아니다. 내가 살아왔던 동네도 늘 이랬다. 그러나 지금은 수목이 우거진 넓은 산책길을 낀 반듯한 아파트에 살고 있다. 가정방문이 끝나고 돌아가는 우리 동네는 여기와는 다른 별천지다. 그래서 나는 자칫 아이들과 동떨어질 수 있다. 아이들이 날 내칠지 모른다. 늘 경계할 일이다.

이 동네 아이 하나 내게 하던 말, "선생님들은 월급 많죠?" 귀에 쟁쟁거린다.

돈 달라고 떼쓰지는 않아 - 이상화

상화네 집은 서1동이라는데, 알고 보니 명장동에서 온천장으로 넘어가는 고갯길 동네다. 어수선하기 짝이 없다. 버스와 장사들과 물건 파는 트럭과 바글거리는 사람들이 한데 엉켜 있는 것 같다. 이 길을 어찌 운전을 해 나갈까. 고갯길에 내려 산 쪽으로 난 좁고 가파른 길을 올라가니 똑같이 생긴 집들이 좁은 골목을 사이에 두고 다닥다닥 붙어 있다. 승용차가 있어도 몰고 올 수 없는 동네다.

나들문을 여니 바로 마루다. 좁은 집이지만 애 엄마가 깨끗이 닦아두었다. 상화 방도 작지만 깨끗하다. 구석구석 어머니의 윤기가 흐른다. 애 엄마도 반듯한 사람이다. 자리 앉음새, 말하는 모습이 범절이 깍듯하다. 파크랜드 옷 공장에 다닌다고 한다. 주야 근무를 번갈아 가며 한단다. 주간은 5시 반, 야간은 8시 반 퇴근이란다. 집에 오면 늦은 날은 10시란다. 걸어 다닌다니 시간이 그렇게 걸리겠다. "우리 엄마는 요만하단 말이야." 상화 말에 아주 병적으로 작은 사람인가 싶었는데 그렇지는 않다. 아버지는 지게차 운전을 한단다. 양산에서. 그래서 이런 데나마 작은 집을 마련한 모양이다. 누나는 대학에 합격하고도 등록금을 마련하지 못해 올해는 한의원에서 간호조무사 일을 하는 모양이다.

중학교 때 상화가 일진 애들한테 심하게 뭇매를 맞은 적이 있다고 한다. 학교에서도 때린 아이들을 경찰서 처넣어야 한다고 했는데 상화 부모가 커 가는 애들을 퇴학시켜서야 되겠느냐고 말렸단다. 역시 양심이 고운 사람, 표가 난다. 그리고 가만히 보니 이제 상화는 일방으로 맞고만 있을 애가 아닌 것 같다. 나름대로 깡다구도 있겠다. 몸과 얼굴이 통통해서 사람 좋아 보이지만 표정 저 너머에 깡다구가 보인다. 졸업하고는 바로 취업하려고 한다. 공고에서 대학 가 봐야 좋은 데도 못 갈 것, 차라리 취직해 있다가 대학 갈 수 있으면 가겠다고 한다.

바나나와 딸기를 내놓는다. 몇 개 먹고 일어섰다. 그냥 보내는 것이 못내 미안한 모양이다. 골목 끝까지 따라 나와 공손히 인사를 한다. 막 사는 사람이 아니구나. 상화에게 다음 아이 집에 갈 때는 택시를 타고 가라고 돈을 쥐여 주더란다. 엄마는 늘 걸어 다니신다는데 우리가 택시를 타서야 되겠어. 버스 타자. 그리고 셋이서 민수 집으로 갔다.

• "집중을 잘하고 싶은데 항상 집중이 안 돼요."

〈작은책〉 글을 한 꼭지씩 읽으며 뜻을 새길 때까지 절대 한눈팔지 않기를 해 보라고 했다.

"그런데 너, 컴퓨터 게임은 아주 집중 잘하지? 그래 봐, 네가 집중을 못 하는 사람이 아니잖아."

• 상화는 한주먹 쓸 만한 힘과 끼가 있는 아이다.

할머니가 보살피는 - 강민수

민수는 좀 모자라 보이는 아이였다. 무슨 이야기를 하면 입을 헤벌리고 듣는 모습이 그렇게 보인다. 그렇지만 알고 보면 너무 착해서 그런 표정을 짓는 것이다. 1학년 때는 늘 뒷자리에 앉아서 책도 잘 안 가져오고 둘레 애들과 딴짓을 했다. 강승우, 강민수, 한기현, 이성현 이 넷이 단짝으로 붙어서 늘 딴짓하던 애들이다. 그런데 2학년에 올라와서는 이 애들이 아주 점잖아졌다. 승우 빼고 다 우리 반인데 각각 떨어져 앉아 있어서 그런지, 아니면 기현이가 어디 아픈지(이 넷 가운데 기현이가 조용하면 다른 아이들도 조용했으니까) 애들이 1학년 때와 사뭇 달라서 좀 가련해 보이기도 할 정도이다.

식구 소개 글을 받았을 때 어머니 이야기를 쓴 게 좀 이상했다. 할머니, 아버지, 어머니, 동생을 다 소개했는데 어머니 칸에는 이렇게 썼다.

"나이 44 / 직업 ; 멀리서 일을 하시는데 직업을 잘 모르겠다. / 학력 ; 고졸 / 성격 ; 화가 나면 무섭다 / 나와 친밀도 ; 멀리서 일을 하셔서 세 달 정도에 한 번씩 만나서 그렇게 말을 많이 하지 못한다."

어머니가 멀리서 일을 하다니? 먹고살기 위해서 이렇게 식구 모두가 고생이구나 싶었는데 집에 가는 차를 기다리며 내가 물으니 "이혼하셨나 봐요" 흘리듯이 대답한다. 아하! 그렇구나. 민수는 이 사실을 그냥 숨기고 지나고 싶었는데 내가 집에 가 보게 되니까 하는 수 없이 말을 하는 것이로구나. 내가 괜히 가는 것 아닐까? 애 할미는 또 얼마나 마뜩잖을까. 그만 길이 망설여졌다. 가도 되냐고 다시 물어도 괜찮단다. 그래 가 보자.

민수는 아버지가 동래 어디 작은 병원(피부 비뇨기과) 임상병리사라고 하는데 집에 가서 보니 형편이 많이 어려워 보인다. 집은 반여 3동 산동네 방 두 칸짜리 오래된 작은 아파트이다. 할머니가 부끄러이 맞는다. 애어미가 저리 되고 보니 형편이 이렇다고 머리를 조아린다.

"죽지 못해 살지요."

나이 일흔다섯. 늘그막에 손자 둘에 아내 없는 아들까지 뒤치다꺼리하느라 골몰이다. 나는 늘 할머니, 어머니를 모시고 있어서 그런지 이런 분만 보면 아주 정이 간다. 마음 편히 먹고 살자 하고 나왔다.

- 영어 수학 이 두 과목은 해도 안 되는 거 같다. 이 두 과목을 잘하고 싶다.
- "선생님 만난 중에 제일 좋다고 애가 난리라요. 저거 동생은 담임 잘못 걸렸다고 형은 좋겠다고 하고." - 애 할미 말.
- 생각보다 민수가 친구들이 많구나. 어리숙하니 말도 못 할 줄 알았는데.
- 며느리는 가고 없고 할머니가 아들 손자 수발하며 사는 작은 집. 보여 주기 싫지 않을까? 그러나 할머니는 고마워하며 맞는다.

가정방문 마치고 버스 타러 나오다가 건축과 김태훈, 기계과 아이 하나를 만났다. 출출하던 차에 잘됐다. 애들하고 한잔해야지. 안 그래도 태훈이는 내가 달래 주어야 할 아이. 내가 건축과 담임한다 해 놓고 화공과로 갔다고 2학년 올라와서 수업을 안 들으려고 뻗대던 아이다. 물론 내 반은 등교 시간도 자유롭고 마음도 편해서 그렇겠지. 얘가 버릇이 없는 면도 있다. 그런데 버릇이 무엇인가. 제 살아온 본성이 맑으면 그만이지. 틀에 어긋난다고 버릇이 없다 할 수 있는가.

이 아이들 고기라도 한번 먹이자 싶어 고기 뷔페로 가서 좀 먹다가 왔다. 이상화, 강민수도 함께 있었다. (55,000원 카드 긁음)

"선생님들은 월급 많죠? 나이가 올라갈수록 월급도 오르지요?"

"선생님 같은 사람이 어째 선생님이 되었는지 몰라. 공부를 잘했나 재수를 안 했나 경찰서 앞에서 패싸움을 안 했나……, 그렇담 나도 선생이 될 수 있어. 나도 선생 할 거야."

"그래, 정말 나는 운이 좋았다고 할 수 있다. 하지만 아주 적성에 맞아서 행복한 걸 보면 어떻게라도 선생이 되었을 거야. 맘 깊이 먹으면 이루어지지."

아이들 더 놀라 하고 먼저 나오는데 우리 집 가는 차가 지나가고 있다. 에이, 다음 차 타지 하고 느적느적 걸어가는데 저 앞에서 민수가 차를 가로막고 서 있다. 이런 녀석이구나. (2005.3.21)

학비 면제, 다 해 주어야 할 형편이다

김시훈, 이재호, 장도원 집 방문.

시훈이 집에서 라면 끓여 먹을까 하다가 시간을 벌 양으로 학교 앞에서 짜장면 사 먹고 출발. 버스 타고 개금으로. 멀지 않아 좋다. 집집이 다 어렵다. 어제도 그제도 오늘도, 간 집 대부분이 다 그렇다. 적어도 전문계고 학생들은 모두 학비 면제를 해 주어야 한다.

장학생이 된 김시훈

시훈이는 말이 없는 아이다. 이름을 부르면 합죽한 얼굴에 웃음을 띠며 얼굴이 붉어지는 아이다. 자기소개 글은 간단하면서도 인상적이었다.

• 내가 잘하고 싶은 것 ; 공부를 더 열심히 해서 좋은 대학에 가고

싶다.

식구 소개 칸에는 아버지와 형만 썼다. 다른 아이들은 부모가 헤어져 살고 있어도 부모를 다 써 두었다. 그래서 처음에 우리 반엔 '한 부모 가정' 아이가 시훈이뿐인 줄 알았다.

• 집안 형편 ; 아버지 혼자서 두 아들의 학비를 버시는 게 힘드신 거 같다. 학비 면제 희망.

• 하고 싶은 말 ; 아버지께서 혼자서 형과 저의 학비를 버시는 게 힘드신 거 같아서 학비 면제를 희망합니다.

시훈이를 내가 잘 돌봐야 하겠구나 생각한 것은 바로 이 짧은 글 때문이다. 아이들을 채 파악하기도 전인 지난 7일 장학생을 선발해 달라는 말을 들었을 때 가장 먼저 떠오른 아이가 시훈이다. 마침 화공과 앞으로 한 명이 배당되었단다. 4반 맹주석 선생은 선선히 우리 반에 양보를 한다. 고맙다. 지체 없이 시훈이를 추천했고(형편도 어려웠지만 성적이 다른 애보다 좋다. 교과 우수상을 세 과목이나 받은 아이다) 장학생이 되었다. 시훈이는 졸업 때까지 학비 걱정 없다.

집은 백병원 아랫동네 다닥다닥 붙은 주택들 가운데 길가 쪽방. 골목에서 문을 열면 바로 콧구멍만 한 부엌, 왼쪽에 방 하나, 마주에 방 하나, 사람 겨우 들어설 만한 화장실, 그 안에 세탁기. 주거 문화란 것이 있을 수 없는 집이다. 오직 자고 먹을 수 있는 공간일 뿐. 작은방 작은 침대 위에 형제가 자는 모양이다. 그래도 형이 친절하다고 하니 좋다. 이 형편에 형은 동서대 비즈니스학과에 다닌단다. 나와서 취직이나 될까. 사립대에 돈만 보태 주는 꼴이 아니 될까.

"아버지가 네 장학금 타는 줄 알아?"

"예, 말하니까 복 터졌구나 하던데요. 너거 선생하고 한잔해야겠구나 하고."

초등학교 5학년 때 부모가 이혼을 했고 이제 어머니와는 연락을 잘 안 한단다. 어머니는 외삼촌 집에서 사는데, 옛날부터 자주 싸웠단다.

"무엇 때문에 싸우는 것 같애?"

"두 분께 들어 보면 서로 달라요."

"함께 살 기미는 안 보여?"

"요즘은 연락도 잘 안 하는데요."

"밥은 누가 하노?"

"아버지 친구가 와서 해 줘요."

"친구?"

"예, 여자 한 사람 있어요. 밤마다 와서 저녁밥 해 주고 어떨 때는 주무시고 가시고."

"그럼 두 사람이 합쳐서 살면 되겠네?"

"그 사람도 딸이 둘이래요."

가난한 두 사람이 서로 기대고 살구나. 그런데 애가 넷이나 되니 합치기도 어렵고 살림은 펴지지 않는다. 고단하고 서글픈 삶이다.

다른 식구들 없다고 하길래 이 집에 와서 라면 끓여 먹으려고 했는데 잘 안 그랬다. 구차한 살림살이 다 내보여야 했을 시훈이 마음이 아팠겠구나. 라면 끓여 먹자는 말도 함부로 할 말이 아니다. 내가 장학생 추천은 잘한 셈이다. 시훈이와 둘이서 이야기하고 있는 동안 재호와 도원이는 옆방에서 그새 텔레비전을 보고 있다. 애들아 가자. 셋 다 데리고 재호 집으로 향했다.

나처럼 통통한 - 이재호

재호는 사람 좋게 생겼다. 통통한 얼굴에 약간 검은 편이다. 자기 자랑 쓰는 칸에 이렇게 썼다.

1. 청소 하나는 잘한다. 2. 만들고 조립하는 것. 3. 운동을 잘함.

"청소 하나는 잘한다" 이 말이 참 매력적이다. 태권도도 3단이란다. 몸이 뚱뚱해서 운동과 멀 줄 알았는데 뜻밖이다. "파워는 있는데 스피드가 없다고 관장님이 늘 그래요." 역시, 어릴 때부터 다닌 도장을 그냥 죽 다니고 있는 모양이다. 이런 끈기도 귀한 삶이다.

식구 소개를 보니 애 아버지 형제자매가 한동네 모여 살면서 함께 신발 하청 가내공업을 하는 모양이다. 큰아빠 사장, 아빠 부장, 고모 경리, 엄마는 거기서 회사원처럼 일을 도움. 그리고 식구들이 일도 함께하고 놀기도 함께한단다. 일요일만 되면 식구들이 승합차 타고 놀러 다닌단다. 빠듯해도 형제들 모여 이렇게 일하고 놀면 참 좋겠다.

집은 가야고등학교 아래에 있는 오래된 아파트다. 우리 살던 오양아파트 생각난다.

"재개발된다고 해서 이사 안 가고 있어요."

그렇지만 들어서 보니 너무 작다. 하기야 네 식구 사는데 더 넓을 필요도 없지. 재호 방 걸상 등받이가 고장이 나서 다 넘어간다. 다치겠다

하니 아버지가 늘 눕듯이 앉아서 컴퓨터를 하고 있어 이렇게 되었단다. 침대도 옆은 망가져 있다. 공장 일에 바쁘고 틈나면 놀러 다니고 이러고 보니 아이 생활을 잘 챙기지를 않는구나 싶다.

살림 형편은 "살 만함"이라고 썼는데, 학비 신청을 하고 싶은지 묻는 칸에는 "받고 싶음"이라고 썼다. 왜 그랬냐고 하니까 회비 내는 달은 빠듯해서 받을 수 있으면 받으라고 하더란다. 다른 어려운 친구들이 많으니 좀 어려워도 그냥 내자고 했다.

• 화요일에 한 번 눈높이 학습지 선생이 와서 공부 가르치고 간다. 수학과 한문.

• 집을 나서는데 애 엄마가 왔다. 얼굴을 보니 빈티가 없다. 그래 작은 공장이라도 꾸리면서 온 식구가 살고 있으니 이 정도는 살 수 있겠지. 삼촌이란 사람이 차(무쏘 종류)를 태워 주었다. 장도원 집까지.

이렇게 예쁜 아이가 - 장도원

도원이는 얼굴이 희고 귀엽게 생겨서 별명이 초딩이다. 1학년 때부터 눈이 자주 가던 아이다. 웃는 모습, 똘망한 눈웃음이 귀엽다. 이런 아이가 1학년 때 학비 지원을 받았다고 해서 좀 놀랐다. 부잣집 애 아닌가? 오늘 가까이서 보니 이빨이 하얗지 않고 거무죽죽하다. 영양실조 때문인가?

집 앞에 가니 애 엄마와 형이 가벼운 실랑이를 하고 있다. 형은 내가 가정방문 온다니 부담스러웠던 모양이다. 작년에 경공을 졸업했으니 나에게 배운 애는 아니지만 부담스럽겠지.

"왜 온다는데?"

"아, 그냥 사는 거 보러 온대."

도원이가 형과 통화하고 있는 걸 들었다. 그 형이 지금 저녁때가 다 됐는데 자리를 피하고 있는 모양이다.

가야아파트. 그야말로 옛날 아파트다. 계단을 오르면 네 집이 나온다. 마주에 두 집, 양옆에 한 집씩. 이러니 집이 클 수가 없다. 들어서니 어디 앉을 데가 없을 정도다. 애 방에 앉자니 요를 그대로 펴 둔 채인데 방은 정리를 안 해서 엉망이다. 베개도 홑청이 벗겨진 채다. 노숙자들 방 같다. 책상 위에도 낡고 먼지 앉은 화분, 낡은 책들, 옷, 컴퓨터. 도저히 공부할 수 있는 분위기가 못 된다. 이런 애한테는 정말로 학교 자습실이 필요하겠다.

애 엄마가 주저해서 얼른 애 방에 앉았다. 얘기를 나누어 보니 올해도 꼭 지원 신청을 해야 하겠다. 애 아버지가 작년에는 놀아서 지원 신청 자격이 되었는데 올해는 취직을 해서 자격이 없단다. 살펴보니 월급이 130만 원 정도다. 이 돈으로는 도저히 생활이 안 된다. 애 엄마가 번다고 해 봐야 얼마를 벌겠나. 서류를 만들어 보자고 했다. 내가 의견서를 잘 쓰면 될 수도 있을 것 같다.

우유를 한 잔 주어 마시고 나왔다. 갈증이 났는데 잘되었다. 오늘은 세 집 돌며 우유 한 잔 얻어 마셨구나. 골목을 한참 내려와 가야역 앞에서 다들 헤어졌다. (2005.3.28)

이진영, 신승엽, 김동현 집 방문

진영이와 승엽이 집은 옛날 교통부 맞은편(보림극장 뒷산 동네) 산동네, 동현이 집은 우암동 들머리. 버스를 타기도 마땅하지 않고 걷기는 너무 멀고 택시는 아깝다. 진영이와 승엽이 집이 학교에서 가깝다고들 해서 걸어서 얼마 안 되는 동네구나 했는데 오늘 보니 걸어서 4, 50분은 족히 걸릴 거리다. 멀어도 교통편이 좋으면 그게 가까운 것인데 아이들은 거리로만 생각을 하는 모양이다. 택시를 타기로 했다.

먼저 진영이 집. 범내골 로터리에서 보림극장 뒤 안창 마을 올라가는 길로 접어들었다가 신암 산복도로를 탄다. 산복도로에 내려 보니 여기가 멀리서 보면 벚꽃이 희뿌옇게 빛나는 그 동네다. 역시 가파르고 좁은 길과 계단들. 차들이 가까이 가지 못할 동네다. 어찌 이리도 하나같이 이토록 못살꼬. 진영이 승엽이는 아버지하고만 사는 생활보호 대상자이다. 이런 동네에 살 수밖에.

진영이 집에서 승엽이 집까지는 그렇게 택시까지 타고 올라갔던 산동네를 도로 내려와서 다시 안창 마을로 접어드는 길로 가야 한다. 동현이네 마을로 가는 버스를 타기 위해서는 보림극장을 지나 육교 건너서 다시 철길 육교 건너 현대백화점 지나 조방앞 예식장 동네까지 가야 한다. 제법 먼 길이었다.

이렇게 걷고 나니 동현이네 집 가파른 계단을 오르기가 힘이 들었다. 무릎이 시큰거리고 숨도 차다. 오늘은 집들이 너무 멀리 떨어져 있어 고생했다.

"여태껏 잘 살아왔는데 굳이 필요한 게 뭐 있겠습니까"- 이진영

진영이는 학교를 걸어 다닌다고 한다. 등교하는 데 4, 50분 걸린단다. 집에 갈 때 그 길을 도로 걸어 올라가려면 한 시간은 더 걸리겠지. 택시를 타기로 했다. 그러나 진영이는 택시로 가는 길을 모른다. 택시가 접근할 수 없는 마을이라 늘 골목으로 요리조리 걸어 다녔을 것이니 어째 길을 알겠나. 혼자 생전 택시를 타 봤겠는가. 언젠가 아버지와 함께 타 본 기억으로 더듬어 갔다. 걸어왔다면 시간도 몸도 너무 쓸 뻔했다. 이 길을 애는 날마다 걸어서 오간다.

집 앞길은 가파른 골목, 그 옆에 산비탈을 깎아 내고 좁은 시멘트 집 하나를 앉혔다. 거기 아래층 작은 방 두 개를 얻어 살고 있다. 나오면서 들으니 이 집은 진영이 큰아버지 집이란다. 아우에게 아래채를 주어 살게 하고 있구나.

진영이는 말이 없는 애다. 큰 키에 순진한 얼굴이지만 아이들이 놀

리면 세상 귀찮다는 듯한 웃음으로 답한다. 부모가 이혼하고 아버지는 술병으로 주로 집에만 있는 생활보호 대상자인데, 집안 경제 형편을 묻는 칸에는 "그다지 좋지 않다"고 썼고, 지금 집안의 문제점이나 어려운 점을 쓰라고 하니 "크게 어려운 점은 없다"고 썼다.

진영이는 1학년 때부터 지각이 잦았던 모양이다. 2학년이 되어서 지각을 하자 아이들이 이구동성으로 야유를 한다. 집도 가까운데 맨날 늦다고. 거리로야 남들보다 가까울지 모르나 시간은 엄청 더 걸릴 길이다.

좁은 방 두 개. 진영이 방엔 그래도 컴퓨터에 인터넷까지 달려 있고 프린터기도 있다. 게임에 관한 잡지도 제법 꽂혔다. 뜻밖에 《야생초 편지》도 있다.

"오! 네가 이 책 샀어?"

"예, 볼라꼬."

"그래그래, 이런 책 몇 권이라도 읽어. 좋지."

우리 반 애들 집에 가 보면 교양서적 한 권이라도 꽂혀 있는 데가 없다. 진영이 방 《야생초 편지》가 처음이다.

애 아버지는 우리가 올라오며 전화했을 때는 집에 있더니 와 보니 없다. 아마 나와 이야기를 나누고 싶지 않았나 보다. 왜 아니겠는가. 마누라도 없는 썰렁한 집에 남자 혼자 누워 있는 꼴을 보이고 싶지 않았겠지. "등산이나 갈란다…… 오늘 처음 듣는 이야기를 하더니……" 진영이는 미안한 듯 말꼬리를 흐린다. 둘이서만 앉아 이야기를 나누었다. 승엽이와 동현이는 옆방에서 그새 텔레비전을 켜고.

아버지와 둘이서만 산다. 형제는 없었냐고 하니 여동생이 어렸을 때 사고를 당해 죽었다고 한다. 유치원도 들기 전에 사고를 당했는데 병원비도 없고 수술할 수도 없을 정도라서 식물인간이 되어 몇 년 집에 누워 있다가 진영이 중3 때 죽었다고 한다. 중학교 때 부모가 이혼을 했는데 지금 엄마는 어디 사는지 모른단다.

"이제 네가 아버지를 먹여 살려야 할 때가 됐어. 나이 열아홉이면 집을 책임질 나이야. 지금부터 준비를 해. 고단한 살림이지만 맘 단단히 먹고."

"예……."

얘에게 내가 무슨 힘이 될까.

"그래, 요즈음 뭐 어려운 일은 없고?"

"여태껏 잘 살아왔는데 굳이 필요한 게 뭐 있겠습니꺼."

아! 삶의 터가 아이를 키운다고 했던가. 어째 이런 말을 할 줄 알까. 나보다 낫구나.

여태껏 잘 살아왔는데 굳이 필요한 게 뭐 있겠는가!

가지고 살아가는 내 눈으로 볼 때 진영이는 불행해 보이지만 정작 이런 삶을 살아가는 진영이는 담담하다.

"쌀도 주고, 학비도 대 주고, 급식도 주고……. 살 수 있어요."

"그래, 하지만 네가 고등학교를 졸업하면 이런 게 다 떨어질지도 몰라. 스스로 벌어먹고 살라는 말이지. 그러니 맘 단단히 먹어."

저 아랫동네 높은 아파트들 즐비하고 자가용이 거리를 메우고 있는 세상이지만 진영이는 한 번도 그 사람들 부러워한 적 없었단다.

"그 사람들은 그 사람들이고…… 나는 나이지요."

담임에게 하고 싶은 말에는 "열심히 하세요"라고 쓴 것이 눈에 띈다. 이게 무슨 뜻이냐고 물으니 예의 그 웃음 담아 하는 말, "그냥 그 뭐, 힘 내세요 이런 말을 하고 싶었는데 그 말이 생각 안 났어요……."

대가족 속에 사는 아이 - 김동현

또릿또릿 말을 잘하던 아이. 앞니가 썩어서 검은 것이 눈에 띄던 아이. 글도 열심히 쓰던 아이. 동현이 인상은 이랬다. 식구 소개를 보니 엄청나다.

할아버지 77세, 지금 몸이 불편하셔서 집에서 누워만 계심. 할머니 쌀가게를 하시고 할아버지 병간호를 해 드림. 아버지 48세, 25번 버스 운전하심. 어머니 44세, 진시장에 있는 이불 가게에 다님. 삼촌 33세, 송정에서 민박집을 운영, 고졸. 큰누나 동명대 유아교육과 다님. 작은 누나 데레사여고 3학년. 여덟 식구다.

우암동 찻길에서 좁은 골목을 들어서면 다다다닥 붙은 오래된 집들. 거기 2, 3층 집들이 연이어 있다. 거기 3층 집이다. 역시 가파르고 캄캄 한 계단을 올라야 한다. 1층은 할아버지 할머니, 2층은 엄마 아버지와 누나 둘, 3층은 동현이와 일주일에 한 번 정도 오는 삼촌이 잔다. 한 층 에 좁은 방이 두 개 달려 있고 3층은 방 하나만. 직업 있고 집 있으니 학비 지원은 받지 못한다. 그러나 돈 나가는 걸 생각하면 누구와 다름 없이 어렵다.

집 앞 작은 가게엔 할머니가 있다는데 이웃 할머니들이 많이 모여 있다. 어지간하면 와서 인사라도 할 법한데 안 온다. 동현이하고만 이야기했다. 어머니는 아직 오지 않았고. 아까 동현이가 전화해서 선생님 온다고 빨리 오라고 했는데 일이 더딘 모양이다.

동현이는 체육과 졸업해서 도장이라도 하나 차리는 게 꿈이다. 지금 태권도 2단이다. 아버지는 군대 가서 말뚝 박으라고 한단다. 그러나 동현이는 집 가까이에 살고 싶단다.

단둘이 마주 앉아 이야기해 보면 아이들 모습이 달라진다. 장난스럽고 퉁명스럽던 아이들이 다소곳해진다. 이게 서로 마음을 연다는 뜻이겠지.

이야기 마치고 골목을 돌아 나오는데 애 엄마가 왔다. 날 만나려고 서둘러 달려왔을지도 모른다. 동현이 학교생활 같은 걸 묻고 싶겠지. 마루 끝에라도 앉아 물이라도 한잔 얻어 마시며 얘기를 나누자 싶었다. 그러나 애 엄마는 나를 택배 기사 보듯 멀뚱하다.

"동현이가 학비 지원 신청을 했던데, 더 딱한 아이가 많아서 뜻대로 안 됐단 이야기는 들으셨지요?"

"1학년 때는 되던데……."

자못 섭섭한 모양이다. 1학년 담임은 아이들 말만 듣고 정했겠지만 나는 아주 꼼꼼히 살폈다. 다들 답답하긴 엇비슷하겠지만 절박하기로 따지면 동현이는 부모뿐 아니라 할아버지도 벌고, 집도 지니고 있지 않나. 너무 섭섭해 말았으면. 그런데 피곤한 몸으로 어두컴컴한 골목에 서서 이게 무슨 꼴이냐 싶다. 애 엄마도 멀뚱히 서 있을 뿐. 머쓱하기 짝이 없다. 나는 그만 인사를 하고 돌아섰다. 아이 녀석도 돌아서서 제 엄마와 집으로 들어가 버린 긴 골목길을 빠져나오는데 스스로 한심스러워 한숨이 나온다.

최소한 사람한테 인사는 차려야 할 일 아닌가. 할머니란 사람도 자기 집에 애 담임이 왔다는 기별을 받고도 본 둥 만 둥 할 뿐, 와서 아는 체를 하기나 하나, 저거 엄마도 저거 집에 온 사람을 골목에 세워 두고 자기 할 말만 하려 하지 않나. 애도 날 미로 같은 골목에 두고 들어가 버리질 않나.

'이건 참 무례한 짓이야.'

난 피곤에 지쳐 흔들리는 발걸음으로 터벅터벅 걸어 나왔다.

'그래, 잘 있으쇼. 내가 이렇게 캄캄한 밤토록 반 애들 집을 돌아다니는 뜻을 당신이 어찌 알겠소. 안녕. 당신도 팍팍한 삶에 너무 지쳐 그렇겠지요.'

• 아이들은 이렇게 집들이 다 어려운데 손전화는 다 가지고 있다. 기계값도 문제지만 한 달 통신비가 도대체 얼마냐. 동현이는 달마다 2만 6천 원 든다고 한다. (2005.4.6)

지하철 2호선 끝 마을까지

오늘은 금곡 호포 마을이다. 지하철 2호선 끝에서 끝이다. 가자. 요셉이네에 내려 국밥 한 그릇씩 먹고 갔다.

맑고 하얀 얼굴 - 김요셉

요셉이도 1학년 때부터 눈에 띈 아이다. 우리 반 1등으로 2학년에 올라왔단다. 나는 신민준인가 했더니 요셉이었다. 오늘 그 얘기를 해서 알았다. 맑고 하얀 얼굴에 귀티가 난다. 그런데 집에 가 보니 아니었다. 어렵고 빠듯하게 살아간다. 몇 년 전 아버지가 실직해 있을 때는 더 어려웠는데 지금은 그나마 괜찮단다.

얼마 전 요셉이가 내게 찾아왔다. 선생이 되고 싶다는 것이다. 뭘 할까 며칠 고민 끝에 내린 결론이란다. 그러면 공업계 선생을 해야 할 텐데, 내가 잘 몰라서 맹주석 선생님한테 부탁해서 상담하게 했다. 하기야 맹 선생도 특별한 무슨 길을 안내할 수 없다. 우리나라 대학이란 게 다 그렇잖은가. 공고는 내신 성적 잘 관리해서 수시 모집에 들어가야 한다. 그래도 이렇게 목표를 뚜렷이 잡은 게 어딘가. 하지만 그 목표를 이루기가 그리 쉬운 일이 아니다. 충남대 같은 데를 간다든지, 교직을 이수할 수 있는 공대에 진학하기도 어렵다. 졸업해 봤자 선생 자리가 잘 있나. 게다가 임용 고시를 쳐야 한다. 한 해 한두 명 뽑는 자리다. 아이를 가르치는 일을 하고 싶은 것하고 선생이 되어 안전한 직장을 보장받으며 아이를 가르치고 싶은 것하고는 천지 차이다. 그래도 지금 할 수 있는 말은 "목표를 세웠으니 되었다! 지금부터 준비해 보자. 공부도 잘해야 하겠지만 지금부터 친구들 어려움도 잘 들어 주고 상대방 마음을 헤아려 북돋아 주는 마음씨를 기르도록 해라" 뭐 이런 말밖에 할 수가 없다.

수정역(화명역 아래 마을이다)에 내려, 왔던 길을 도로 걸어 내려가니 아주 오래된 주공아파트가 나온다. 20년은 족히 넘은 아파트이다. 옛날에는 이렇게 좁은 아파트에 살았지. 그렇지만 동과 동 사이 공간은 아주 넓다. 그래서 텃밭도 일구고 산다. 나무도 아주 고목이 된 것도 많다. 이만하면 살 만하지 않으냐. 그러나 집에 들어가니 너무 좁다. 열서너 평 될까. 네 식구 살기에 빠듯하겠다. 동생은 늦둥이라 늘 요셉이가 거두면서 산단다. 부모가 직장에서 다 늦게 오니 동생 보살피는 일은 요셉이가 할 수밖에 없겠지. 애는 초등학교 2학년이다.

"어! 선생님이 오나? 선생님이가?"

선생이 집에 찾아온 것이 신기한 모양이다. 거실에는 "오직 예수"란

글귀를 붙여 두었다. 그렇지, 이름이 '요셉'이잖나. 애 엄마가 빵과 단술을 내왔다. 엄마는 롯데마트 빵 가게에서 빵을 굽고 있단다(이 직장에서 학비는 내주는 모양이다). 이 빵도 직접 구웠다고. 그래요? 나는 두 개나 먹었다. 아버지는 엄궁에 있는 작은 공장에 다닌다. 자세히는 물을 수 없었다.

요셉이가 식구 소개한 데 보면 아버지와 날마다 권투, 레슬링 할 정도라고 썼는데, 애 엄마 이야기를 들으니 좀 다르다. 아버지가 실업계 간 것을 너무 싫어한단다. 애를 못 미더워하고, 애한테 마음의 상처를 많이 준다고 한다. 잘하라고 하는 일인 줄 이해는 하지만 마음이 아플 때가 많다고. 애 엄마는 곱게 자란 처녀 시절이 얼굴에 씌어 있다. 하얀 얼굴, 곱상한 표정, 부끄런 말투. 어머니가 잘 격려해 주세요, 나는 이렇게 말할 수밖에 없었다.

요셉이한테 필요한 것은 첫째, 선생으로서 가질 심성을 키우는 일. 둘째, 사범대와 교직을 이수할 수 있는 대학을 찾아 그에 맞춰 준비를 하는 일이다. 그렇다면 요셉이 이야기 투부터 바꿔 주어야 한다. 자기는 악의 없이 농담이라고 하는데 늘 상대방의 허를 찌르거나 약점을 잡아 웃으려 한다. 오늘 보니 민수와 아주 견주어진다. 민수는 끝없이 사람 좋은 얼굴로 빙그레 웃으며 요셉이 농담을 받아넘기는데, 요셉이는 자꾸만 민수의 약점을 건드린다. 내가 옆에서 그런 어법이 안 좋다고 참견하자 자기도 나쁜 줄 알고 또 후회도 하는데, 자꾸만 이런다고 한숨이다.

우리 반에 1등으로 들어온 애 하나 선생 못 만들면 내가 뭘 할 수 있겠나. 하지만 옛날에 성하익을 키우듯이 정성을 다하기엔 너무 늦었다.
바라볼 뿐이다. 아니지, 이래선 안 되는 것 아냐.

사람 좋은 얼굴, 푸근한 포용력 - 김민수

한창 바쁠 때였다. 서무실에서 김민수의 재학 증명서를 얼른 발급해
달란다. 지금 바쁘니 나중에 해 주겠다고 하니 민원이기 때문에 안 된
단다. 빨리 팩스로 보내야 한단다. 투덜거리며 먼저 끊어 주었다.

'애 아버지가 대명여고 행정실에 있다고 하더니 사무관쯤 되는구나.
그렇지 않고야 이렇게 설칠 리가 없지. 원 더러워서…….'

그렇게 알고 있었는데 오늘 집에 가서 보니 아니구나. 얼굴을 살피
니 허드렛일을 하는 분 같다. 집도 아주 좁은 아파트다.

민수도 1학년 때부터 좋아하던 아이다. 조금 합죽한 얼굴에 늘 웃음
을 담고 있는 입술과 눈매. 마음과 행동도 모습과 똑같다. 한홍규, 장민
성과 함께 기능부에서 활동하고 있다. 집은 우리 반에서 가장 멀지 싶
다. 바로 오는 전철이 있어 등·하교에 어려움은 없겠으나 금곡이 얼마
나 먼 데냐. 새로 지은 주공아파트라 요셉이 집하고는 다르다. 요셉이
는 몇 번이나 투덜거리듯 뇌본다.

"아, 좋은 데 사네. 주공도 새로 지으면 이래 좋은데……."

애 부모가 현관문을 열고 나와 서서 맞는다. 이렇게 바깥까지 나와
맞는 집은 이 집이 처음이다. 아버지도 사람 좋게 생겼고 엄마도 푸근
하고 투박한 아지매 모습이다. 열서너 평 될까. 세 식구 살기엔 딱 맞겠
다. 멀리 낙동강이 내려다보이고 구포 시가지 불빛도 보인다. 산비탈

높은 아파트, 거침없다.

아버지는 행정실 직원답게 "선생님이 다 알아서 지도해 주시겠지 요"란 말만 한다. 충청도 사람 좋은 양반이다. 민수는 집에 오면 학교에서 있었던 일, 들은 이야기를 죄다 한단다. 아들 하나만 있어도 이렇게 이야기하고 살면 얼마나 따뜻할까. 민수도 식구 소개에 이렇게 썼다.

"아버지, 나와 대화가 많아서 내 고민을 자주 털어놓는다. 어머니, 내 모든 생활을 말할 수 있다. 진학을 해야 할지 취업을 해야 할지 정말로 고민됩니다. 진학을 하면 취업이 잘 되지 않는다고 하고 취업을 해도 대학은 나와야 될 것 같아 정말 고민됩니다. 잘 지도해 주십시오."

아이들 고민을 잘 새겨들어서 지도할 일이다.

아! 그런데 우리 반 아이들은 어찌 이리 한결같이 어려운지. 그야말로 빠듯하게 살아가며 이 사회 하층 구성원으로 자리를 채우고 있다. 소외된 채. 오늘 본 민수나 요셉이 집도 마찬가지다. (2005.4.14)

가정방문 마지막 날

하기 싫을 때도 있었다. 이 일이 무슨 가치가 있나 싶기도 했다.

며칠 전 가정방문 출장 결재를 받는데 교감이 그랬지.

"언제까지 합니까? 교장 선생님한테도 결재받으세요."

내 일을 격려하는 말이 아니다. 내 하는 일이 마뜩찮다는 말이다. 남 안 하는 짓을 왜 하느냔 것이다. 교장한테는 세 번째 내려가서야 만날 수 있었다. 역시 같은 말이다.

"아이들 집을 다 할 필요는 없지요. 필요한 사람만, 몇 사람만 하면 됩니다. 이제 몇 번 남았지요?"

"댓 번 더 가야 합니다. 나도 다 가 보는 게 힘들어 못 하겠네요. 그리고 제가 오늘 이 결재받으러 세 번이나 내려왔습니다. 모아서 결재받겠습니다."

"그렇게 하세요. 내가 아는 일이니까."

교장하고는 벌써 며칠 전에 가정방문 계획 결재를 받으면서 언쟁이 있었다. 교장은 내가 출장 안 달고 가면 아무 소리 할 턱이 없다. 일과 끝내고 내가 가는 일이니까. 그런데 출장을 달면 학교에서 돈이 나간다. 하루 2만 원. 이게 아까운 것이다. 이럴 때마다 교장은 다른 선생님들과 형평성을 이야기한다. 남 안 하는 짓, 돈 드는 일은 하지 말라는 말이다.

내 생각에는 아이들 집을 다 둘러보는 일, 이것은 담임이 할 가장 중요한 일이지 싶다. 그래야 아이들을 환히 알게 되고 함께 생활하는 데 바탕 힘이 될 것이다. 아이들을 뭉뚱그려 하나로 볼 것이 아니라 한 사람 한 사람이 다 다른 인격체로 다가오도록 해야 한다. 그러나 교장 교감은 생각할 것이다.

'네가 굳이 가정방문 하려는 의도가 뭐냐? 그리고 굳이 출장 안 달아도 차비 정도는 어느 학부모가 주지 않겠느냐. 집집이 다 가 보는 이유는 촌지 속셈이 있는 것 아니냐?'

그래서 교장은 이렇게 말했다.

"옛날에 이 제도가 없어졌지요. 학부모가 부담스러워한다고. 솔직히 말해 이것 때문에(손가락으로 돈 표시를 하면서) 문제가 많았지요. 나도 담임 다 해 봤어요. 가정방문을 다 할 필요는 없어. 문제 있는 학생만 가 보소."

이럴 때는 정말 당장 그만두고 싶었다. 정작 애들은 어떻게 생각하는지 물어보고도 싶었다. 모임에 가서 이런 이야기를 하며 징징거렸더니 이 선생이 일침을 놓았다.

"아이들과 함께 밥도 먹고 집에도 가 보는 일, 행복하잖아요? 아이들은 아주 귀하게 생각할 걸요. 힘이 들지 모르지만 안 하고 말면 후회가 될 거예요. 교장 교감이 무슨 소릴 하든 무슨 상관이에요. 분명히 이 일이 소중한 것은 사실이잖아요. 그럼 해야죠. 선생님이 안 하면 누가 하겠어요. 애들한테 묻고 말고 하는 일은 안 했으면 좋겠어요."

정신이 번쩍 든다. 그래 내가 잠시 잘못 생각한 거야. 이 일이 소중하다는 걸 내가 어찌 모르랴. 내가 얼마나 누누이 말했나. 후배들한테, 꼭 해 볼 만한 일이라고. 그래 놓고 내가 그만 망령이 들었지. 그래 늙어 힘드니 이런 생각하는 게지. 애들이나 부모들이 내 뜻을 몰라도 좋다. 내가 뭘 바라고 시작한 일이 아니잖은가. 고단해도 해내야 할 일이지. 그래. 한잔 쭉 들고 힘내자.

진리에 대해 알고 싶은 아이 - 이준혁

눈이 작은 아이. 도서부. "진리에 대해 알고 싶다." 이 아이만 떠올리면 생각나는 말. 교과 성적은 형편없지만 집에 있는 책을 보니 생각을 많이 하는 아이다.

엄궁동 낙동강이 내려다보이는 산동네 고층 아파트. 집에 들어서자 제 먹던 과자를 담아 내놓는다. 그리곤 냉장고를 열어 보더니 아, 여기 과일 있네 하며 꺼내 온다. 머루포도를 내왔다. 함께 간 아이들과 두어 개 따 먹었다.

작년 담임에게 괴로움을 많이 당했단다. 한 번 잘못을 한 뒤로는 새롭게 보지 않으려 하고 늘 나쁜 놈으로 보았다고.

아버지는 녹산에서 조그만 공장을 운영하고 있는데 오늘 엄마도 공장에 가셨단다.

너도 참 좋은 친구로구나 - 김재환

주례 가팔막진 산길을 올라가서 좁은 집 아랫방. "집이 좀 쑥쑥한데……"하며 문을 따는 아이. 좁은 마루. 빨래가 가득 널린 빨래걸이 하나로 마루는 꽉 찼다. 그 말고는 단정히 정리되어 있다. 방에 앉자 아이는 냉장고 문을 열고 섰다.

"재환아, 찬물 한 그릇만 다오. 물 한 잔이면 됐다."

맑은 물 한 잔 놓고 마주 앉았다. 재환이는 아버지 소개를 이렇게 썼다.

"48세. 직업은 말로 표현 못 하겠는데 아파트 같은 데 배관이나 고장 난 것이 있으면 고치러 가시는 걸로 알고 있다. 힘든 직업이시다. 좋은 분이시다."

그래. 이런 아버지를 좋은 분이라고 생각하는 너도 참 좋은 친구로구나.

"오늘은 일 나가셨나?"

"모르겠어요. 정해 놓은 데는 없고 연락받으면 일하러 나가니까……."

엄마는 사상에 있는 르네시떼 안에 있는 식당에서 일한다고 한다. 형은 군대 갔고. 재환이는 말씨나 모습이 퍽 어른스럽다.

"애들은 날 보고 삭았다고 그러는데요……." 둘이 마주 보고 웃었다.

가난이 아이를 키운다는 사실을 다시 생각한다.

식구 많은 집 아이 - 전성률

어머니가 학년 초에 학교로 찾아와 인사한 집이다. 인삼차를 가지고 왔다. 주례 럭키아파트, 31평.

작은 얼굴. 오늘 재환이 형우 수원이와 함께 담배 피다가 들켜 봉사 활동에 들어갔다. 가는 차 안에서 물었다.

"어디서 피다 들켰어?"

"운동장 계단······."(ㅋ 이놈 간도 크지)

"누구한테?"

"교감 샘한테······."

"된통 걸렸구나."

식구 소개에 사촌 형이 있다. 촌에 있는 형이 부산에 유학 와 있나 했더니, 네 살 때 조실부모한 조카를 거두고 있단다. 성률이 아버지는 8남매 막내인데도 부모를 모시고, 조카까지 거두고 있다. 그 어머니 모습이 대견하고 예쁘다.

"우리 집도 옛날엔 열 식구였어요. 외할머니, 아버지, 어머니, 우리 부부, 애 둘, 동생 셋."

"아이고, 사모님이 보통 아니시네요. 얼마나 고생하셨을까."

동병상련이라.

애 엄마가 딸기를 썰어 온다. 애 할머니께 권하니 사양을 하다가 받아서는 오물오물 먹는다. 우리 할머니들은 누구나 사람을 대할 때 정성

으로 맞을 줄 안다. 아무리 가난하고 어려워도 마음을 담아 맞을 줄 안
다. 그런 할머니가 나는 좋다. 애 엄마가 다용도실에 있는 나무 상자를
내오더니 보자기로 싼다.

"혹시 그것 내 주려고 하면 내 안 가지고 갑니다. 관두세요."

"집에 있던 것 드리는 겁니다. 가지고 가세요."

"내가 다른 데 들러야 하고 버스에 그것 못 가지고 갑니다. 안 그래
도 전에 주신 인삼차 우리 어머니가 참 고맙게 먹고 있습니다. 그만하
면 됐어요. 제발……."

애 엄마는 도로 보자기를 풀어 놓는다. 얘기 마치고 나오는 내 마음
이 가볍다. 사람대접을 받은 기분이다. 따라 나오는 성률이에게 말했
다.

"니 봉사 활동하는 거 그거, 별거 아니야. 걱정하지 마."

아이는 밝은 얼굴로 꾸벅 인사를 한다. (2006.4.17)

가난은 사람을 사려 깊게 하지

차들이 쉴 새 없이 매연을 뿜으며 가다 서다를 반복하는 교차로 한 귀퉁이.

1층은 무슨 가게, 그 옆 계단 몇 칸을 내려가면 반지하 방이 있다. 여닫이 유리문 하나가 이 매연과 소음을 가로막는 유일한 문인데 그것도 아귀가 잘 맞지 않는다. 이 문을 열면 바로 좁은 마루에 이어진 방. 방 옆쪽에 또 계단 몇 단. 여기를 내려서면 완전히 지하 공간. 거기에도 조그만 방이 하나. 비라도 오면 길거리의 기름때 낀 시커먼 물들이 바로 집으로 쏟아져 들어오게 생겼다. 늘 그렇지는 않지만 비가 조금만 많이 와도 좁은 마루 앞 바닥은 늘 물이 흥건해진다고 한다.

방에는 퀴퀴한 냄새, 벽엔 곰팡이. 지하 방은 창문이 없다. 창고 같은 방. 여기 책상이 하나 놓여 있다. 어렵사리 산 책상이 혹시 흠이 날라 비닐을 덮어 씌워 두었다. 여기가 공부방. 이 방에서 공부하는 아이가 우리 학교에서 전교 1등을 한 번도 놓치지 않고 있는 김찬우다.

"으응, 우리 찬우가 이런 연구실을 가지고 있었구나."

나는 좀은 어색하게 좀은 미안해하며 찬우의 어깨를 다독일 수밖에 없었다.

글쓰기 시간이었다. 자기 삶을 이야기로 풀어내어 쓰거나, 자기 생활의 한 부분이 그대로 지금 여기 우리 눈앞에 보이듯이 드러나도록 그려 내 보자, 했을 때 얻은 글이 찬우의 '제목 없음'이다. 이 시를 읽으며 난 한참 목이 메었다. 지독히 가난한 모습을 아주 담담히 그려 낸 때문이다. 이 귀한 글을 혼자 읽고 있을 수 없지. 다음 시간 우리 반 아이들에게 '제목 없음'을 이렇게 읽어 주었다.

"이 글을 쓴 사람은 제목을 '제목 없음'이라고 했어. 제목이 뭐래도 좋아. 그냥 본문만 들어 봐."

피곤한 몸을 이끌고 학교 마치고 집으로 간다.

정말 배고플 시간

저녁 밥상이 차려지길 기다리며 티비를 보고 있다.

"밥 먹자."

티비를 끄고 밥상 앞으로 가 앉는다.

오늘도 어김없이 밥상 위엔 네 가지가 올라와 있다.

여기까지 읽고 멈추었다. 그리고 아이들한테 물었다.

"자, 너희는 이 밥상에 올라온 네 가지가 뭐라고 생각해?"

애들이 여기저기서 반찬을 들먹인다.

"밥 김치 콩나물국 김?"

"밥 된장 김치 깍두기?"

"밥 카레 김치 멸치볶음?"

"다 틀렸어. 마저 읽을게 들어 봐."

오늘도 어김없이 밥상 위엔 네 가지가 올라와 있다.

밥, 김치, 수저, 그리고 물.

"밥하고 김치하고 그리고는 수저와 물이래."

다시 읽어도 목이 멘다. 나는 이 아이가 짐짓 과장해서 이렇게 말하지 않았다는 것을 너무나 잘 안다. 아이들도 금방 조용해진다. 잠시 그 밥상을 떠올리고 있으리라. 어쩌면 별반 다를 바 없는 자기들 밥상이지만 이보다는 낫구나 생각할지도 모른다.

"이어서 읽을게."

순식간에 상 위를 스윽 훑어보고 난 뒤

밥을 먹기 시작한다.

'나보다 더 힘든 사람들도 많을 텐데……'

없을지도 모르는 사람들에게 동질감을 느끼며

나를 달랜다.

"자, 봐. 나보다 더 힘든 사람들도 많을 텐데…… 하고 생각해, 그렇게 생각하다가도 아니야 없을지도 몰라, 생각했겠지. 그토록 절박한 거야. 그러면서도 그 없을지도 모르는 사람들에게 동질감을 느끼며 자기를 달랬대. 그래 괜찮아, 안 굶으면 되지……. 이렇게 맘먹으며 자기를 달래. 물론 이 친구 밥상이 늘 이러리라고는 보지 않아, 어떤 날은 삼겹살이 올라오기도 했겠지. 하지만 평소엔 이 네 가지 말고는 더 바라지도 않았을 거야, 이렇게 살아."

조금 뜸을 들이다가 다시 묻는다.

"자, 그런데 이 시를 쓴 사람이 누군지 알아? ……김찬우야."

아이들은 놀라워하며

"오우! 찬우!"

"오! 찬우! 굿! 파이팅!"

격려를 한다. 사실 찬우는 여태껏 우리 반 아이들의 시샘을 많이 받았다. 그럴 만도 했다. 수석 입학 이후 3년 내내 수석 자리 한 번 내놓은 일 없지, 늘 장학금 받지, 언제나 맨 앞자리 빈틈없는 자세로 선생님들 사랑 독차지하지, 학비 무료에 취직 보장된다는 한국기술교육대학교에 이미 합격해 두었으니까. 그러나 오늘 이 시를 보고 읽으며 아이들은 찬우가 부디 성공해서 이 가난에서 벗어나 주길 기대하는지도 모른다.

나는 시를 처음부터 끝까지 다시 읽어 주었다.

시를 다 읽자 앞에 앉아 있던 영진이가 선생님 저도 뭐 좀 쓸 게 있는데요, 한다.

"그렇지, 바로 이거야. 동무들 글을 읽으면 아! 나도 쓸 말이 있는데…… 싶을 때가 많지. 그때 바로 쓰는 거야. 글쓰기는 이래서 서로를 북돋게 되거든."

영진이는 그날 집에 가서 썼다며 다음 날 꽤 긴 글을 내민다. 제목은 '급식비'. 급하게 쓰느라 주술 관계가 잘 안 맞는 문장, 되풀이 쓴 말, 잘못 쓴 낱말 들을 둘이서 다듬었다. 아! 보기 드문 귀한 글이 되었다. 나는 문득 이 글 두 편을 교재로 3학년 전체 반에서 글쓰기 수업을 해야겠다고 생각했다. 수업 지도안은 간단하다. 이 글 두 편만 읽어 주면 된다.

"오늘은 여러분 친구가 쓴 글을 두 편 읽어 드리겠습니다. 난 이 글을 읽고 울었거든요. 여러분은 어떤 마음이 드는지 귀 기울여 들어 보세요."

먼저 '제목 없음'을 우리 반 아이들에게 읽어 주듯이 중간중간 질문을 해 가며 읽고 끝에는 쓴 아이 이름까지 밝힌다. 찬우를 모르는 아이는 없으니까. 이어서 '급식비'를 빠르게 그러나 정확하게 감정 넣어서 읽어 내린다. 물론 미리 읽는 연습을 해 두어야 한다. 그래야 아이들 귀를 붙잡아 둘 수 있다. 자칫 흐트러져 버리면 수업은 실패다.

급식비 (3학년 안영진)

내가 초등학교 입학하기 전 아버지가 전부터 하던 사업이 실패한 후 새로 하신 사업이 아직 시작단계라 집 형편이 많이 안 좋았다. 그때 급식비 정도야 나와 둘째동생이 초등학교를 다녔기 때문에 몇 달 밀린 것 빼곤 간신히 기간 내 납부했다. 하지만 막내 동생까지 초등학교에 입학해 급식을 하면서 급식비 부담은 커지게 되었고 결국엔 급식비가 조금씩 밀리기 시작했다.

밀릴 수밖에 없었던 게 당연했다. 내가 어릴 적엔 아버지는 신발공장을 어머니와 단 둘이서 운영해 가고 계셨다. 어느 날 둘째 동생은 유난히 그날 공장을 뛰어 다니며 왔다 갔다 거렸다. 어머니는 그게 불안해서 동생에게 너무 시선을 두는 바람에 신발 로고를 찍어 내는 기계에서 손을 빼지 못해 끼고 만 것이다. 가죽에 정확한 모양을 찍어내기 위한 그 기계는 높은 압력으로 열까지 높은 상태였다. 그 일 때문에 어머니는 한손이 불편한 3급 장애인 판정을 받으셨다.

아버지는 어머니 일도 일이지만 무슨 이유이신지 신발공장을 그만두셨다. 신발공장에 있던 각종 기계들을 팔아 생긴 돈들은 신발공장을 차리기 위해 빌린 빚을 다 갚고 나니 남는 게 얼마 없었다. 거기다 이대로 있을 수만 없는 상황에다 가장으로서의 책임을 지고 있는 아버지는 할 수 없이 또 다시 빚을 내어 기계공업이란 사업을 시작하신지 얼마 되지 않은 상태라 엄청 힘든 시기였다.

그때 난 5학년이었다. 4학년 때의 급식비가 좀 밀린 게 있지만 학교에서 별말이 없어 5학년이 되어도 급식을 계속 할 수 있었다. 그리고 그 달 말쯤 번호순대로 담임은 납부서를 나누어 주고 있었다. 4학년 때의 급식비가 밀린 난 그나마 좀 안심이 되었다. 왜냐하면 우선은 5학년 때의 납부서만 나올 것이라 믿었기 때문이다. 만약 그전에 밀린 것까지 치면 납부서가 몇 장은 된다. 그 나이 때 난 급식비 못 내는 게 엄청 쪽 팔렸다. 그런데 내 차례가 되자 담임은 복도에서 잠시만 기다리란 말과 함께 내 차례를 넘겼다. 복도에 기다리고 있는 나에게 담임은 그동안 밀린 급식비 얘기를 하며 급식비 얘긴 부모님께 꼭 말씀 드리라고 하며 납부서를 5장이나 주었다. 하지만 담임은 정작 내가 급식비를 계속 미루게 되는 이유가 궁금하지도 않은지 그 이후로도 별다른 얘기도 없었다.

담임은 내가 급식비를 낼 기미가 없는 것처럼 보였는지 매번 이런 일이 있을 때마다 한숨만 푹푹 쉬며 짜증과 안타까움이 반반 섞인 목소리로 급식비를 내란 소리만 몇 번이고 하다 어느 날엔 부모님의 연락처를 알려 달라는 것이었다. 번호를 알려 주자마자 내가 보고 있는데서 한창 일이 바쁘실 때에 전화를 해 급식비 얘기를 하는 것이었다. 그 뒤 일부 밀린 급식비를 부모님께서 겨우 내주셨다.

담임은 언제부터인가 급식 후 남는 밥과 국 그리고 반찬이 아까운 모양인지 일회용 위생봉투에 남는 음식들을 담아 가져 가고 싶은 사람에게 나누어 주었다. 모두 쪽팔려서 아무도 안 나갔다. 나는 나도 모르게 한 번 나가서 반찬을 받고 말았다. 반찬을 나누어주던 첫날 난 그날 급식에 하이라이트에 속하는 반찬을 가지고 집으로 가는 중 나도 모르게 이런 생각을 했다.

'반찬도 없는데 이거라도 들고 가서 식구들이랑 먹으면 좋겠네.'

그날 이후로 난 쪽팔리는 것은 때려치우고 무조건 나갔다.

그때부터 밥은 대충 먹고 매일 반찬만 가지고 집으로 갔다. 내 생각은 이랬던 것이었다. 반찬 투정은 심했고 무엇보다 학교 급식 아니면 먹어보기 힘든 음식에다 부모님은 당연 못 먹어 보는 음식들이니 꼭 가져가야겠다는 강박관념 비슷한 것이었다. 난 그걸 생각하며 하루도 빠짐없이 반찬을 집으로 가지고 갔다.

어느 날이었다. 난 다른 때랑 다름없이 반찬을 달라고 말을 했다. 그런데 갑자기 담임의 얼굴이 일그러지며 성질을 확 내면서 큰소리로 급식비나 내고 가져가라고 하는 것이다. 깜짝 놀란 친구들의 시선은 전부 담임과 나에게로 쏠렸다. 정말 어떻게 해야 할지 몰랐다. 들어가야 하는 건가? 서 있어야 하는 건가? 그 상황에 달라고 해야겠다는 생각은 할 수도 없었다. 더 충격적인 것은 나를 무시한 채 아무 일 없었다는 듯이 미소를 띠며 다른 친구들에게 가져가라고 건네는 것이었다. 그때 멍하니 서서 있다 땅만 바라보고 애써 친구들의 시선을 피하며 자리에 들어가 앉았다. 어떻게 그렇게까지 창피를 주고도 그리 가식적으로 행동했는지 아직도 이해가 안 간다.

나의 반찬 가져오기는 겨우 1주일 정도였고 더욱 나를 서글프게 만든 건 그 날 저녁이었다. 내가 반찬을 가져올 때마다 은근히 나를 기특하다고 생각하신 부모님은

"영진아, 오늘은 반찬 자랑 안하나?"

나는 갑자기 울컥 했다.

"아! 오늘 내보다 밥 빨리 먹은 녀석이 먼저 가져가더라. 요즘 내보다 밥 빨리 먹고 가져가는 놈들 진짜 많다."

"그래…… 들고 올 수 있을 때만 들고 온나 밥 대충 먹지 말고……."

난 허겁지겁 밥을 먹고 곧장 화장실에 갔다. 화장실에 들어가자 말자 오늘 학교에 있었던 일과 저녁때의 짧은 부모님과의 대화에 가슴과 눈이 타 들어갈 것만 같았다. 화장실 문 너머 우는 소리가 들릴까 입술을 꽉 깨물며 서럽고 분하고 비참함으로 가득 찬 눈물을 전부 흘렸다.

초등학교 시절 말이 적던 나는 결코 무시당할 짓은 하고 지내지 않았다. 그런데 불과 초등학교 5학년이란 어린 나이에 급식비를 못낸 탓에 같은 친구도 아닌 담임한테 무시를 당하면서 5학년을 보냈다. 5학년 때 있었던 이 일은 아직도 하나하나 생생하게 생각난다.

한편으론 내가 이제 생각을 어떻게 해야 할지를 결정해준 전환점이라고도 생각을 한다. 그때 그 상황을 떠올리면서 이 글의 마지막 부분을 쓰니 눈가에 눈물이 고인다. 한편으론 정말 화가 머리끝까지 치밀어 오른다.

그리고 그때의 돈으로 인한 비참함은 지금도 우리 식구들에게 달라붙어 괴롭히고 있다.

그렇지만 지금이 더 좋은 기회일지도 모른다. 왜냐면 드디어 이 돈에 대한 비참함을 무너뜨릴 수 있는 기회가 온 것이기 때문이다. 내가 이제 어른이 되어 가니까.

다 읽고 나서도 한동안 먹먹하다. 말없이 종이를 나누어 준다. '내가 겪은, 지금도 겪고 있는, 또는 내가 본 가난'을 글감으로 써 보라고 한다. 아이들은 말없이 엎드려 뭔가를 쓰기 시작한다. 나도 할 말이 많다는 투다.

아이들을 둘러본다. 거의 다 비슷한 처지다. 이 아이들이 졸업을 하고 나면 무엇을 어떻게 하고 살아갈까. 그러나 이 아이들이야말로 우리 사회의 밑거름이 되어 살아갈 것이란 건 확실하다. 자기를 썩혀서 이 사회를 지탱하게 할 것이다. 그러나 사람대접 제대로 받지 못하고 살아갈 앞날을 생각하니 억울하고 원통하다. 말이 좋아 밑거름이지 밑바닥이라 해야 맞다. 그렇더라도 아이들에게 거짓 희망을 주어서는 안 된다. '너 하기 달렸다'고 소리치는 것은 협박이다. 어떻게 해야 하나. 답답하다. 겨우 할 수 있는 일은 이렇게나마 자기를 밝히는 글을 써서 나누어 읽으며 서로 어깨를 겯는 일뿐이다.

그렇지만 나는 송두리째 절망하지는 않는다. 가난은 이 물신주의 세상을 구제할 힘이 될 것이란 믿음 때문이다.

"나는 이 글을 쓴 친구가 가난에 포원이 져서 악착같이 돈을 버는 사람이 되지는 말라고 부탁을 했어. 너희들도 마찬가지야. 젊었을 때는 장가 밑천 마련한다고 쎄(혀)가 둘러빠지고, 장가가서는 집 장만한다고 또 아득바득 고생 고생 정신없이 살다가, 집 장만하고 나면 자식 공부시킨다고, 나는 공고 나왔어도 너는 좋은 대학 가야 할 거 아니냐고 학원에 어디에 보낸다고 앞도 뒤도 못 보고 허우적거리다 보면 어느새 너희들은 폭삭 늙어 있을 거야. 이게 뭐야. 인생이 평생 고생이잖아. 흥청망청 살자는 게 아니야. 최소한 우리 삶을 즐기면서 살아야 할 거 아니야. 소박하게 살 마음만 있으면 돈이 좀 없어도 삶을 즐기면서 살 수 있을 거야. 제 하고 싶은 일도 좀 하면서 말이야. 너희들이 그렇게 살았으면 좋겠는데…….

문제는 말이야, 우리가 가난하게 살기를 각오하는 일이야. 아니 소박하게라고 바꾸자. 하여튼 우리가 가난해져야 우리를 살리고 지구를 살리게 될 거야."

글을 쓰고 있는 아이들 뒤꼭지에 대고 나는 연신 떠들어 댄다. 내가 뭘 하고 있나 싶다. 아이들은 뭐라 생각할까.

이렇게 해서 얻은 글은 이렇다.

강인함 뒤 무력함 (3학년 심경택)

오늘도 술에 취해 집에 오시는 아버지
하루 이틀이 아니구나.
연 이은 사업 실패 때문인가
강하시던 아버지가 너무 약해 보인다.

학교 다녀오면 어두운 내 방
"학원도 이번 달이 끝이구나."
누나가 웃음을 잃고
아버지는 희망을 잃고
난 행복을 잃었구나.

아버지의 뒷모습
우리들 앞에서 내색하지 않고

항상 잃지 않으셨던 웃음

잠들기 전에 생각한다.
내가 할 수 있는 일이 이렇게 없구나.
내가 이렇게 무력하구나.
얼마나 지나야 강해질 수 있나.
언제 나는 어른이 될 수 있나.

빨리 찾고 싶다.
내가 잃은
우리 식구들이 잃은 것들을.

경택이 누나는 동아대 국문과를 다니는데 학원에서 아르바이트를
한 모양이다. 어머니도 어디 남의 집에 일하러 다니고, 아버지는 망한
호텔의 지배인이었다. 할머니가 계셨다. 경택이는 현대중공업 입사를
앞두고 있다. 아주 예의 바르고 성실한 아이다. 취직이 안 되면 새벽 시
장에 나가 채소 장사를 해서라도 집을 돕고 싶다고 하던 아이다.

8월 (3학년 이정민)

우리 아버지는 목수
우리 엄마는 학교식당 직원

해마다 다가오는 8월
비만 한없이 내리는 장마
기다리고 기다리던 방학이 있는 달.
내가 기다리는 8월과
우리 부모님이 무서워하는 8월

해마다 우리 엄마 하는 말
"일하러 갈 땐 아무렇지 않은데
집에만 있으면 온 몸이 쑤시네."

어차피 일 못 나가는 거
그냥 맘 편히 한 달만
8월만 푹 쉬지…….   .

말이 좋아 목수지 노가다란다. 비만 오면 공쳐야 하는. 그래도 한 번
나가면 일당 15만 원은 되니까 살 만하다. 비정규직 어머니도 방학엔
공쳐야 한다. 낙천적인 정민이는 가끔 고기 구워 먹을 수 있을 정도 되
니까 가난을 느껴 본 적은 없다고 한다.

내 주머니엔 동전 몇 개 (3학년 김민욱)

친구들과 만날 때 항상

내 주머니엔 동전 몇 개

15평 안 되는 집에
아빠 형 나 엄마 할아버지

집으로 가서 엄마한테 한마디 했다.
엄마 돈 좀……

대답 없으신 엄마는 전화중이었다.
이번이 마지막이니 백만 원만 빌려달라고……
꼭 잠긴 목소리로
"꼭 갚을게……."

형편이 어려울수록 식구가 많지. 복닥거리는 집. 주머니에 짤랑거리
는 동전 몇 닢. 언제 한번 가슴 펴고 친구들을 만나 보나. 나도 이런 아
픔이 많았다. 엄마의 잠긴 목소리에 내 목젖이 내려앉는 느낌이다.

가난을 글감으로 글을 쓴 뒤 수업 시간에 들어가면 몇 아이가 나와
서 집에서 다시 썼다며 글을 건네고 들어간다. 그만큼 하소연하고 싶은
말이 많다. 글은 어느덧 마음에 맺힌 한을 풀어 주는 구실도 하게 된다.
글의 힘이다. (2006.9.14)

따뜻한 봄은 언제 오려나

본래 배관 설비를 했습다. 돈 좀 모아 볼라고 외지에 나가서 일했는데 하루아침에 짤렸네요. 집에 와 보니 마누라는 싹 감아서 날라 뺏고요. 한 팔백만 원 될 건데.

잘생겼다. 아주 힘이 펄펄한 삼십 대다. 그러나 일이 없다.

힘쓸 데가 없다.

그래도 아이들은 저그 엄마 보라 캅다. 저그 외할배 아픈 데도 가 보라 카고.

오늘도 새벽 인력시장에 나갔다가 허탕 치고 돌아 왔다 한다.

따뜻한 봄은 언제 오려나!

창배가 일부러 시 한 구절을
읊은 것이 아니다.
농으로 한 말도 아니다
추워서, 그냥 추워서
저절로 나온 말이다.

내가 창배를 위해서 무엇을
해줄 수 있을까? 어떻게 따뜻한
봄을 맞게 할 수 있을까?

　　　　　　기가 찬다.

창배는 가난하다. 공부도 못한다.
몸도 약하다. 어눌하다.
오로지 바보처럼 잘 웃고
청소를 부지런히 할 뿐이다.

오늘도 혼자 집으로 가면서
가정방문이라 청소를
해야 한다는 것이다.

오늘은 청소
안 해도 된다.
나하고 친구집
다녀 보자.

아닙니더.
그래도 선생님
오시는데
집 청소해야
됩니더.

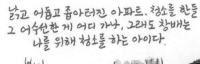

낡고 어둡고 좁아터진 아파트. 청소를 한들
그 어수선한 게 어디 가나. 그래도 창배는
나를 위해 청소를 하는 아이다.

올화가치만다.
창배는 결코
이 가난에서
벗어날 수가
없을 것이다.

옛날엔 이보다 훨씬 더
가난한 사람이 많았다.
지금보다 훨씬 더 배고프고
춥고 누추했다. 그래도 요새처럼
이렇게 괴롭지는
않았다.

함께
가난했기
때문일까?

그런 집도 있다. 그렇지만 꼭 너나없이
가난하지는 않았다. 한동네에 부잣집도 있고
아주 움막살이 가난한 집도 있었다.
그러나 그때는 소통하고
살았다.

어허!
안다니까
이 사람!

행님이
내마음 알어?

아냐고!

어려우면 돕기도 하고 때로는
술주정에 기대어 엉겨 붙으며
화를 풀기도 했다.

자식이 이를 악물고
공부해서 자수성가
하기도 했다.

마을마다 한둘은 구제 불능인
사람도 있었다. 지금 생각하면
정신이 아픈 사람이거나
술중독자일 법한
사람들이다.

이들은 그래도 한마을의
구성원으로 살아갈 수있었다.
어우러져 살았다.

그러나 이제 그런 시대는 갔다.
멀쩡하게 말 잘하던 창배
아버지 같은 사람도 효율성이
떨어진다는 이유만으로 내쫓긴다.

— 한번 내쫓기면
돌아갈 수 없는
일터이다.

'비정규직'이라니!
부릴 땐 부리다가
필요 없으면 바로
버리겠다는
말이다.

'평생직장' 이란
말은 불과 몇 년
만에
까마득한
옛말이
되어 버렸다.

사람들은 '효율성 제고' 앞에 한낱
기계 부품에 지나지 않는다.
그래야 기업하기 좋은
나라가 된다.

그들의 파이는
한없이 커져 가지만
이걸 나눌 생각은
애초에 없다.

오로지 자본과 시장의 논리로
자기 배만 불리면 그것이 미덕인
'신자유주의'가 이 세상을 움켜
쥐고 있다.

더 겁나는 것은 소통의 단절이다. 사람이 사람으로 만날 수 없는 사회구조, 그래서 창배 아버지의 마음속엔 분노와 복수심만 쌓여 가고

이 아픔을 알 리 없는 부자들은 끝없이 이들을 업신여기며 자기들의 성을 쌓아 가고 있다.

무서운 곰조가는 사회 구석구석에서 일어나고 있다.

창배네 집을 구제할 길은 로또 복권뿐일까?

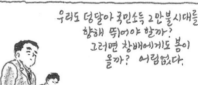

우리도 덩달아 국민소득 2만불시대를 향해 뛰어야 할까? 그러면 창배에게도 봄이 올까? 어림없다.

국민 여러분! 이제 우리가 가난해질 각오를 합시다. 그래야 우리가 제대로 살아갈 수 있습니다.

이런 말을 할 수 있는 사람은 없나?

지금은 정치계 문화계 언론계
어느 누구에게도 이런 깨달음을 기대할 수 없다.
오로지 경쟁과 성장 만이
살길이란다.
그렇게 갈 수밖에 없는
걸이란다.

나도 창배 아버지에게
차라리 농촌으로 돌아가라고
감히 말할 수 없다.
이이도
도시 변두리에서라도
빌붙어 있어야 살아날 수 있었다고
믿고 있다.

이미 자기비를 철저히
버리고 만 도시에.

도시는 부자들에게 주어 버리고
가난한 우리끼리 힘 모아 살면
안될까? 나 자신이 아직 도시를
벗어나지 못하고 있는 주제에
이 말도 무책임하고 무지한
말이다.

그러나 도시에는
결코 우리 창배가 기다
리는 '따뜻한 봄'이 올 것
같지는 않다. 버림받고
업신받다가 끝내는 비굴해
져서 '자기'를 잃어버릴
지도 모른다.

8

두꺼운 겨울 잠바 한 벌
사 주는 일, 공납금 급식비
면제 신청하는 일, 날마다
챙겨서 어깨 두드리는
일, 가끔 함께 돼지
국밥 사먹는 일.

담임이 할
일이 기껏
이렇다.

창배네 동네 산복도로에서
버스를 타고 부산역 앞에
내리니 아직도 집에 갈 길이
까마득하다. 날은 까무룩
저물었고 마음은
너무나 스산하다.
술을 마시고 싶다.
마구마구 마시고 싶다.

이토록 어렵게
살아가는 아이들을
어찌하나.
초승달마저 나를
울린다. 우선 담배
라도 피워야 할 것 같다.
길거리에서 깊이 연기를
들이마셨다.
그래도 마음이
가라앉지
않는다.

서둘러 우리 둘이 만큼 술집으로 갔다.
이웃에 사는 이 선생님을 불러내어 오늘 일을
이야기하며 속을 누그러뜨렸다.
이 선생이 그랬다. 가난이 꼭 불행한 것은
아니라고, 그 소박한 삶을 살더라도
"적당한 것 같다"고 말할 줄 아는 아이도 있고
늘 웃으며 청소도 열심히 할 줄 아는 아이도
있지 않느냐고.

(2005.3.14)

기술 하나 배우면 사는 데 지장없다 그러대.
전기 기술자가 되는 게 꿈이야.
'사람을 미워하지 않겠다.'
이 마음 가슴에 새기고 살겠어.

반 아이들한테 사랑을 가장 많이 받고 있습니다.
궂은 일은 자기가 하는 게 편하다고 생각합니다.
그리고 늘 웃으며 삽니다.

'한 해 동안 고맙다.
나는 네가 참 좋더라.
니, 내 이런 마음 아나?'

보고 싶을거야,
너희들

세상의 어지간한 아픔은 이겨 낼 것 같은
깊은 속을 지닌 아름다운 청년입니다.

'원규야, 내가 너를 얼마나 믿고 좋아하는 줄 알지?
나는 너를 보면 친구 같은 느낌이 들어.'

선생님, 1년 동안 많은 가르침과
많은 추억들을 만들 수 있게 도와주세요.
선생님, 알라뷰~~

"아버지가 네 장학금 타는 줄 알아?"

"예. 말하니까 복 터졌구나 하던데요.
'너그 선생하고 한 잔 해야겠구나' 하고……"

돈을 벌면 배를 타고 싶어.
요트, 유조선 이런 거 말고 어부가 되고 싶어.
고기잡이배를 타고 싶어.
'대차게 살아야 한다.' 이거 안 잊어.

제대하자마자 폰 사달라고 졸라댔던 우리 형.
폰 사주니까 옷 사달라고, 옷 사주니까 차 사달라고
졸라대다 엄마한테 졸라게 맞은 우리 형.
하지만 난 그런 우리 형이 싫지만 좋다.

"엄마, 실장이 내 머리 때리더라."
내 학비 정도는 내가 벌어야 하지 않겠냐며
큰소리 떵떵거리던 내가 펑펑 울어버렸다.
……
놀토 때마다 열심히 일해야겠다.
집에 도움도 쫌 되고, 사람 만나고 하다 보면
다른 생각도 알게 되고 재미가 있다.
쫌 철이 드는 것 같기도 하고.

"집이 좀 쑥쑥한데…" 하며 문을 따는 아이.
재환이는 말씨나 모습이 퍽 어른스럽다.
"애들은 날보고 삭았다고 그러는데요…."
둘이 마주 보고 웃었다.

쌔앰, 우리가 희정이를
그냥 보낼까 봐서요.
쌔앰도 삐끼 갖고 말도 안 하시고……
헤헤헤.

그때 아빠가 회사를 그만 두게 되었고
우리 공주 힘들게 하기 싫었고
할머니 걱정하시는 모습 보기 싫어서
혼자 이리저리 돈 빌려서 집에 조금 쌀 넣어주었다고,
우리 딸 힘들게 안한다고 이제는,
그리고 사랑한다고
……
아빠한테 모질게 했던 몇 달이 내 머릿속을 온통 휘감았다.
작년은 내가 아빠를 좀 더 사랑해 준 한 해였다.

"엄마! 운동을 힘들게 해서 다리가 풀렸다."
조금 있다가 온 문자 한 통
"힘들면 택시 타고 와. 엄마가 차비 갖고 마중 나가 있을게."

동원이가 택시를 타고 갈 리 없지.
그럴 형편 아니란 걸 누구보다 잘 아는 동원이.
그런데 동원이 집 정말 높은 데 있다.
봉래산 꼭대기에 주공 아파트 내가 그 집을 알지.

상석, 이상석~
다른 샘들은 내 마음 몰라요~

"요즘 뭐 어려운 일은 없고?"
"여태껏 잘 살아왔는데 굳이 필요한 게 뭐 있겠습니까"

아! 삶의 터가 아이를 키운다고 했던가,
어쩌 이런 말을 할 줄 알까, 나보다 낫구나.

쌤, 그거 알아예?
국어 시간이 쪼매 재밌어졌거든예,
새앰~ 좀 짱임다~

젊으니까 실패해도 겁 안내겠어.
많은 여자와 사귀고 싶어.
손만 잡고 걸어가도 재미있는 사람을 만나고 싶어.

새벽 시장에 나가서라도 일하며 살겠다.
하고 싶은 말은 하고 산다!

서른 살 이전에 결혼한다.
낳는대로 낳아 기르겠다. 대가족이 좋다.
냉정함을 지니되 여유를 가지고 살고 싶다.

다시 만난 아이들

아이들이 보고 싶었다. 유독 깊은 정을 나누었던 아이들이다. 6, 7년 전 경남공고에서 아이들과 함께 살았던 이야기를 정리하고 있자니 아이들 생각이 더 난다. 세월이 이만큼 흘렀으면 누군가 찾아올 만한데 얘들은 아직 소식이 없다.

그런데 드디어 연락이 닿았다. 한번 만나고 보니 3월에도 5월에도 10월에도 각기 다른 아이들을 무리지어 만나게 되었다.

3월 25일

최현지가 연락해서 열두어 명이 모였다. 편입을 해 공부를 다시 하는 아이도 있고 고만고만한 직장에 다니는 아이도 있다. 아직은 스물대여섯. 자리가 잡히지 않아 힘겨울 때이다. 그렇지만 어쨌든 제 앞가림은 하고 살아갈 수 있겠구나 싶은 믿음이 생겼다. 어지간히 험한 일이라도 해낼 수 있는 힘이 있고, 무엇보다도 편하게 돈 벌어 살자는 약삭빠른 생각은 하지 않기 때문이다.

이 아이들은 내가 담임을 맡은 아이들은 아니다. 2년 동안 수업만 했던 아이들이다. 그래서 그런지 이름을 잘 기억해 내지 못했다. 그런데도 이 아이들이 쓴 글은 다 기억할 수 있었다. 아이들도 어느 친구는 뭘 썼고 또 누구는 뭘 썼는지를 신통하리만치 환하게 꿰고 있었다.

"샘, 명수 글, '생선 장수 아주머니' 그 글 좋다고 선생님이 억수로 칭찬했지예. 생선 비늘이 말라붙은 앞치마를 우째 명수가 볼 수 있었냐고, 그건 사랑이라고……."

"그래, 내 명수 글이 하도 좋아서 이 전화기에 넣어 다닌다 아이가. 봐라, 이거."

"샘, 명수 명수, 화상 전화 연결됐습니다. 통화 함 하세요."

명수와 나는 이산가족 만난 듯이 통화를 하다가 울먹이기까지 했다. 명수는 경기도 안산 어디 공장에서 일하고 있다고 한다.

"요새도 시 써?"

"잘은 못 써요 샘, 그래도 가끔은 써요……."

우리들은 소주를 끝없이 깠다. 그러면서 바둑을 복기하듯 우리들의 수업 이야기를 다시 하나하나 살려 내었다.

"교과서 배운 것은 하나도 기억 안 나는데 글쓰기 공부한 것은 다 기억나요."

"그래, 우리가 글을 왜 써야 한다고 했어?"

"음…… 그러니까, 우리 식대로 살기 위해서? 맞지요?"

"인마, 그건 주체성 아이가. 더불어 살기 위해서? 이거죠?"

2차를 가기 위해 일어섰다. 사람들이 바글거리는 서면 뒷골목을 아이들은 나를 에워싸고 걷는다. 한 녀석은 경호원 흉내를 내기 시작한다. 우리는 다시 허리를 꺾으며 웃는다.

5월 17일

오늘 만난 아이들은 다 범생이들이다. 끼리끼리 놀게 마련이지.

오늘 모임 주선은 김시윤. 시윤이는 좀 어리광이 있고 잘 삐치기도 했다. 3학년 때였다. 글쓰기 시간에 써낸 글이 무척 길었다. 그날 주제가 '가난을 느꼈을 때'였다. 시윤이는 알바하는 데서 당한 아픔을 글로 썼는데 모처럼 다 털어놓고 넋두리하듯 마구 써 내려갔다. 마음에 꾸미고자 하는 욕심이 없으면 살아 있는 글이 나오는 걸까? 공고 아이들 글에서는 늘 야성의 기운이 느껴졌다.

지하철 출구에서 만난 시윤이는 황금빛 보자기에 싼 상자부터 내민다. 애야, 니가 더 반갑지, 선물이 중요하나, 어디 한번 안아 보자. 남학생들은 옛 모습 그대로인데 시윤이는 어딘가 어른스러워 보인다. 까만색 정장까지 했구나. 술부터 몇 잔 돌아가고 이제 제 사는 얘기로 넘어간다.

"난 장의과 갔잖아. 거기 졸업하고 바로 취업했어."

아, 그러고 보니 고3 때 시윤이가 대학 안내 팸플릿을 들고 와서 자기는 여기 갈 거라고 말하던 기억이 난다. 생소했다. 장의학과라니!

"니가 할 자신만 있으면 해 봐도 될 거야. 그렇지만 여자가 해내기 좀 버겁지 않을까?"

"보건대학 가서 간호사나 물리치료사 이런 거 하면 좋겠지만 내 점수가 그게 아니잖아요. 난 잘할 수 있을 겁니다."

우리 반 애가 아니라서 이 정도 이야기만 하고 끝냈다.

"지금은 기장에 있는 원자력병원 장례식장에서 일해. 계약직이긴 하지만 대우도 괜찮고, 결혼하고도 계속해야 한다고 병원에서 잡아. 조건은 좋은 편이야."

특이한 직업이니 이런저런 묻는 게 많다. 내가 아까부터 묻고 싶은 말이
있었다.

"네가 염도 하니?"

"예, 해요. 메이크업도 해 주고……."

시윤이는 아무렇지 않게 말하지만 둘러앉은 아이들이 잠깐 놀라는 눈
치. 서둘러 아무렇지도 않은 듯. 나도 더는 상세히 물을 수 없었다.

"그 일을 하면 생각이 깊어지겠어……."

"예, 정말 그래요. 살고 죽는 것에 대해 생각을 많이 하게 돼요."

"야. 그걸 글로 쓰는 거야. 옛날에 우리가 썼듯이 보고 들은 이야기, 그리
고 너만 할 수 있는 특별한 일들을 하면서 느끼는 것들. 그냥 무심하게 흘
리지 말고 내가 글을 써야지 하는 맘을 먹고 자세하게 기록해 두는 거야."

나는 그새 또 작심을 하고 아이들에게 힘주어 말한다.

"먹고살기 위해 직장 가서 일하는 사람은 돈을 벌기 위한 노예에 불과
해. 아까 인우가 직장이란 데가 노예 계약한 것 같다고 했잖아. 그런데 말
이야, 자기 일을 하면서 거기서 깨닫고 느낀 것을 글로 기록하게 되면 노
예에서 주체자로 삶이 확 바뀌게 돼. 시윤이 니가 글을 쓰고 안 쓰고에 따
라 니 삶의 질은 하늘과 땅 차이가 돼. 너만이 쓸 수 있는 글이 있을 거 아
니냐. 그걸 글로 쓰자."

시윤이는 굳은 결심이라도 한 듯 고개를 주억거리면서 내 얘기를 들어
주었다.

"써 볼게요, 선생님."

10월 9일

"샘, 한글날 국어 선생님을 만나야 하는 거 아닙니까ㅋㅋㅋ 가르침 바랍니다ㅋㅋ"

문주연은 진정 내 말을 귀하게 들으려는 모습이 역력하다. 지난 3월 만났는데 또 다른 친구들을 몰고 나타났다. 아이들끼리는 누가 언제 모여서 무슨 얘기를 했는지 다 통하는 모양이다.

나는 이제 작심을 하고 이야기를 꺼냈다.

"이쪽으로 바싹 당겨들 앉아 봐. 내 할 얘기가 있어. 내가 말이야, 너희들하고 이제 진짜 글쓰기를 해 보려고 해. 저 위에 사는 나쁜 놈들은 함부로 일기를 쓸 수 없을 거야. 솔직한 제 생활을 썼다간 당장 잡혀갈 테니까. 하지만 우리는 우리 이야기 맘껏 쓸 수 있어. 숨길 것 없이 당당하거든.

제각각 하는 일이 다르잖냐, 거기서 어떻게들 사는지 궁금하기도 하지? 자기 회사 자기 하는 일을 자세히 쓰는 거야. 그 속에 아픔이 있고 억울한 일도 있고 보람도 있을 거고. 이걸 얘기로는 다 못 하잖아. 이런 걸 글로 써서 나누어 읽으면 이게 보통 재미겠어. 묘한 힘도 느낄 거야.

우리가 고등학교 때 글 써 보니까 어땠어? 그래 뭣보다 재미있었지. 재미없었으면 너거가 썼겠나, 그러면서 우리는 감동을 했지. 소은이가 쓴 '떡볶이를 먹으며'를 들으며 울컥했고 현지가 쓴 '나의 반 년과 아빠의 반 년' 읽으며 눈물이 났지. 그렇게 되니 또 어떤 점이 좋데? 현지를 더 잘 알게 되지. 더 잘 아니까 더 사랑하게 되고. 이래서 글쓰기를 하자고 한 거야. 그런데 이 좋은 글쓰기를 어른이 되면 왜 안 하는 거야? 입시 공부야 어른이 되면 안 해도 돼. 글쓰기는 입시를 위해 한 것이 아니었잖아. 우리 인생을 위해 한 거잖아. 우리 계속 글을 써 보자고. 어른이 되어 쓰는 글은 더욱 값지지.

글은 말이야, 자기를 성찰하게도 하지만 제 삶을 당당하게 하기도 해. 자기 삶을 드러내 봐. '나는 내 식대로 이렇게 산다!' 하는 자신감이 생겨. 주눅 들지 않게 돼."

아이들은 심각한 얼굴로 내 이야기를 들어 준다.

"나는 학교 때는 글을 잘 안 썼는데 졸업하고는 지금까지 일기를 쓰고 있어요."

"으엥? 우진이 니가? 거봐. 내가 우진이를 짝사랑할 만하지?"

"내 사는 걸 자꾸 생각해 보고 글로 쓰니까, 이래 살아 안 되겠다 싶던데요……."

"그게 바로 성찰의 힘이지."

"샘, 저도 일기 써요." 완재가 말했다.

당장 카페를 만들고 거기 글을 올리기로 했다.

우리는 잘 뜯기지도 않는 돼지족발을 씹으며 소주를 수도 없이 깠다. 누가 선생님한테 글 칭찬을 많이 받았느냐, 누가 상을 탔느냐 아니냐, 칭찬이 한 수 위냐 상이 한 수 위냐 싸움이 깊어 갈수록 웃음소리도 높아 갔다. 그날 술값은 대우조선에서 일하는 태균이가 먼저 가면서 다 내고 갔다.

아직은 카페에 나 혼자 글을 올리고 있다. 일주일째 혼자다. 댓글만 두어 개씩 달린다. 그래 애들이 글꾼이더냐. 아주 오래 기다리면 또 봇물 터지듯 글이 나올 것이다. 고등학교 때도 그랬으니까. (2013.10.18)

창배야, 우리가 봄이다

1판 1쇄 발행 2014년 4월 28일 | 2판 1쇄 발행 2018년 1월 22일

글 이상석 | 그림 박재동
펴낸이 조재은 | 펴낸곳 (주)양철북출판사 | 등록 제25100-2002-380호.(2001년 11월 21일)
책임편집 이혜숙 | 책임디자인 하늘·민 | 편집 박선주 김명옥 | 디자인 육수정 | 마케팅 조희정 | 관리 정영주
주소 서울시 마포구 양화로8길 17-9 | 전화 02-335-6407 | 팩스 02-335-6408
ISBN 978-89-6372-265-8 03810 | 값 14,000원
카페 http://cafe.daum.net/tindrum | 블로그 http://blog.naver.com/tin_drum
페이스북 http://facebook.com/tindrum2001